임대규 新무협 판타지 소설

소운평전기

昭雲平傳記

2

소운평전기 2

임대규 新무협 판타지 소설

초판 1쇄 찍은 날 § 2001년 11월 25일
초판 1쇄 펴낸 날 § 2001년 11월 30일

지은이 § 임대규
펴낸이 § 서경석

편집장 § 문혜영
편집 § 장상수 · 박영주 · 김희정 · 권민정
마케팅 § 정필 · 강양원 · 김규진

펴낸곳 § 도서출판 청어람
등록번호 § 제1081-1-89호
등록일자 § 1999. 5. 31
어람번호 § 제2-0030호

주소 § 경기도 부천시 원미구 심곡1동 350-1 남성B/D 3F (우) 420-011
전화 § 032-656-4452 팩스 § 032-656-4453
e-mail § Eoram99@chollian.net

© 임대규, 2001

값 7,500원

ISBN 89-5505-216-2 (SET)
ISBN 89-5505-218-9 04810

임대규 新무협 판타지 소설

조운평전기

昭雲平傳記

2

색탐유한(色貪有恨)

도서출판
청람

목차

제 7 장

사건의 전모는 드러나고 소운평은 강제로 여인을 범하다

1

"맹세코 제 짓이 아닙니다, 나리!"

"멀쩡한 사람의 손목을 자르고 평생 죄책감에 시달리시렵니까? 나리, 일각이면 됩니다!"

'까짓것 죽은 사람 소원도 들어준다는데, 말 몇 마디쯤이야 못 들어줄 것도 없겠지.'

호불범은 생각을 고쳐먹었다. 눈물 콧물을 쥐어짜는 모양이 불쌍해서가 아니라 죄책감 운운하던 마지막 말이 그를 움직인 것이다.

"이리 끌고 와라!"

결국 뇌옥으로 향하던 두 무사는 발걸음을 돌렸고, 소운평은 재차 의사청 앞에 팽개쳐졌다.

그러자 유상이 조심스레 불만을 내비쳤다.

"나리, 저놈 짓이 분명하다는 게 밝혀졌는데 더 이상 무슨 말이 필요하겠습니까요. 그냥 내치시는 게⋯⋯."

"닥쳐라! 사형수에게도 최후의 변론을 할 기회는 주어지는 법이거늘 하물며⋯⋯."

싸늘한 일갈로 유상을 물리친 호불범은 이내 소운평에게 시선을 주었다.

"정확히 반 각의 여유를 주겠다!"

반 각!

한 사람의 일생을 결정짓기에는 턱없이 부족한 시간이었지만, 소운평에겐 천금(千金)과도 맞바꿀 수 없이 귀중한 갱생(更生)의 기회였다.

머뭇거리다간 행여 기회가 날아갈세라 그는 서둘러 입을 열었다.

"맞습니다. 어제 해시부터 두 시진 동안 전 분명히 주고에 혼자 있었습니다. 하지만 그건 제가 원해서가 아니라 순전히 저 인간 때문입니다."

소운평은 유상을 가리켰다.

"저 인간은 비단 어제뿐 아니라 첫날 대강 할 일만 일러주고 사흘을 내리 똑같이 바쁜 시간이 지나고 좀 한가해졌다 싶으면 늘 눈에 띄지 않았지요."

"아까도 말했듯 그것은 이번 일과 무관하다고 하지 않았더냐?"

호불범이 중도에서 말을 잘랐다.

'젠장, 이빨도 안 들어가는군!'

소운평은 길게 한숨을 불어냈다.

유상의 나태함을 부각시켜 그의 말을 신빙성없게 만들려는 생각은 물거품이 된 셈이었다. 상대가 철석같이 믿고 있는 데야 방법이 없지 않은가 말이다.

그사이 어느덧 약속한 시간이 가까워졌다. 번뜩 생각이 떠오른 것은 그때였다.

"그럼 몇 가지 질문을 해도 되겠습니까?"

"그러려무나."

어쩐 일인지 호불범은 선뜻 승낙했다. 하지만 손짓을 하며 재촉하는 것이 '어서 시간이나 지났으면…' 하는 눈치였다.

그가 무슨 짓을 하든 소운평은 신경 쓰지 않았다. 사실 신경 쓸 겨를도 없다는 말이 정확할 터였다.

"혹시 일과를 마친 일꾼들이 밤중에 외출을 나가는 경우가 있습니까?"

"그건 허용이 안 되는 일이다!"

"만약 급한 일이 생긴다면 누군가 담을 넘을 수도 있지 않을까요?"

"절대 불가능하다!"

호불범은 고개를 저었다.

"별원이 영업을 시작하는 술시부터는 삼엄한 야간 경비가 펼쳐지기 때문에 정식 절차를 밟지 않고는 이유 여하를 막론하고 출입할 수가 없다. 낮에도 역시 허용된 극소수만이 출입이 가능할 뿐이다."

"좋습니다. 나리께서 그렇게 단언하시니만큼 간밤에 이곳을 나선 일꾼은 한 명도 없겠군요?"

"물론 그렇다!"

호불범의 음성은 확고부동했다.

터럭만큼도 의심의 여지가 없다는 그의 태도를 응시하며 소운평은 더할 나위 없이 만족했다.

'암, 당연히 그래야 말이 되지 않겠어?'

나름대로 역전의 교두보(橋頭堡)를 마련한 셈이었다. 남은 것은 상대를 끌어들이는 일이었다.

한데 호불범이 그럴 틈을 주지 않았다.

"그만 놈을 끌어내라!"

어느덧 시간이 모두 지난 것이다. 퍼뜩 정신을 차린 소운평은 애절한 눈빛을 했다.

"나리, 중요한 얘기는 정작 지금부터입니다. 조금만 더 시간을 주십시오!"

그러나 호불범은 단호했다.

"뭐 하는 게냐, 어서 끌어내지 않고! 아직 국원과 죽원의 일이 남았다는 사실을 잊었단 말이냐!"

'에구, 또 저놈들이……'

예의 두 명의 무사가 잰 듯한 걸음으로 다가오자 소운평은 울상을 지었다. 다급하면 지푸라기라도 잡는다고 하더니 그도 역시 예외는 아니었다. 후닥닥 단상 아래로 기어 들어간 것이다.

"허참!"

두 무사는 잠시 멈춰 선 채 황당한 얼굴로 서로를 마주 보았지만, 곧 본연의 자세로 돌아갔다.

"감히 뉘 안전이라고 수작을 부리느냐!"

"이놈, 썩 나오지 못해!"

한 사람은 두 다리를 잡아 끌어내려 용을 썼고, 다른 이는 단곤을 마구 내려쳤다. 단목(檀木)으로 만든 단상이 금세 부서질 것처럼 요동

쳤다.

'암만 그래 봐야 내가 나가나 봐라, 이놈들아! 손목이 잘릴 판인데 너희 같으면 나가겠냐?'

소운평은 단상의 다리를 죽어라 움켜쥐는 한편 고래고래 소리 질렀다.

"나리, 잠시면 되니 제발 부탁드립니다! 진범이 밝혀지면 모두 나리의 공덕(功德)이며 운영루에도 큰 도움이 되지 않겠습니까? 만약 이대로 손목을 자르고 내치신다면 전 루주님을 찾아가 이 억울함을 아뢸 겁니다!"

'아이고, 두야!'

호불범은 질끈 머리를 감싸 쥐었다.

이건 질기기가 아예 고래 심줄 같은 놈이 아닌가!

행실로 봐선 루주를 찾아가 고하고도 남을 놈이었다. 결국 그는 두 손 두 발 다 들고야 말았다.

"알았다, 알았어! 들어주마!"

"설마 말씀만 그렇게 하시고 나오면 냅다 손목부터 자르시려는 건 아니겠지요?"

"이놈 감히 나를 어찌 보고!"

분노가 가득한 노성(怒聲)에 그의 말이 진심임을 깨달은 소운평은 이내 밖으로 기어 나와 굽실거렸다.

"번거롭게 해드려 죄송합니다, 나리."

"알긴 아는 모양이구나!"

시큰둥한 대꾸처럼 호불범의 심사는 편치 않았다. 얼렁뚱땅 처리하려 한 자신도 실책이 있다지만, 상대는 엄연히 막일을 하는 비천한 자였다. 그런 자에게 거듭 휘둘리게 되자 분기가 치솟는 건 당연지사였다.

"한 번 더 기회를 주마! 대신!"

호불범은 잠시 말을 끊고 소운평을 응시했다. 눈빛만으로 사람을 태워 죽일 수 있다면 아마 소운평의 전신은 한 줌 재로 화하고 말았으리라!

"네놈이 진범을 밝혀내지 못한다면 루주께 문책을 당하는 한이 있어도 네놈 목을 치겠다! 알겠느냐?"

"아, 예, 예!"

기세에 눌린 소운평은 주춤 물러났다.

이젠 손목이 아니라 목이 걸리는 상황이 되었으니 어찌 황당하지 않을쏜가!

그러나 그는 곧 차분한 얼굴로 돌아갔다. 그가 처음 한 일은 엉뚱하게도 바닥을 긁어 원을 그리는 거였다.

"여기에 연못이 있습니다. 작은 연못인데도 물고기를 비롯한 여러 가지 생물들이 모여 살았죠. 그중에 덩치가 크고 아주 못생긴 물고기가 한 마리가 있었습니다. 어떤 자식과 꼭 닮은 녀석이지요."

스윽!

소운평의 얼굴이 모로 돌려졌다. 돌려진 시선이 멈추는 곳엔 유상이 서 있었다.

'이젠 말끝마다 이놈저놈하다니!'

유상은 주먹을 부스러져라 움켜쥐었지만, 그 역시 호불범의 기세가 심상치 않음을 느낀 터라 단지 인상을 찡그리며 상대를 노려볼 뿐이었다.

소운평은 모르는 척 고개를 돌리고 말을 이어갔다.

"어느 날 혼자서 헤엄치던 이놈은 연못의 주인이 애지중지하는 맛좋은 먹이를 발견하게 되었습니다. 평생 처음 보는 아주 진귀한 것이었지요. 놈은 다짜고짜 달려들어 배가 터지도록 먹어댔지만, 양이 워낙 많았던지라 대다수가 남고 말았습니다."

"그래서?"

"그래서라뇨? 혼자 독차지할 욕심이 생기고 후환도 두려우니 당연히 숨길 만한 곳을 찾아 돌아다녔겠죠. 하지만 눈도 많고 워낙 비좁은 연못이라 숨기기는 만만치 않았지요. 그렇다고 감히 물고기 주제에 물밖에 나설 수도 없는 노릇이 아닙니까? 그건 어림도 없는 일이죠. 해서 놈은 자신만이 아는 가장 은밀한 곳에……."

"됐다. 그만 하도록!"

호불범은 이내 말을 잘랐다. 그도 역시 바보는 아닌지라 다음에 이어질 내용과 소운평이 바라는 것이 무엇인지 확연히 깨닫게 되었다.

연못과 물고기라, 억지로 끼워 맞춘 느낌이 들기는 해도 제법 괜찮은 비유요, 이유있는 항변(抗辯)이었다.

가장 개인적이면서도 은밀한 곳!

스스로의 경험에 비춰 볼지라도 그런 곳은 오직 한 군데밖에 없었다.

"너희 둘은 거기 무릎을 꿇어라! 그리고……."

두 사람이 나란히 무릎을 꿇자, 호불범은 뒤쪽에 시립한 애꾸눈 무사에게 귓속말로 무언가를 주문했다.

그러자 그자는 다섯 명씩을 불러내 두 개 조를 짜더니 은밀히 호불범의 명을 하달했고, 그들은 각기 반대 방향으로 나는 듯이 달려갔다.

웅성웅성!

돌연한 사태에 작은 소요가 일었다. 장내의 인물들은 너나없이 옆 사람을 마주 보며 한소리씩 떠들어댔다.

그들보다 몇 배는 심한 혼란을 겪고 있는 자는 역시 유상이었다. 그는 영문을 모르겠다는 표정으로 도리질을 치며 불안한 기색을 비쳤다.

단지 한 사람, 소운평만이 어떤 기대감이 가득한 눈빛으로 멀어져 가는 무사들의 뒤를 쫓고 있었다.

어디론가 몰려갔던 무사들이 다시 장내에 나타난 것은 사라진 지 일 각이 조금 지난 후였다.

텅! 텅!

술독 세 개가 연이어 단상 위에 놓여졌다.

크기는 사람 머리통 하나 정도로 작았다. 붉은색 한지로 입구가 봉 인된 평범한 술독이었는데, 그중 하나는 이미 개봉되어 비어 있었다.

평범하다 할지라도 장내의 어느 한 사람도 문제의 용골주가 담긴 술 독이라는 사실을 모르는 이는 없었다.

애꾸눈 무사는 한동안 호불범의 귀에 대고 귓속말을 하더니 이내 원 래 자리로 돌아갔다.

"나리, 드디어 물증까지 잡으셨군요!"

언제 불안에 떨었는지 모를 정도로 유상은 함박웃음을 지었다. 주변 의 수많은 눈들이 없었다면 그대로 만세 삼창이라도 부를 기세였다.

이어 슬그머니 소운평을 돌아보았는데, 그 눈빛이 '네놈은 이제 끝장이다!' 라고 말하는 것 같았다.

호불범은 나직이 콧방귀를 뀌더니 휘휘 손짓을 했다.

"놈을 포박해라!"

예의 두 무사가 튀어나와 소운평을 덮쳤다.

한데 어쩐 일인지 그는 조금 전처럼 회피하거나 변명을 하지 않았다. 너무도 충격을 받아서일까? 무사들의 손길에 몸을 맡긴 채 멍청히 앉아 있었다.

거기다 고개까지 떨군다면 누가 봐도 영락없이 자신의 죄를 시인하는 것으로 여겨질 그런 모습이었다.

"이 멍청한 놈들아! 그놈이 아니잖느냐!"

그때 돌연 호불범이 소릴 지르는 것이 아닌가!

두 무사는 갑작스레 돌변한 그의 태도에 놀랍기도 하고 황당하기도 해서 반쯤 묶은 포승줄 끝을 맞잡고 호불범의 눈치만 살폈다.

스윽!

호불범은 천천히 우수를 들어 올렸다. 곧바로 꼿꼿이 펴진 손가락 하나가 유상을 가리켰다.

"저놈을 묶으란 말이다!"

"예에?"

유상의 눈이 동그래지는 사이 아예 서너 명의 무사가 한꺼번에 달려들어 오라를 지었다. 그야말로 눈 깜박할 새에 유상은 거미줄에 걸린 나방 신세가 되었다.

"나, 나리! 갑자기 왜?"

"오냐! 내 이유를 말해 주마!"

호불범이 가볍게 손짓을 하자 뒤쪽의 애꾸눈 무사가 앞으로 나섰다.

"이쪽 두 개는 숙소 뒤편 풀숲에 석 자 깊이로 나란히 묻혀 있었다. 네놈 생각에는 감쪽같이 흔적을 없앴다고 여겼던 모양인데, 근방을 덮은 풀들이 약간 말라 버린 덕분에 어렵지 않게 찾아낼 수 있었다. 그리고 빈 술독 하나는 네놈 방 안의 문갑 속에서 발견한 것이다."

유상은 사색이 된 채 부르짖었다.

"아닙니다, 나리! 전 도무지 모르는 일입니다요. 이건 어느 놈의 모함입니다!"

"감히 이토록 증거가 확실할진대 발뺌만 일삼다니!"

화악 호불범의 눈에서 불꽃이 일었다.

"저 괘씸한 놈이 두 번 다시 주둥이를 놀리지 못하게 만들어줘라!"

퍼억!

단곤이 사정없이 유상의 입을 강타했다.

"끄으!"

유상은 두 손으로 턱을 감싸고 바닥을 뒹굴었다. 손가락 사이로 붉게 선혈이 내비쳤다.

"우어어어!"

열려진 입속에선 시뻘건 선혈과 함께 부서진 이빨과 살점이 꾸역꾸역 묻어 나왔다.

상당히 끔찍한 광경임에도 불구하고 호불범은 눈도 깜짝하지 않았다.

"네놈은 본 루의 재산을 함부로 유용했고, 그것도 모자라 아랫사람에게 죄를 뒤집어씌우려 했다. 백번 죽어 마땅하나 엄연히 계규(契規)가 있는 바, 규정에 따라 죄값을 치르게 될 것이다. 끌고 가라!"

"우으, 으어어!"

유상은 연신 무언가를 말하려 했지만, 입 밖으로 나오는 건 알아들을 수 없는 소리뿐이었다.

곧 무사들이 달려들어 유상을 떠멨다. 유상은 전신을 비틀며 버둥댔지만 포승줄에 묶인 몸으로 네 명의 힘을 감당할 수는 없는 법이다. 무사들은 발버둥치는 그를 아랑곳 않고 총총히 장내를 떠나갔다.

'망할 놈 같으니!'

그들이 사라지자 호불범은 장내로 시선을 돌렸다.

"불미스런 사태가 발생했음에 본관은 심히 불쾌함을 느끼지만, 너희 대다수가 성실히 일하고 있음을 누구보다 잘 알고 있다. 이번 일을 교훈 삼아 더욱 본 루의 발전에 이바지하기를 바란다!"

"알겠습니다, 나리!"

우렁찬 고함 소리가 장내를 뒤흔들었다.

만족스런 미소를 머금던 호불범은 여전히 무릎을 꿇고 있는 소운평을 의식하곤 이내 낯빛을 바꿨다.

"본관의 미욱함 때문에 공연히 너만 욕을 보았구나. 그래, 상처는 어떠냐?"

"괜찮습니다. 신경 쓰지 마십시오."

소운평은 대수롭지 않다는 듯 말했지만, 그럴수록 호불범은 더욱 미안한 마음이 생겼다.

아닌 게 아니라 소운평은 엉망이었다. 죽기 살기로 가린 덕분에 얼굴에 상처를 입는 것만큼은 면했어도 드러난 손발엔 독사가 휘감은 듯한 멍 자국이 가득했다.

그럼에도 불구하고 조금도 불만의 기색을 내비치지 않는 소운평을 무척 기특하게 여긴 호불범은 뭔가 대가를 안겨주고 싶어졌다.

"생각 같아서는 널 정식 책임자로 임명해 주고 싶다만, 너무 파격적이라 조금 곤란하구나. 일단 임시직으로나마 네가 주고를 맡는 것으로 하고 대신 급료를 올려주도록 하마. 네 능력이면 이곳 정도는 충분히 감당할 수 있을 것으로 여겨지는데 어떠냐?"

"아닙니다, 나리. 제가 뭘 한 게 있다고……."

'호오, 이놈 보게?'

호불범은 눈빛을 빛냈다. 눈동자엔 전혀 예상치 못했다는 당혹스러움과 감탄이 어우러졌다.

"그리 사양할 것 없다. 능력있는 자에게 그에 걸맞는 대우를 하는 것 역시 본 루의 방침 중 하나이다. 그럼 그렇게 하는 것으로 알겠다. 그리고 불편한 게 있으면 언제든지 찾아오너라."

호불범은 이내 자리에서 일어났다.

"국원으로 가겠다!"

한마디를 남기고 그는 성큼 걸음을 옮겼다.

그러자 일대 소란이 벌어졌다. 무사들은 장막을 걷고 기물들을 챙기느라 부산을 떨어댔다. 그것도 잠시, 그들은 곧 호불범을 앞질러 국원으로 달려갔다.

그들 모두가 사라진 후에야 소운평은 가슴을 쓸었다.

'휘유……!'

한바탕 꿈을 꾼 것 같았지만 역시 현실이었다. 전신을 엄습하는 통증과 놀랍고 부러운 시선으로 그를 바라보는 사람들이 그 증거였다.

"이야~ 운평! 너, 졸지에 출세했구나!"

어느새 다가온 아삼이 호들갑을 떨었다.

*　　　　*　　　　*

봄의 소주, 특히 밤의 소주는 여느 때보다 더욱 화려해진다. 태호(太湖) 연안의 수목엔 형형색색(形形色色)의 등롱이 걸리고, 호수는 상춘객(賞春客)들을 태운 화방(花舫)으로 가득해진다.

그것은 거리 역시 마찬가지다. 산(山), 수(水)가 절묘하게 어우러진 봄의 절경을 보고자 각지에서 몰려든 인파로 발 디딜 틈도 없이 북적댄다.

소주의 유흥가가 호황을 맞는 것도 이즈음부터였다.

"망할 자식들! 술독을 보아하니 오늘은 형편없는 작자들만 우르르 몰려왔군!"

술독을 내려놓은 소운평은 이마를 훔치며 투덜거렸다.

언뜻 듣기에는 말도 되지 않는 소리 같았지만, 나름대로 이유가 있었다. 사실 운영루에 드나들 정도면 웬만큼 재력을 갖춘 자들이라 말해도 부족함이 없었다.

그러나 개중엔 속 빈 강정도 있어 전 재산을 들여 한차례 호사를 누리려는 어리석은 자들도 적지 않았다.

물론 점쟁이도 아닌 데다 술 값도 제대로 몰랐지만, 술독의 크기가 커지면 커질수록 기녀들이 자리를 기피한다는 얘기를 듣고 미루어 짐작한 것이다.

"애고, 허리야!"

다시 다섯 개의 술독을 나른 소운평은 이내 바닥에 주저앉아 이마를 훔쳤다.

덜컹!

돌연 입구 쪽에서 기척이 들려와 돌아보니 놀랍게도 아삼이 서 있었다.

"일은 않고 여기는 웬일이냐?"

"팽 아저씨 대신 왔지."

"어? 조금 전에 들러 지편을 주고 갔는데?"

고개를 갸웃하는 소운평을 보며 아삼은 그럴 줄 알았다는 얼굴로 웃었다.

"그게 어찌 된 거냐하면 팽 아저씨 부인이 애를 낳았다고 연락이 와서 부랴부랴 집에 다니러갔거든. 덕분에 삼 일 동안은 내가 수레를 밀게 됐지 뭐냐."

"그래? 그럼 알아서 챙겨 가."

소운평은 시큰둥하게 말하고는 고개를 돌렸다.

'쳇! 서로 노는 물이 달라졌다 이거냐? 하지만 좀 있으면 정신이 번쩍 들게 될 거다!

아삼은 묘하게 중얼거리곤 혼자 술독을 날랐다. 소운평보다 작은 체구인 탓에 그가 여덟 개의 술독을 수레에 싣는 데는 근 일각이 넘게 소요되었다.

"휴, 이 일도 생각보다 꽤 힘드네!"

아삼은 이마를 훔치며 소운평 옆에 자리를 잡았다.

그러자 소운평은 눈을 흘겼다.

"그럼 여기는 거저 먹는 줄 알았냐?"

"그래도 주방에 비하면 천국이지. 좁아 터진 데다 음식 냄새 때문에 죽겠지, 매일 이놈저놈한테 들볶이지, 아무튼 생각만 해도 끔찍하다니까."

"그게 다 네 복이지 누구를 탓해!"

"그건 그렇지 뭐!"

혀를 차던 아삼이 문득 화제를 바꿨다.

"혹시 너, 유상 형 일 들었냐? 반 시진쯤 전에 결국 손목이 잘리고 쫓겨났다더라."

"나하곤 상관없는 일이야!"

"근데 말이야. 그게 좀 이상하거든. 유상 형 같이 산전수전 다 겪은 사람이 눈에 빤히 보이는 실수를 했다니, 그것도 감찰이 코앞인데 말이야. 안 그러냐?"

"아, 그 자식 참 말 많네!"

소운평은 벌떡 일어나 주고 안쪽으로 걸어갔다. 누가 보더라도 이상하게 여길 만큼 예민한 반응이었다.

"그런데 더 이상한 건 그 전날 밤에 지나가는 말로 용골주에 관한 걸 물어본 사람이 있다는 사실이지."

우뚝!

소운평은 한쪽 다리를 든 채 그대로 굳어졌다.

'저 자식이?'

덜컥 심장이 내려앉았다. 누구도 알아서는 안 될 비밀을 눈치 챈 자가 생긴 것이다. 그렇다고 약한 모습을 보일 수는 없었다. 한 번 눌리게 되면 뒤를 감당하기는 더욱 어려우니까 말이다.

"그래, 자식아! 몽땅 내가 꾸민 일이다! 어쩔래?"

소운평은 가슴을 탕탕 두드렸다.

"유상은 이미 쫓겨났고, 난 집사 어른의 신임을 얻은 몸이다. 누가 네놈이 하는 말을 믿어줄 것 같으냐? 어림 반 푼 어치도 없다, 이 자식아!"

"흥분하지 말아. 고발하진 않을 테니."

아삼은 어울리지 않게 교활한 미소를 지었다.

"부탁 하나만 들어주면 깨끗이 잊어버릴게. 사실 고발한다고 내게 큰 이득이 생긴다는 보장도 없잖아. 낮에 집사 어른이 네게 말씀하시길 불편한 일이 있으면 언제든지 얘기하라고 하셨지? 일이 힘들다고 하고 한 사람을 이리 옮겨달라고 말 좀 해줘."

"설마 너?"

"맞아. 난 주방에 있는 게 정말 싫어. 여태 말은 안했지만, 선배들한테 두들겨 맞는 데 신물이 날 지경이라구! 너한텐 그리 어려운 일도 아니잖아. 어때?"

'젠장, 이거 귀찮게 됐군!'

소운평은 이맛살을 찌푸렸다.

일단 무리한 요구는 아니라 다행이긴 했어도 과연 성사될지는 누구도 모르는 일이 아닌가!

운명에 맡기는, 아니, 무슨 수를 써서라도 반드시 성사시켜야 했다. 행여 일이 틀어지면 아삼이 무슨 짓을 저지를지는 뻔했다. 그렇게 되면 어렵사리 얻은 자리를 보존하기는커녕 목숨을 걱정해야 하는 사태가 벌어질 터였다.

'에구, 또 머리에 쥐 나겠네!'

소운평은 길게 한숨을 내쉬었다.

"좋아. 그렇게 해줄게! 대신 이곳의 책임자는 엄연히 나니까 깍듯이 모셔야 한다. 알겠지?"

"그야 당연하지!"

아삼은 빙긋 웃으며 엄지손가락을 세웠다. 마치 새로운 골목 대장을 모시는 악동의 모습과도 흡사했다.

문득 아삼이 화제를 돌렸다.

"그나저나 네 연기는 정말 일품이더라! 어쩜 그렇게 감쪽같던지, 사실 네가 물어본 걸 뻔히 알았으면서도 처음엔 긴가민가했거든.

"별걸 다 감탄하고 그러네."

소운평은 짐짓 손을 내저었다.

"아냐. 정말 끝내줬어! 집사 어른도 눈 뜨고 깜박 속아 넘어간 걸 보면 모르겠냐? 돌이켜 보면 그야말로 한편의 경극을 보는 것 같았다니까!"

아삼은 침을 튀겨가며 연신 칭찬을 늘어놓았다.

'자식, 사람 보는 눈은 있어서…….'

빈말이라도 칭찬에 약한 것이 사람이다. 소운평노 예외는 아니라시 헤벌쭉 입이 벌어졌다.

"좋아. 기분이다! 오늘 밤에 한잔 거하게 낼 테니 일 끝나면 내 방으로 와라."

"역시 넌 최고라니까!"

아삼이 재차 엄지손가락을 치켜올렸다.

"안주는 네가 준비할 거지?"

"그거야 두말하면 잔소리지요. 알아서 모시겠습니다, 책임자 나리!"

아삼이 장난기 넘치는 태도로 넙죽 허리를 숙이자 소운평의 얼굴에도 웃음이 감돌았다.

"오냐. 기특한 놈 같으니!"

순간, 누가 먼저랄 것 없이 두 사람의 입에서 웃음이 터져 나왔다.

"하하!"

"하하하!"

2

"흐아암!"

찢어져라 하품을 한 소운평은 이내 침상에서 내려왔다.

덜컹!

창문을 열자 뜨거운 공기가 화악 밀려들었다.

오시(午時)를 갓 넘긴 터라 이미 태양은 높이 솟아 중천에 걸려 있었고, 여기저기서 부산을 떨어대는 일꾼들이 눈에 들어왔다.

지그시 눈을 감고 나른한 오후의 햇살을 즐기던 소운평은 이내 옷을 걸쳤다.

"루루, 루루루……."

콧노래를 흥얼거리며 그는 방을 나섰다.

"어머, 오라버니. 벌써 일어났어요?"

마당에서 찬거리를 다듬던 소화의 눈이 동그래졌다. 그것도 잠시,

곧 그녀는 울상을 지었다.

"어떡해요. 오늘도 늦게 일어날 줄 알고 아직 식사를 준비하지 못했는데… 정말 미안해요."

소화가 고개를 푹 숙이자 소운평은 별일 아니라는 듯 밝게 웃으며 그녀의 등을 두드렸다.

"괜찮아, 괜찮아. 나중에 먹으면 되지 뭐. 한 바퀴 돌아보고 올 테니까 그동안 준비를 해줘. 예쁜 소화 아씨가 설마 오라버니를 굶기는 일은 없겠지?"

"아이참, 오라버니도!"

소화의 얼굴이 발그레 붉어졌다. 그녀는 살짝 눈을 흘기고는 부엌으로 뛰어들었다.

"다녀와요. 금방 준비할게요."

문틈으로 배시시 웃는 얼굴이 나타났다 사라졌다.

'고것, 몇 년만 더 자라면 제법……'

소운평은 입맛을 다셨다.

열세 살 소녀라는 건 비 온 뒤의 칡덩굴처럼 성장이 빠른지라 그녀는 요즘 키도 자라고 몸에도 부쩍 살이 오르는 중이었다. 더군다나 그녀는 또래의 다른 소녀들보다 굉장히 성숙한 편이었다.

도톰한 가슴은 의복 위로도 제법 융기가 드러날 정도였고, 둔부는 막 여문 꽃봉오리처럼 탄탄해 보였다.

'흐흐, 이러다 색마가 되는 건 아닌지 몰라?'

불끈 치솟은 하체를 어루만지며 그는 걸음을 옮겼다.

"자, 어디 일을 잘 해놨나 확인해 볼까?"

그는 월동문을 지나 수목이 잘 어우러진 작은 소로(小路)로 접어들었다. 신발 밑바닥에 풀이라도 붙었는지 여전히 느릿한 걸음걸이였다.

사실 그가 이렇듯 늑장을 부리면서도 여유만만한 태도를 보이는 데는 그럴 만한 까닭이 있었다.

아삼과 거래를 맺은 며칠 후, 그는 약속대로 호불범을 찾아가 갖은 엄살을 부렸다. 풋내기로서는 위험이 적지 않은 일이었지만, 이미 소운평에게 호감을 지닌 호불범은 선뜻 승낙해 주었다.

당연히 아삼은 주방을 떠나 주고로 옮기게 되었다.

그 덕분에 지난 이레 동안 소운평은 꿈결같이 편안한 나날을 보내게 되었다.

알아서 모시겠다던 말을 증명이라도 하듯 아삼은 엄청난 성의를 보였다. 물론 소운평이 약간의 눈치를 주기는 했지만, 그는 불평 한마디 없이 오전 일과를 도맡아 처리했다.

그런 관계로 소운평은 느긋하게 오후에 일어나 지금처럼 확인하는 일만 하면 그만이었다. 서두를 일이 전혀 없는 것이다.

이윽고 길이 넓어지면서 갈림길이 나타났다. 길은 세 갈래, 일을 보려면 당연히 좌측으로 가야 한다.

그가 막 좌측으로 방향을 돌리는 순간이었다.

"또 만나는구나."

굵직한 음성과 함께 누군가가 어깨를 잡아왔다.

화들짝 놀라 돌아보던 소운평은 저도 모르게 주춤 물러서고야 말았다. 어깨를 잡은 털보 사내는 다름 아닌 노춘길이었던 것이다.

"아아, 괜히 겁먹지 마라! 예전의 일 때문에 온 게 아니니까."

노춘길은 피식 웃었다. 이어 자신의 말을 증명이라도 하듯 어깨에서 손을 떼고 뒤로 물러났다.

내심 안도하던 소운평은 눈을 동그랗게 떴다. 분풀이를 하러 온 것이 아니라면 노춘길이 굳이 자신을 찾아올 이유가 없었기 때문이다.

'이크!'

문득 시선이 교차하자 소운평은 황급히 고개를 돌리는 반면, 노춘길은 또다시 웃었다. 호탕하게 생긴 외모답게 지난 일은 이미 묻어버린 듯했다.

"따라와라. 누가 널 곱게 모셔오란다."

슬쩍 한마디 던진 노춘길은 대꾸도 기다리지 않고 왔던 길을 되짚어 걸어갔다.

'대체 누가?'

슬며시 호기심이 생겨난 소운평은 이내 벌써 저만치 멀어지는 노춘길의 그림자를 쫓아 달려갔다.

"같이 가요!"

매원의 가로질러 걸음을 재촉한 두 사람은 곧 후문 근처에 도달했다. 대문가의 그늘진 어둠 속에 한 사람이 앉아 있었는데, 그는 서이룡이었다.

"가봐라."

단지 데려오는 것이 임무의 전부였는지 노춘길은 등을 떠밀고 훌쩍 사라졌다.

'푸흡, 저 얼굴… 아직도 여전하군!'

내심과는 달리 소운평은 정색을 하고 깊숙이 허리를 숙였다. 그렇지 않았다면 필시 입가에 매달린 비웃음을 들키고 말았으리라.

"찾으셨다고 해서……."

"암, 찾았지! 그러니까 네가 온 게 아니냐."

씨익 웃고 서이룡은 화제를 돌렸다.

"좋은 소식이 들리더구나. 벌써 주고의 책임자가 됐다고 들었다. 아무튼 축하한다."

"그거야 다 나리 덕분이지요."

소운평은 깊숙이 허리를 숙였다.

"그날 제법 심하게 다쳤다고 들었는데 괜찮아 보이는구나. 그래, 일하는 데 문제는 없고?"

"그럭저럭 다 나았습니다."

"흠, 그거 다행이구나."

'뭐가 다행이라는 얘기야?'

정작 서이룡은 편안하게 대하건만 소운평은 걱정이 앞섰다. 이런 자질구레한 얘기를 늘어놓으려고 사람까지 보내 부를 일은 없는 것이다.

그새 서이룡은 몸을 일으키더니 엉덩이에 묻은 흙먼지를 툭툭 털었다.

"그건 그렇다 치고, 나머진 언제 갚을 생각이냐?"

'그럼 그렇지!'

결국 이유는 돈인 것이다. 올 게 왔다는 심정으로 소운평은 머리를 조아렸다.

"당장은 어려우니 좀 기다리셔야……."

"좋아. 형편이 그렇다면 일단 기다려 준다만, 시간이 지날수록 이자가 늘어난다는 사실은 알고 있겠지?"

눈앞이 아득해진 소운평은 하마터면 신음을 내지르며 주저앉을 뻔했다.

'도적놈, 없는 빚에 이자까지 붙이다니…….'

생각 같아선 눈앞에서 빙글거리며 웃는 얼굴에 주먹이라도 한 대 날려주고 싶었다. 물론 그런 일은 꿈속에서나 가능하겠지만.

"아, 그렇다고 너무 긴장하지는 말아라. 일만 잘하면 이자는 물론 원금까지 모두 탕감해 주마."

"일이라뇨?"

"자세한 얘기는 일단 가서 하도록 하자!"

성큼 대문을 나서는 그를 따르며 소운평은 나직이 중얼거렸다.

'젠장, 결국 밥은 굶는구나.'

*　　　　*　　　　*

"그래, 그렇단 말이지? 좋아, 좋아!"

등소는 벌떡 일어나 탄성을 연발했다. 이날 이때까지 좀처럼 보이지 않았던 모습이었기에 곁에 서 있는 노대유가 놀라 눈을 치켜뜰 지경이었다.

한참을 흥분에 몸을 떨던 등소는 서서히 본래의 모습으로 돌아가 태사의로 몸을 묻었다.

그러자 노대유가 입을 열었다.

"총인원은 양쪽을 합해 천이백입니다. 이미 선발대로 출발한 오백이 신시(申時) 무렵에 도착할 예정입니다. 나머지 인원은 오 일 이내로 도착할 겁니다."

"신시 무렵이라……?"

"그들이 원하는 대가는 양쪽에 향후 삼 년 동안 매달 금 천 냥씩을,

거기다 모든 일이 마무리되면 그들이 남통(南通) 유역의 해룡방(海龍幫)을 치는 것을 막후에서 돕는다는 조건입니다."

"그렇게 무리한 요구는 아니로군."

노대유는 고개를 끄덕였다.

"그런 셈이지요. 앞으로 본 문이 얻게 될 이익에 비한다면 조족지혈(鳥足之血)이라고 봐야겠지요."

"좋아. 과연 자네야. 수고했네."

흡족한 미소를 짓던 등소는 문득 화제를 돌렸다.

"그들이 신시 무렵 도착한다고 했나?"

"네. 장강을 벗어난 이후 그들의 행로로 보아 거의 확실합니다. 한데?"

노대유는 고개를 갸웃했다. 등소가 선발대의 도착 시간을 묻는 것이 벌써 두 번째였다. 평소 시간 관념이 무감각한 그의 성격상 이상하다고 여길 만한 태도였다.

등소가 입을 열었다.

"나가는 대로 적마대(赤魔隊)에게 전하게. 그간 녹슨 칼을 오후 내내 윤이 나게 닦아놓으라고."

"설마… 오늘 당장?"

화들짝 놀라는 그를 보며 등소는 희미하게 웃었다.

"그렇다네."

"하지만 문주, 좀 더 심사숙고하심이!"

노대유의 얼굴이 딱딱하게 굳어졌다.

무려 이십 년을 기다려 온 일이었다. 조속히 일을 마무리하려는 등소의 마음을 모르는 바 아니었지만 결코 서두르는 것만이 능사는 아니었다.

자신이 아는 한 두 세력의 힘은 거의 백중지세였다. 그렇지 않았다면 굳이 타인의 힘을 빌 생각은 추호도 하지 않았을 것이다.

자신이 나서서 모처럼 성사시킨 일이었다. 그런 만큼 성급하게 나서기보다는 일단 후발대의 도착을 기다려 보다 신중하게 행동하는 것이 운용의 묘였다.

한데 이토록 막무가내의 공격이라니, 도무지 이해할 수 없는 행동이었다.

등소는 고개를 가로저었다.

"자네의 심정을 모르는 바는 아니네. 하지만 복잡하게 생각하고 싶지 않네. 전력을 기울인다 해도 일거에 무너뜨릴 상대가 아니니만큼 서전(緖戰)만은 압도적인 우위를 보여줄 생각이네. 일종의 선전포고라고 여기는 것이 좋겠지. 선전포고치고는 제법 거창하겠지만."

"음……."

등소의 의중이 굳어진 이상 더 이상의 반론은 무의미했다. 게다가 그의 말 중의 일부는 이치에 합당하기도 했기에 수긍할 수밖에 없었다.

"목표는 어디로 할까요?"

"일단 적의 예봉(銳鋒)을 꺾고 본 문의 사기를 고양시키려면 가장 확실한 곳을 노려야 하겠지."

"그럼 운영루입니까?"

대답 대신 등소는 미소를 흘렸다.

"거기다 나머지 두 곳 역시 포함시키게."

'나머지 두 곳'이라는 곳이 대풍방이 자랑하는 삼대기루(三大妓樓) 중의 다른 곳인 천애관(天愛館)과 만화루(滿花樓)를 말하는 것이라는 것을 노대유가 모를 리 없었다.

"알겠습니다. 그렇게 조처를 하지요. 더 이상 볼일이 없다면 그만 물러가겠습니다. 일이 제대로 되려면 신경 써야 할 게 많으니 말입니다."

"그렇게 하게나."

"그럼."

노대유는 한차례 예를 취하고 등을 돌렸다. 그가 막 실내를 빠져나가려는 순간이었다.

"기다리게!"

노대유는 멈칫 신형을 세우고 다시 등소를 향해 몸을 돌려야 했다.

"그들이 도착하는 대로 셋으로 나누어 선봉으로 배치하도록 하게. 지휘는 적마대의 인물에게 맡기도록 하고. 비록 남의 힘을 빌리기는 했어도 엄연히 주관자는 본 문이어야 한다는 사실을 명심하게."

"그렇게 되면 자칫 선발대로 온 인물들이 몰살하는 사태가 발생할지도 모릅니다만."

"옳은 말이야."

등소는 천연덕스럽게 맞장구를 쳤다. 애써 구한 조력자를 사지로 내모는 일이었는데도 무척 여유있는 모습이었다. 이유는 곧 드러났다.

"이곳의 사정에 익숙지 않은 그들로서는 당연히 그렇게 된다고 보아야겠지. 그러나 그것이 내가 바라는 바일세. 그래야 본 대가 도착하면 분노해서 물불 안 가리고 덤벼들 게 아닌가? 그들은 동료의 복수를 위해 싸우겠지만, 실질적인 이득을 얻는 것은 본 문이 되겠지."

그 말을 끝으로 등소는 시선을 돌렸다. 흐드러지게 핀 창밖의 화초를 향해서였다. 화초를 감상한다기보다는 그만 나가보라는 무언의 표시라고 여기는 것이 정확했다.

노대유는 그런 등소를 물끄러미 응시하다가는 조용히 실내를 빠져나갔다.

탁.

문이 닫히는 소리를 들으며 등소는 의자에 깊숙이 등을 묻었다. 그리고는 편안한 표정으로 눈을 감았다.

창문으로 들어오는 햇살이 그의 얼굴에 긴 그림자를 만들었다.

*   *   *

저잣거리는 오만 가지 행색의 사람들로 북적댔다.

길 양편으로 물건을 쌓은 좌판이 길게 늘어서 있고, 호객하는 상인들과 물건을 사려는 이들의 흥정하는 소리로 귀가 아플 정도였다.

슬슬 구경까지 하며 사람들 사이를 능숙하게 걸어가는 서이룡과는 달리 이러한 상황에 익숙하지 않은 소운평은 꽁무니를 따르느라 정신이 없을 지경이었다.

그나마 키라도 컸기에 다행이지 그렇지 않았다면 꼼짝없이 홀로 길거리를 헤매야 될 판이었다.

'그 자식, 뒤에서 호랑이라도 쫓아오나? 걸음 한번 더럽게 빠르네!'

그렇게 투덜대며 한참을 쫓아가던 와중에 갑자기 서이룡이 멈춰 서는 것이 아닌가. 그리곤 소운평이 가까이 다가오기를 기다리다 근처의 상점 안으로 들어갔다.

소운평은 그를 쫓아 상점으로 들어갔다.

"어머, 오셨네?"

두 사람을 보고 상점의 주인인 듯한 여인이 반색을 하며 다가왔다.

자신이 아닌 서이룡을 반긴 것이라는 사실을 뻔히 알면서도 소운평은 괜히 기분이 좋아졌다. 아마도 오랜만에 바깥 공기를 쏘인 탓이리라.

그는 곁눈질로 슬쩍 여인을 살폈다.

여인은 이십 대 후반이나 삼십 대 초반으로 보였다. 바짝 치켜진 눈꼬리와 작은 입술만 아니라면 그런대로 잘났다는 소리를 들을 만한 용모였다.

옷차림은 여러모로 평범했는데, 한 가지 눈에 띄는 것은 여인의 가슴이었다. 그녀의 가슴은 큰 엉덩이보다도 훨씬 더 커 보였다. 유난히 헐렁한 상의는 아마도 가슴을 가리기 위한 방편인 듯했다.

'우와! 한마디로 끝내주는데! 호박을 달고 다녀도 저 정도는 아니겠다.'

소운평이 침을 삼킬 무렵, 두 사람은 모종의 이야기를 주고받았나. 도중에 서로의 몸을 쿡쿡 찌르며 장난질을 치는 것아 보통 사이가 아닌 듯싶었다.

이윽고 얘기를 마친 여인은 곧장 밖으로 달려나갔다. 그리곤 문밖의 기둥에다 장방형의 패(牌)를 내걸었다.

휴(休)!

잠시 쉰다는 피객패(避客牌)였다.

연후 여인은 서이룡의 팔을 잡아끌고 상점 안쪽의 내실로 보이는 곳으로 향했다.

'아하! 그렇고 그런 사이로군.'

소운평은 고개를 끄덕였다. 대충 상황이 파악되자 한편으로 부아가 치밀었다.

'개자식! 계집질하는 데 끌고 와서 나보고 뭔 일을 하라는 거야! 혹시 저 자식 변태 아냐?'

그때였다. 돌연 서이룡이 허리춤을 부여잡고 상점 뒤쪽으로 뛰어가는 것이 아닌가. 일그러진 얼굴과 어기적거리는 걸음이 설사라도 터진 것 같았다.

"미리 좀 다녀올 것이지!"

아쉬운 표정을 짓던 여인이 소운평에게 다가왔다. 걸을 때마다 실룩거리는 둔부의 움직임에 맞춰 거대한 젖가슴이 물결치듯 출렁거렸다.

"못 보던 총각이네?"

여인이 눈웃음을 치며 곁에 앉았다.

가뜩이나 여인의 몸에 몹시 자극을 받은 상태였는데, 성숙한 여인의 체취와 향긋한 분 냄새가 풍겨오자 소운평은 아예 죽을 맛이었다.

'으그……!'

아랫도리가 터질 것 같았다. 얼굴이 시뻘겋게 달아오르는 것으로도 모자라 호흡마저 가빠졌다.

"왜 이렇게 덥지?"

게다가 여인이 보란 듯 상의를 펄럭이는 통에 뽀얀 속살이 훤히 드러나자, 소운평은 비몽사몽(非夢似夢) 간에 여인의 젖가슴을 와락 움켜쥐었다.

그것만으로도 놀라 눈이 튀어나올 지경인데 여인의 반응은 더욱 놀라웠다.

"정말 못됐어!"

여인은 가슴을 움켜쥔 손을 찰싹 때렸다.

한데 그 모양새가 영락없는 눈가림에 불과했다. 눈꼬리를 치켜뜨며 배시시 웃는 모양이 누가 봐도 '걸려들었구나!' 하는 그런 표정이었다.

'흐흐, 이게 웬 떡이냐!'

소운평의 입이 함지박만큼 벌어졌다. 서이룡과 동서(?)가 될지 모른다는 지저분한 생각이 뇌리를 스쳤지만, 이 순간만큼은 문제가 될 리 없었다.

그는 옷자락을 더듬어 상의 속으로 손을 넣었다.

두툼하면서 매끈한 복부의 감촉을 만끽하며 점차 손바닥을 위로 가져간 그는 마침내 터질 듯 부푼 살덩이를 쓰다듬었다.

"아응!"

여인은 비음을 흘렸고, 당연한 순서처럼 소운평의 한 손은 치마 속으로 사라졌다.

"아이… 성급하기는!"

여인은 비소(秘所)로 찾아드는 손을 제지했다. 그리곤 허리를 비틀어 슬그머니 몸을 빼냈다.

'망할!'

잔뜩 달아오른 소운평은 그야말로 몸뚱이가 폭발할 지경이었다. 부랴부랴 다시 하체로 손을 뻗었건만 여인은 매정하게 몸을 돌렸다.

"더 이상은 안 돼. 혼자 온 게 아니잖아? 측소에 간 서가가 곧 돌아올 거야."

백번 옳은 소리였다. 소운평은 전신이 싸늘하게 식어가는 것을 느끼며 이내 한숨을 내쉬었다.

'잘 알면서 꼬리는 왜 쳐?'

그런 속마음을 눈치 챘는지 여인은 까르르 웃곤 소운평의 아랫도리를 슬쩍 건드렸다.

"실망하지 말아. 오늘만 날이 아니니까. 방문은 항상 열려 있으니 언제든지 찾아오라고. 잊지 못할 밤을 만들어줄게. 알았지, 잘생긴 총각? 그리고."

스윽!

여인의 얼굴이 커다랗게 확대되었다.

작지만 도톰하니 육감적인 입술이 닿을 듯 코앞에 이르고 새근거리는 숨결마저 얼굴을 간지르자 소운평은 또다시 후끈 달아올랐다.

"내 이름은 양우경(楊祐景)이야."

후욱.

귓속에 끼쳐지는 뜨거운 입김에 소운평이 진저리를 치는 순간이었다.

"그새를 못 참고 또 수작을 부리는구만!"

어느새 서이룡이 도끼눈을 뜨고 뒷문 근처에 서 있었다.

지은 죄(?)를 절실히 느끼는지라 소운평은 슬그머니 시선을 외면하는 반면 양우경은 아무렇지 않다는 얼굴로 다가가 서이룡의 가슴에 안겼다.

"아이, 수작은 무슨? 귓속에 뭐가 들어갔다고 해서 살펴준 것뿐인데."

서이룡은 어색하게 웃고는 그녀를 밀어냈다.

"알았으니까 먼저 들어가 있어."

"좋아요. 하지만 오래 기다리게 하지는 말아요."

양우경은 그의 뺨에다 소리나게 입을 맞추고는 내실로 사라졌다. 물론 문을 닫기 전에 소운평에게 한쪽 눈을 찡긋 감아 보였다.

서이룡이 맞은편에 자리하며 물었다.

"내가 따로 하는 일이 뭔지는 알고 있겠지?"

"아, 예! 그거야 뭐……."

소운평이 말끝을 흐리자 서이룡은 귀찮다는 듯 휘휘 손을 내저었다.

"서로 다 아는 사실인데 숨길 필요가 있겠냐? 단도직입적으로 말하겠는데 날 좀 도와줘야겠다."

"무슨 일인데요?"

"수금(收金)하는 일이다. 이미 길은 닦아놨으니 가서 내 대신 왔다고 말하면 알아서 챙겨줄 것이다. 가끔 문제가 생기기도 하지만 네놈 눈 썰미면 충분히 해결할 수 있을 게다. 사실 처음 만난 날 네놈이 보여준 행동이 무척 인상 깊었다. 그래서 네놈을 뽑은 것이지만 네놈이 열심히 한다면 아까 말했듯이 빚을 모두 탕감해 주고 약간이나마 이익도 나눠주마."

'아하, 그게 이거였구나!'

소운평은 나직이 중얼거렸다. 비로소 그가 면담 중에 '자세한 얘기는 나중에 하자!' 던 말이 무엇을 뜻한 것인지 깨달은 것이다.

"그럼 매원의 일은 어쩌구요?"

"당분간은 두 가지 일을 같이해야지. 그렇다고 걱정할 필요는 없다. 수금 일은 한 달에 서너 번 정도니 바람 쐬러 나간다고 여기면 되니까. 미리 전갈을 해둘 테니 드나드는 데는 문제가 없을 것이다. 어떠냐? 네가 싫으면 다른 사람을 골라야 하는데……."

씨익 서이룡의 입가에 미소가 걸렸다.

'망할 놈 같으니!'

선택의 여지가 있는 것처럼 들렸지만 사실 명백한 협박이었다. 다른 사람을 고른다는 말은 어쩌면 운영루에서 쫓겨날지도 모른다고 생각하기에 충분했으니 말이다.

소운평은 선선히 고개를 끄덕였다.

"그렇게 하죠 뭐."

그의 말대로라면 손해 볼 일도 아니었고 이익까지 분배해 준다니 굳이 거절할 필요는 없었던 것이다.

"장소나 말해 주시죠."

"어디냐 하면, 일단 성문을 나서서 곧장 관도를 따라 내려가다 보면……."

생김새답지 않게 그는 꼼꼼하게 설명을 했다. 어찌나 상세했던지 이야기를 듣는 소운평은 주변의 광경이 눈앞에 선하게 그려질 정도였다.

"돈을 꿔간 노인네가 보통 질겨야 말이지. 두 달 전에 하도 사정을 해서 빌려줬더니 원금은커녕 이자도 아직 못 받고 있다. 합이 여섯 냥이다. 꼭 받아와라. 빈손으로 돌아오면 네 녀석한테 책임을 물을 거니까 수단과 방법을 가리지 말고 알아서 해라!"

눈까지 부라리며 엄포를 놓은 서이룡은 이내 자리에서 일어났다.

"어서 가라. 유시(酉時) 중엽까지 후문으로 돌아오는 걸 잊지 말고!"

막 방 안으로 들어가려던 서이룡은 그때까지도 멀뚱히 서 있는 소운평을 향해 버럭 소리를 질렀다.

"빨리 안 갈래! 뭐 불만있냐?"

"그게 아니라 아직 밥을 못 먹었거든요. 식사하러 가던 중에 불려와서……."

소운평은 슬그머니 배를 쓰다듬었다. 아닌 게 아니라 좀 전부터 뱃속에서 울리던 소리가 아예 천둥 소리로 변한 상태였다. 더욱이 일을 보려면 저녁 시간이 될 때까지 꼬박 굶어야 하니 맥이 풀리는 것은 당연했다.

그러자 서이룡은 마지못해 허리춤을 뒤졌다.

"가는 길에 간단히 요기나 해라."

쨍그랑!

누런 동전이 바닥을 뒹굴었다.

열 문 정도 되는 동전이 움직임을 멈추기도 전에 서이룡은 잽싸게 문을 닫았다.

"쓰는 길에 팍팍 좀 쓸 것이지."

동전을 줍는 와중에 묘한 소리가 들려왔다. 끊어질 듯 말 듯 끈끈히 이어지는 신음 소리가 무엇을 의미하는 것인지는 불을 보듯 뻔했다.

'에라, 그냥 콱 부러져라!'

또다시 뻐근해지는 하체를 부여잡고 소운평은 상점을 나섰다. 그의 모습은 곧 북적대는 인파에 묻혀 저 멀리로 사라졌다.

3

"애고, 다리야!"

무려 반 시진 가까이 걸어왔는지라 피곤함을 느낀 소운평은 나무등치에 털썩 주저앉았다.

그가 휴식을 취하는 곳은 높은 언덕의 꼭대기였다. 올라오느라 잔뜩 힘이 들긴 했지만, 그 덕분에 아래가 훤히 내려다보였다.

멀리 은빛으로 찰랑이는 태호의 물결과 함께 물결을 가르며 유유히 떠다니는 화방의 모습이 한 폭의 그림처럼 아름다웠다. 그 아래로 목적지 역시 눈에 들어왔다.

언덕 아래쪽의 양지 바른 구릉에 위치한 다 쓰러져 가는 오두막이었다.

한참을 두리번거리며 주변 경관을 구경하던 그는 이내 몸을 일으키고 기지개를 켰다.

"좋아. 대충 쉬었으니 어디 가볼까?"

그는 씨익 웃고는 조심스레 언덕을 내려갔다.

한데 오두막에 가까워질수록 점점 이상한 기분이 들었다. 분명 자신은 초행이건만 어쩐지 꼭 한 번쯤 와본 곳 같은 느낌이 든 것이다.

그는 고개를 갸웃했다.

'요상하네, 진짜.'

그 느낌은 싸리나무를 가지런히 두른 사립문을 들어서면서 더욱 가중되었다.

집은 금세 무너질 정도로 허름했다. 마당 구석에는 우물이 있었고 반대쪽에는 커다란 나무가 자리했다. 그리고 그 아래는 낮은 평상이 놓여 있었다. 약간은 낯설기는 했어도 분명 기억에 있는 곳이었다.

'어째 기억이 날 듯도 한데?'

그는 잔뜩 이마를 좁히며 생각에 잠겼다. 그렇게 한참을 고민하던 그는 마침내 해답을 찾아낼 수 있었다.

"그렇지. 그랬었어!"

머리 속이 환히 밝아지며 모든 것이 떠올랐다. 그가 소주에 입성하던 첫날에 배를 얻어 타고 밥 한 끼를 얻어먹었던 진 노인의 집임이 생각난 것이다.

'이거 어쩐다?'

진 노인의 쭈글쭈글한 얼굴을 떠올리며 그는 잠시 망설였다. 무작정 노인을 몰아세우기에는 그날의 밥 한 끼는 너무도 부담스럽기만 했다.

하지만 그에게 선택의 여지는 없었다. 분노에 찬 서이룡의 모습을 떠올린 그는 성큼 방으로 다가갔다.

"영감님."

다행인지 불행인지 방 안에는 아무도 없었다.

'그렇구나. 고기를 잡으러 간 거야!'

소운평은 발을 동동 굴렀다. 약속 시간은 한 시진이 좀 넘게 남았을 뿐이었다. 그나마 돌아가는 시간을 뺀다면 겨우 반 시진 정도의 여유 밖에 없었다. 시장 구경을 하느라 시간을 허비한 게 화근이었다.

"참, 더럽게 재수도 없지!"

땅이 꺼져라 한숨을 불어낸 소운평은 반쯤 체념한 심정으로 평상에 걸터앉았다.

참으로 묘한 것이 사람의 마음이라고, 포기하고 나니 걱정이고 뭐고 간에 오히려 마음은 홀가분했다. 하기야 혼자서 안달을 해본들 무슨 소용이 있겠는가 말이다. 정작 사람이 아무도 없는데.

그렇다고 맥없이 돌아갈 수는 없는지라 소운평은 아예 평상 위에 드러누워 노인을 기다렸다.

바람은 살랑살랑 불었고, 햇살에 반짝이는 나뭇잎 사이로 보이는 하늘은 구름 한 점 없이 맑았다.

'에휴, 어느 놈은 계집 끼고 늘어지게 즐기는데, 대체 이게 무슨 꼴이냔 말야.'

문득 양우경의 터질 듯한 가슴이 그려졌다. 손바닥 가득 잡혔던 그 말랑말랑한 감촉이 생생히 떠오르자 신체의 일부가 즉각 반응을 보였다.

외진 곳이라 누가 볼 사람도 없건만 소운평은 잽싸게 하체를 가리며 주변을 두리번거렸다.

그 와중에 굳게 닫혀진 문이 유난히 시선을 끌었다. 방에서 약간 떨어진 허름한 곳, 바로 부엌이었다.

'혹시 알아, 누가 있을지?'

뻔한 결과가 나타날 것을 대비해 스스로 자위하면서 그는 몸을 일으켜 부엌으로 다가갔다.

한데 그가 막 문고리를 잡는 순간이었다. 안쪽에서 철벅거리는 물소리와 함께 나지막하게 흥얼거리는 콧노래 소리가 들려왔다.

굳이 안을 들여다보려 애쓸 필요는 없었다. 공교롭게도 가슴 어림쯤 되는 높이에 작은 구멍이 뚫려 있었기에 허리만 조금 숙이면 제격이었다.

'저, 저것!'

희미하게나마 사람의 그림자를 확인한 소운평은 저도 모르게 침을 삼켰다.

부엌 중앙에는 커다란 나무통이 놓여 있고, 그 안에서 젊은 여인이 목욕을 즐기고 있었다. 역광 덕에 용모를 알아볼 수는 없었지만 통 위로 살짝 드러난 뽀얀 상반신은 진정 눈부시도록 아름다웠다.

지켜보는 사람이 있다는 것을 꿈에도 모르는 여인은 콧노래를 부르며 연신 몸을 문질렀다.

여인이 몸이 뒤척일 때마다 불룩한 젖가슴이 통 위로 살짝 드러났다가 사라지곤 했다. 그런 모습은 홀랑 벗은 것보다 더욱 자극적이었다.

'그렇지! 조금만, 조금만 더!'

소운평은 애가 탔다.

궁하면 통한다더니, 때맞춰 여인이 몸을 일으켰다. 그리곤 바가지로 깨끗한 물을 퍼서 전신에 끼얹었다.

"아이, 시원해!"

'으으……!'

소운평은 온몸을 와들와들 떨었다.

양우경 때문에 가뜩이나 자극을 받은 상태였는지라 그는 이미 한계에 달한 상태였다. 핏발이 가득해 붉게 변한 눈이 그 증거였다.

그사이 밖으로 나온 여인은 수건으로 물기를 닦았다.

쥐면 부러질 듯 가는 손이 목을 스치고 탱탱하게 부푼 가슴을 어루만지더니, 곧 기름진 아랫배를 지나 거뭇한 수풀이 우거진 비소 근처에 도달했다.

안쪽을 닦느라 허리를 약간 숙이고 다리까지 살며시 벌리는 상황에 이르자, 소운평은 더 이상 참지 못하고 벌컥 문을 열어젖혔다.

"꺄악!"

째지는 비명도 이미 이성을 잃어버린 소운평에게는 아무런 소용이 없었다.

"어헝!"

마치 비호(飛虎)라도 된 듯 몸을 날린 소운평은 여인과 한몸이 되어 바닥을 뒹굴었다.

여인은 여전히 바닥에 누운 모습 그대로였다.

온몸은 긁힌 자국과 더불어 흙이 묻어 지저분한 상태였고, 사지를 활짝 벌린 모습인지라 거뭇한 수풀 속의 속살까지 적나라하게 드러난 상태였다.

수치스런 모습임에도 불구하고 그녀는 몸을 가릴 생각조차 없는 듯 보였다.

생각은커녕 퀭하니 죽어버린 눈빛과 가슴의 기복도 거의 느껴지지 않는 것이 사자(死者)의 모습에 가까웠다. 한 가지 그녀가 살아 있음을 느끼게 하는 것은 뺨을 타고 쉴 새 없이 흘러내리는 눈물뿐이었다.

벌거벗고 누워 있지 않았다 뿐이지 소운평도 제정신이 아니기는 마찬가지였다.

과거 스치듯 한차례 본 것에 불과했지만, 여인이 진 노인의 하나뿐인 손녀라는 사실을 깨닫는 것은 그리 어려운 일이 아니었다.

'이게 다 그 망할 년 때문이야!'

애꿎은 양우경을 원망하며 그는 여인을 살폈다.

한데 그가 앉아 있는 자리가 공교롭게도 여인의 하체를 마주 보는 위치라 울창한 비림과 붉게 물든 허벅지 안쪽이 거침없이 눈에 들어왔다.

'설마 처녀일 줄은…….'

그는 새삼 놀라웠다.

경험에 의하면 하층민의 생활은 비슷했다. 입에 풀칠하기도 어렵기에 딸자식들이 초경을 치르고 한두 해가 지나면 출가를 시키는 것이 보통이었다. 그것이 여의치 않을 때는 입이나 줄여보자는 방편의 일환으로 아예 남의집살이를 보내거나 일을 시켰다.

형편이 그러니 자의든 타의든 간에 일찍부터 남자를 알게 되는 것은 당연했다.

실제로 소운평은 열다섯 살 난 계집아이와 동침한 적도 있었는데, 솜털이 가시지 않은 계집이 어찌나 능수능란한지 혀를 내둘렀던 기억이 있었다.

한데 여인은 슬쩍 봐도 연상이 분명했으니, 그가 놀라워하는 것도 무리가 아니었다.

놀라움만큼이나 한편으론 처녀를 안았다는 사실에 뿌듯한 기분이 드는 것도 사실이었다. 그도 역시 평범한 남자에 불과하니까.

그러나 그 달콤함은 금세 중압감으로 돌변했다. 눈앞에 펼쳐진 여체를 대하고도 뒷목이 싸늘히 식어갔다.

'그나저나 어쩐다?'

까마득한 벼랑 끝에 대롱대롱 매달렸다 한들 이런 기분일까. 눈앞이 절로 아득해졌다.

이건 돈을 받느냐 못 받느냐와는 차원이 다른 심각한 문제였다. 백주에 멀쩡한 처녀를 겁탈한 것이다. 독하게 맘먹고 관(官)에 고발이라도 하는 날엔 그 시간 부로 인생 종치는 거였다.

"이, 이것 봐."

그러나 묵묵부답, 요지부동이라!

몸이 단 소운평은 어쩔 수 없다는 듯 슬그머니 손을 뻗어 다리를 건드렸다.

움찔!

여체가 경련을 일으키는 것과 동시에 퀭한 눈에 처음으로 감정이 실렸다. 두려움이었다.

"까아악!"

여인은 뒷걸음질치듯 바닥을 기었다. 둔부가 쓸려 핏물이 배어 나오는 것도 인지하지 못하는지 부엌의 턱에 등을 부딪친 연후에야 움직임을 멈췄다.

"누가 잡아먹기라도 한대!"

한차례 짜증을 부린 소운평은 언제 그랬냐는 듯 인상을 바꾸고는 여인 앞쪽에 주저앉았다.

"사실 여기 온 것은 빌려간 돈을 받기 위해서야. 서가에게 갚아야 할 돈이 모두 여섯 냥인 건 알고 있겠지? 이런 상황에서 돈 얘기를 꺼내야 한다는 사실이 무척 가슴 아프긴 하지만, 난 그 돈을 꼭 받아가야 한다구!"

그래도 반응이 없자 소운평은 품속에서 은덩이를 꺼내 코앞에 들이밀었다.

"이봐, 정신 좀 차려! 난 무슨 일이 있어도 돈을 받아가야 한다구. 이것 말이야, 이것!"

그렇게 손을 흔들기를 무려 반 각!

흐릿하던 눈동자에 조금씩 초점이 잡혀갔다. 결국 빚 독촉을 받아야 하는 각박한 현실 세계로 돌아온 여인은 부랴부랴 옷가지를 둘렀다. 그리곤 한동안 은덩이를 응시하더니 이내 고개를 떨궜다.

'좋았어!'

소운평은 쾌재를 불렀다. 다음은 정신 못 차릴 정도로 몰아붙일 차례였다.

"빈손으로 가면 보나마나 난 엄청 깨질 거라구. 물론 그거야 내 사정이지만, 내일은 다른 자가 오게 된단 말야. 그놈들은 잔인하기로 소문이 자자한지라 나처럼 말 몇 마디 중얼거리고 그치진 않을 테니, 필경 당신이나 당신 할아버지는 무사하지 못할 거라구. 모르긴 해도……."

잠시 말을 얼버무린 소운평은 딱딱하게 변해가는 여인의 얼굴을 뚫어져라 응시하며 말했다.

"아마 팔다리 하나쯤은 부러질 각오해야 할걸?"

"하아……."

그것만이 할 수 있는 일의 전부인 듯 여인은 나직이 한숨을 불어냈다.

'흐흐, 이쯤에서 적당히······.'

소운평은 득의에 찬 미소를 지었다.

"뭐, 그렇다고 너무 걱정하지는 말아. 내가 어떻게든 무마시켜 볼 테니까. 가능하면 돈도 내가 갚아주는 방향으로 할게. 그러니까 말이야······."

소운평은 잠시 말을 맺었다. 원래 중대한 일을 처리하기 전엔 누구나 뜸을 들이는 법이니까.

"그러니 쓸데없는 생각은 말라구. 이런 일이야 나이가 차면 한번은 겪는 일 아니겠어? 지금은 아프기만 했을 거야. 하지만 나중에 맛(?)을 알게 되면 오히려 내게 고마워할걸? 게다가 아직 임자가 없는 듯한데 원한다면 살림이라도 차려줄 테니까. 알았지?"

그리곤 여인의 손을 잡았다. 그래도 거부하는 기색이 없었기에 소운평은 남은 손으로 여인의 가녀린 어깨를 감싸 안으며 품속으로 당겼다.

'역시 계집들이란 한결같이······.'

벌써 제 마누라라도 된 듯 소운평은 나긋나긋한 여체를 어루만지며 감촉을 즐겼다.

그러나 오래지 않아 그는 인상을 구겼다. 빛줄기가 현저히 줄어든 것이 어느새 약속 시간이 코앞이었다.

'아이고, 큰일이다!'

돈도 못 받은 데다 늦기까지!

분노로 일그러진 서이룡의 얼굴이 아른거리자, 그는 부랴부랴 몸을 일으켰다. 벌써 마음은 십 리 밖을 달려가고 있건만, 그는 느긋하게 여인의 얼굴을 매만지는 여유를 부렸다.

"급한 일이 있어서 난 그만 가봐야 해. 아무튼 내 말대로만 하면 돈

문제는 더 이상 신경 쓰지 않아도 될 거야. 자주 오지는 못하겠지만, 가능하면 빠른 시일 내에 들르도록 할게."

마무리로 볼을 살짝 꼬집어주곤 소운평은 허둥지둥 밖으로 달려나갔다.

여인의 눈동자가 또다시 흐릿해졌다. 한동안 그렇게 멍하니 앉아 있던 그녀는 이윽고 눈을 감았다.

또르륵!

한줄기 눈물이 볼을 타고 흘러내렸다.

                    *   *   *

"그나저나 왜 이렇게 늦는 거야?"

아삼은 발을 동동 굴렀다.

벌써 술시(戌時)가 코앞인데 어쩐 일인지 소운평이 코빼기도 보이지 않았다. 그를 찾아 매원을 이 잡듯 뒤졌어도 헛수고였다. 하늘로 솟았는지 땅으로 꺼졌는지 종적이 묘연했다.

'이거 큰일이네.'

아삼은 멀리 떨어진 주방을 살폈다. 다행이 아무런 기척이 없었지만 조금 후면 술을 가지러 올 시간이었다.

'안 되겠다. 나라도 가서 열쇠를 받아와야지!'

아삼은 허겁지겁 달려갔다.

끼익!

문이 열리며 예의 술 냄새가 코를 자극하자 아삼은 인상을 찡그렸다.

'젠장, 이놈의 냄새는……'

벌써 열흘 가까이 습관이 되었어도 처음 창고에 들어오면 머리가 지끈거리는 것만은 변하지 않았다.

그는 서둘러 유등에 불을 밝히고 문을 활짝 열었다.

여름이 코앞인지라 밤 공기는 축축함을 느낄 정도로 끈적거렸지만, 그래도 좀 전에 비해 한결 머리가 맑아지는 것이 느껴졌다.

"루루루……"

그는 콧노래를 흥얼거리며 부지런히 바닥을 쓸었다.

술 창고는 지하를 위시해 일층과 이층, 도합 세 개의 공간으로 나뉘어졌다. 술의 원료에 따라 각기 보관하는 방법이 다르다는 것이 그 이유였다.

따라서 그 넓은 공간을 청소하는 일은 쉽지 않았다.

이윽고 청소를 마친 아삼은 창고를 돌며 비교적 자주 나가는 술독을 문 앞으로 옮기기 시작했다.

그사이 시간은 점점 흘러가 어느덧 술시가 훌쩍 지나 버렸다.

"휴, 꽤 힘드네!"

대충 일을 마친 아삼은 의자에 앉아 땀을 닦았다. 휴식이 주는 달콤한 여유를 만끽하기도 전에 한 사람에 대한 걱정이 밀려들었다.

'대체 운평이는 어딜 간 거지?'

제 8 장

운명은 불타오르고 내향방은 훈련에 빠지다

1

사사삭!

어둠에 잠긴 숲이 통째로 움직였다.

어찌 무생물인 숲이 움직일까마는 어둠을 안고 수많은 야행인들이 움직였기에 실상과 다르게 숲이 살아 움직이는 것처럼 보여진 것이다.

숫자는 모두 백여 명 정도였다. 전신에는 하나같이 적포를 둘렀고, 강철같이 단단해 보이는 손에는 병기를 꼬나든 상태였다. 선두에 선 인물을 정점으로 양쪽으로 넓게 포진한, 마치 학익진(鶴翼陣)을 펼친 모양새로 그들은 한 몸처럼 이동했다.

그토록 많은 인원이 움직임을 보이는 데도 바람을 가르는 미미한 소리만 들릴 뿐 일체의 인기척이 느껴지지 않았다. 그들이 지닌 무공이 얼마나 대단한지 말해 주는 단적인 광경이었다.

숲 속은 그들의 몸에서 흐르는 살기로 숨을 죽였다.

놀라운 속도로 달린 그들은 곧 야산의 정상에 이르렀다. 야산을 제외하곤 인근이 모두 낮은 구릉 지대였기에 소주성의 전경이 훤히 내려다보였다.

우뚝!

선두의 인물이 걸음을 멈추자 뒤따르던 인물들은 일제히 그 자리에서 화석처럼 굳어졌다.

이윽고 선두의 인물이 입을 열었다.

"각자 주어진 목표물을 숙지했으리라 믿는다."

조용했지만 항거할 수 없는 힘이 가득한 목소리였다.

"공격 시간은 너희도 알다시피 한 시진 후이다. 최단 시간 내에 정해진 장소를 확보해 은신토록 한다. 명심하기 바란다, 신호가 떨어지고 반 시진 이내로 모든 것을 마무리해야 한다는 사실을! 그러자면 적의 수뇌를 암살하는 임무를 맡은 너희의 책임이 막중하다."

그는 잠시 말을 끊고 칼날 같은 시선으로 일일이 적포인들을 훑었다.

"반드시 성공해야 한다! 알겠느냐?"

대꾸는 없었다. 적포인들은 묵묵히 제자리에 서 있을 뿐 누구 하나 입을 열지 않았다.

하지만 이런 종류의 침묵은 명백한 긍정의 의미였다. 그 증거로 그들의 전신에서 흐르는 살기는 숲 전체를 얼릴 듯 강도를 더해 갔다.

그러자 우두머리의 입가에 희미한 선이 그어졌다. 만족감과 자신감의 표시였다. 그는 우수를 들어 힘차게 전면을 가리켰다.

"목표물로 이동한다!"

사사삭!

숲 속이 또다시 물결치듯 살아 움직였다.

*   *   *

"어? 너, 눈이……?"

아삼의 눈이 휘둥그레졌다. 등 뒤에서 불쑥 나타난 것만 해도 놀라울 지경인데, 소운평의 왼쪽 눈두덩엔 시퍼런 물감을 풀어놓은 것처럼 물이 들어 있었던 것이다.

"그거 상처 아냐? 어디 좀 보자."

"아무것도 아니니까 넌 신경 쓰지 마."

소운평은 시큰둥하게 대꾸하곤 맞은편에 앉았다.

"무슨 안 좋은 일이라도 생긴 거냐? 하루 종일 눈에 띄지도 않더니만."

"신경 끊으라니까!"

버럭 소리를 지른 소운평은 화제를 돌렸다.

"일은 제대로 한 거야? 설마 내가 없다고 형편없이 처리한 건 아니겠지?"

"아냐. 제대로 했다구!"

아삼은 절대 아니라는 듯 펄쩍 뛰었다.

"오전 일과를 마무리 짓지 않으면 당장 여기저기서 불호령이 떨어질 게 뻔한데 한눈팔 일이 있겠냐? 그리고 이렇게 문도 대신 열어놨잖아, 술도 내주고."

"하긴, 그거야 잘한 일이지. 잘했어."

소운평은 아삼의 어깨를 툭 쳐주고는 이내 장부를 꺼내 살폈다.

"초저녁부터 꽤 많이 나갔네?"

"좀 바빴지."

"혹시 내가 없는 사이에 누가 다녀가진 않았고?"

"응. 팽 아저씨 말고는 사실 올 사람도 없잖아. 좀 전에 다녀가면서 너 어디 갔냐고 물었는데, 그냥 몸이 안 좋아서 누워 있다고 둘러댔더니 별 반응이 없더라."

'기특한 녀석.'

소운평은 씨익 웃었다.

보면 볼수록 마음에 드는 녀석이었다. 사실 언제 뒤통수를 치는 게 아닌가 싶어 내내 신경이 쓰였었는데, 하는 짓을 봐선 이젠 마음 푹 놔도 될 것 같았다.

그때였다.

"아삼! 아삼!"

밖에서 다급한 목소리가 연달아 들리는가 싶더니 누군가가 창고 안으로 뛰어 들어왔다.

정수리 부근이 거의 벗겨져 반들거리는 사십 대 후반의 사내였다. 그의 이름은 팽호(彭虎)였는데 주방의 허드렛일과 술독을 나르는 일을 맡은 자였다.

팽호는 허리를 꺾고 숨을 돌리다가는 이내 소운평을 발견하고 누런 이빨을 드러냈다.

"마침 자네도 있었군 그래. 아삼이 꽤 걱정하던데 몸은 좀 괜찮은 가? 응?"

갑자기 팽호의 얼굴이 묘하게 변했다. 눈썹이 일자로 모아지고, 마치 입 안 가득 만두를 구겨 넣었을 때처럼 볼이 부풀었다. 뭔가를 필사적으로 참는 듯했다.

이유는 너무도 분명했다. 그의 시선은 소운평의 눈두덩을 뚫어져라 응시하고 있었으니까.

'젠장, 이거 완전히 곡마단 원숭이 꼴이군. 만나는 사람마다 저 야단들이니…….'

소운평은 그의 시선을 외면하며 물었다.

"대체 뭔 일이 생겼기에 아삼을 그렇게 찾아대요?"

"험, 험."

팽호는 얼굴을 붉혔다. 몇 번 헛기침을 하며 안색을 회복한 그는 곧 계면쩍게 웃었다.

"사실 자네에게 좀 부탁할 게 있어 왔네."

팽호는 냉큼 의자에 앉았다. 그리곤 소운평이 묻기도 전에 이유를 말하기 시작했다.

"사실 자네도 알다시피 요즘 손님이 굉장히 늘지 않았나? 오늘은 평소보다 두 배 가까이 몰려들어 주방에 일손이 딸려 죽을 지경이네. 그래서 아삼을 좀 빌려줄 수 있는가 해서 왔네. 정식은 아니라 해도 일단 자네가 책임자이니 자네의 승낙을 받아야 할 게 아닌가. 더도 말고 딱 한 시진 동안만 빌려주게."

"아, 사람이 무슨 물건입니까, 빌려주고 자시고 하게? 이곳 일도 혼자하기엔 벅차서 그렇게는 못해요."

소운평은 냉정하게 거절했다. 일이 힘들어서 안 된다는 건 역시 핑계였고 좀 전에 팽호가 멍든 것을 비웃은 것에 대한 보복의 일환이었다.

"그건 걱정 말게. 술은 넉넉하게 가져갔으니 당분간 올 일은 없을 걸세. 그리고 문제없다고 큰소리를 치고 왔는데 그냥 돌아가면 내 체면은 어떻게 되겠나? 자네가 꼭 좀 도와주게나."

"아, 글쎄 안 된다니까 그러네요."

"허, 그 친구 고집은!"

팽호는 어쩔 수 없다는 듯 일어나 밖으로 나갔다. 잠시 후 다시 모습을 나타낸 그의 손에는 김이 무럭무럭 오르는 음식 접시와 술이 한 병 들려 있었다.

"이걸로 어떻게 안 되겠나?"

'참나, 늙은 놈이나 젊은 놈이나 잔머리는······.'

소운평은 내심 부아가 치밀었다.

팽호가 그토록 재빨리 음식과 술을 만들어낼 리 없었으니, 분명 위에서 음식과 술을 내주며 아삼을 빌려오라고 시킨 것을 중간에서 농간을 부린 것이 분명했다. 그가 선선히 승낙하면 자신이 먹을 요량으로 말이다.

생각 같아선 그냥 돌려보내고 싶은 마음이 굴뚝같았지만, 따끈따끈한 오리 고기의 유혹을 뿌리치기 어려웠다.

"좋아요. 그럼 정확히 한 시진입니다. 늦으면 문제 삼을 줄 알아요."

"그건 걱정 말게."

팽호는 누런 이를 드러내고 웃고는 아삼을 데리고 부리나케 사라졌다.

"좀 먹어볼까?"

소운평은 오리 다리를 쭉 찢어 입으로 가져갔다.

입 안에서 살살 녹는 것이 그야말로 꿀 맛과 같았다. 하기야 밥 귀신이 저녁을 굶었으니 오죽하랴. 그가 연신 주워 삼킨 덕에 오리 고기는 곧 바닥을 드러냈다.

'좋구나!'

밤바람에 실려 음악 소리까지 들려오자 소운평은 콧노래를 흥얼거리며 술을 따라 마셨다. 두 다리를 탁자에 올린 편안한 자세로 말이다.

한데 무엇이 생각났는지 갑자기 허공에다 대고 악다구니를 써댔다.

"망할 서가야, 벼락이나 맞아라!"

사실 그의 눈두덩에 시퍼런 멍 자국을 남겨준 장본인은 서이룡이었다.

약속 시간을 훨씬 지나 나타난 것과 돈을 못 받은 것에 대한 화풀이였다. 반대쪽 눈두덩이에 주먹이 닿기 전에 전 재산인 두 냥을 내밀지 않았다면 모르긴 해도 이 정도로 그치진 않았을 것이다.

그러나 한 가지 사실을 떠올리자 그에 대한 분노는 봄날 눈 녹듯이 사라졌다.

'그러고 보니…….'

나긋하고 풍염(豊艶)한 여체를 떠올리며 저도 모르게 키득거리던 소운평은 일순 멍청해졌다.

어이가 없었다. 우습게도 자신은 그녀에 대해 아무것도 모르는 것이다. 몸을 섞었다 뿐이지 나이는커녕 심지어 이름조차 몰랐다.

하기야 볼일(?) 볼 때는 그런 사소한 일에 신경 쓸 겨를은 당연히 없었고, 끝난 다음엔 약속 시간에 쫓겨 도망치듯 허둥대며 돌아왔으니…….

'제기랄, 평생 데리고 살아야 할지도 모르는 여자의 이름도 모르는 놈이라니…… 가만?'

문득 또다른 얼굴이 떠올랐다. 터질 듯한 몸매의 소유자 양우경이었다.

'이런 걸 양손에 쥔 떡이라고 하나?'

소운평은 히죽 웃었다.

물론 용모와 신선한 면에서는 단연 조 노인의 손녀가 앞섰지만, 양우경 또한 그런대로 매력이 있었다. 비교조차 안 되는 자극적인 몸매와 다년간 쌓아온 훌륭한 기술로 남자를 녹여줄 터였다. 굳이 한쪽을 선택하라면 쉽게 결정 짓지 못할 정도였다.

'뭐, 당분간 교대로 둘 다 만나면 되지. 까짓것 능력만 되면 뭔 일을 못해?'

내심 그렇게 중얼거리며 소운평은 길게 하품을 했다.

"아ㅡㄱㄱㄱ……!"

모처럼 몸을 혹사시킨 후유증과 술기운이 밀려들자 그는 탁자 위에 팔을 고이고 머리를 뉘였다. 멀리서 들려오는 악기 소리와 기녀들의 교소를 자장가 삼아 그는 금세 잠이 들고 말았다.

쿵!

뭔가 부딪치는 소리와 더불어 탁자가 약간 흔들거리는 느낌에 소운평은 잠에서 깨어났다.

어느새 돌아왔는지 반대 편에 아삼이 앉아 있었다.

"언제 왔냐?"

입가로 흐르는 침을 슥 문지르며 소운평은 허리를 쭉 폈다. 자세를 고치며 의자에 바로 앉는 그의 두 눈에는 여전히 졸음이 가득했다.

"방금. 이것 좀 먹을래?"

불쑥 내미는 아삼의 손엔 맛깔스러워 보이는 유과(油菓)가 들려 있었다.

"싫으면 다른 걸 먹든가. 여기 술도 좀 있는데?"

아삼은 아예 통째로 광주리를 내밀었다.

광주리 안에는 술병과 다른 먹을거리가 가득했다. 갖가지 떡과 유과를 비롯해 아직 철도 되지 않았거늘 과일도 여러 개 눈에 띄었다.

'내가 거지냐? 이런 걸 먹게?'

손님이 남긴 음식을 싸왔음을 익히 아는 소운평은 광주리를 멀찌감치 밀어버렸다.

그가 싫어하든 말든 아삼은 음식을 집어먹기에 바빴다.

소운평은 이내 문밖으로 시선을 돌렸다.

어두운 공간 사이로 휘황찬란한 불빛은 여전했다. 악기 소리는 점점 커져 가고, 기녀들의 교소는 이전보다 더욱 끈끈하게 변한 듯했다.

'자시(子時) 경인가?'

일을 마치려면 한 시진이 훨씬 넘게 남은 상태였다. 그사이 팽가는 한 번 정도쯤은 더 다녀갈 터였다.

'하기야 뭐 아삼이 왔으니……'

뻣뻣해진 목덜미를 어루만지며 소운평은 자리에서 일어났다. 이층에 가서 모자란 잠을 자기 위해서였다.

한데 그보다 아삼이 더 빨랐다. 냉큼 일어선 아삼은 총총걸음으로 밖으로 걸어나갔다.

"또 어딜 가는데?"

엉거주춤 서서는 하체를 가리키는 아삼을 향해 소운평은 있는 대로 눈을 부라렸다.

"제발 멀리 가라. 저번처럼 문 옆에다 싸면 죽을 줄 알아! 냄새가 오죽 지독해야 말이지."

소운평이 혀를 차며 다시 의자에 앉을 때였다.

펑!

문밖이 한차례 환하게 밝아졌다.

그는 다시 어두워지는 밖을 바라보며 입을 삐죽거렸다.

'쳇, 이번엔 폭죽이군!'

소란이 벌어지는 곳은 분명 천화원일 터였다. 돈을 주체 못하는 자들만 드나드는 곳답게 사나흘에 한 번 꼴로 외부에서 사람을 불러들였다. 대부분 경극이나 기예(技藝)를 공연하는 재주꾼들이었다.

며칠 잠잠하다 싶더니 달밤에 폭죽이라니, 결국 오늘도 예외는 아닌 듯했다.

'하긴, 그깟 놈들이 뭘 하든 나랑 상관없는 일이지.'

그는 슬며시 술병으로 손을 가져갔다.

본시 술을 탐하는 성격은 아니었지만, 한바탕 소리를 지른 탓에 목이 컬컬해졌다.

꿀꺽!

겨우 한 모금 마셨을 무렵 난데없이 비명이 울렸다.

"으아악!"

소운평은 술병에 입에 댄 채로 부르르 떨었다.

물론 그는 겁이 많은 편에 속했지만, 이번에는 그런 이유보다 비명 소리가 왠지 아삼의 목소리와 비슷하다는 느낌을 받아서였다. 게다가 비명은 그것 한 번으로 그치지 않았다. 꼬리에 꼬리를 물고 계속해서 이어졌다.

손의 힘이 풀리자 술병은 맥없이 바닥으로 떨어졌다.

콰자작!

파편이 사방으로 튀고 쏟아진 술이 바지를 흠뻑 적시는 순간, 그는 문밖으로 달려가고 있었다.

'헉!'

문가에 이르기도 전에 그는 화석처럼 굳어졌다. 주고의 창문 사이로 밖의 광경이 어렴풋이 보이자 그는 퉁기듯 창문 가로 바짝 붙어 밖을 살폈다.

가까운 곳이든 먼 곳이든 주위는 온통 불길이 솟구치고 있었다. 충천하는 화광(火光) 속에서 사람들은 불침 맞은 망아지처럼 미친 듯이 뛰어다녔고, 그들의 곁에는 어김없이 병기를 휘둘러대는 적포인들이 존재했다.

아삼은 문밖에서 멀지 않은 곳에서 꼿꼿이 서 있었다.

하지만 스스로의 의지에 의해서가 아니었다. 그의 곁에는 두 명의 적포인이 서 있었는데, 그중의 한 명이 휘두른 검이 정확히 아삼의 심장을 뚫고 등 뒤로 삐죽 튀어나온 상태였다.

털썩!

상대가 검을 뽑자 아삼의 몸은 맥없이 바닥으로 고꾸라졌다.

한데 남은 한 명이 주고 쪽을 유심히 바라보고 있었다. 상당한 거리임에도 그자는 좀 전에 술독이 깨지는 소리를 들은 것만 같았다.

설마 자신을 노려보는 것일 리는 없겠지만, 소운평은 오금이 저려 옴짝달싹도 못했다.

그사이 사내가 주고를 가리키며 검에 묻은 피를 닦는 사내에게 뭔가 지시를 하는 것처럼 보였고, 마침내 검을 갈무리한 자가 저벅거리며 주고로 다가오자 소운평의 얼굴은 아예 사색으로 변했다.

'도, 도망쳐야 해!'

행여 소리라도 낼까, 그는 한 손으로 입을 틀어막고 달음질을 쳤다. 지하실로 내려가는 계단을 향해서였다.

쿵, 쿵, 쿵!

허둥지둥 뛰어 내려가던 그는 그만 발을 잘못 놀려 균형을 잃고 말았다.

"어, 어!"

기우뚱.

몸이 기울어지는가 싶더니 결국 소운평은 세차게 아래로 곤두박질 쳤다. 우당탕거리며 계단을 구른 그는 커다란 술독에 뒷머리를 부딪치고야 말았다.

퍼억!

화끈한 통증과 함께 목 언저리로 흐르는 끈끈한 액체의 감촉을 느끼며 소운평은 의식을 잃고 말았다.

화르륵!

거대한 불길이 타올랐다. 시커먼 연기가 사방을 뒤엎은 가운데 불길에 휩싸인 전각들이 통째로 무너졌다.

주위는 온통 시체들로 뒤덮였고 바닥은 그들의 몸에서 흘러나온 피로 흥건했다. 인육(人肉)이 타는 매캐한 냄새가 인근 주변을 진동했다. 한마디로 한 폭의 지옥도(地獄圖)를 보는 듯했다.

이런 사정은 비단 운영루만이 아니었다. 그 시각, 각기 백여 장의 거리를 격하고 위치한 천애관과 만화루의 사정 역시 크게 다르지 않았다.

비보(悲報)는 전서구를 통해 곧장 대풍방에 전해졌다. 그리고 부랴부랴 달려온 현무당의 인물들이 현장에 도착한 것은 최초의 비명이 울린 시간으로부터 정확히 반 시진 후였다.

2

"혹시 생존자가 있을지도 모른다. 구석구석 샅샅이 살펴야 한다!"

우렁찬 목소리와는 달리 곽연(郭然)은 별로 기대하는 눈치가 아니었다.

시야에 들어오는 대다수의 건물은 이미 반파(半破), 혹은 전소(全燒)된 상태였다. 개중에 남은 것들 역시 불길에 휩싸였거나 흰 연기를 피워 올리는 실정이었다.

상황이 이럴진대 이 아수라장 안에서 생존자를 바란다는 것은 그의 욕심이랄 수밖에 없었다.

여기저기 충천하는 화광 사이로 그의 수하들이 콩 튀듯 뛰어다녔지만, 그들의 얼굴 역시 비애에 젖어 있었다. 예상대로 아무 소득도 없는 듯했다.

그는 걸음을 옮겼다. 저만치서 수하들을 독려하는 부당주 연좌기

(演佐基)를 향해서였다.

툭.

걸어가던 그의 발끝에 무언가가 걸렸다. 급히 내려다보니 여인의 것으로 보이는 시체였다.

사실 시체는 남녀를 분간할 수 없을 정도로 훼손된 상태였다. 단지 그가 여인이라 짐작한 것은 시체의 허리에 걸린 타다 남은 천 조각이 알록달록했기 때문이다.

그는 침중한 얼굴로 주변을 살폈다.

주위는 온통 시체들 천지였다. 어디로 시선을 돌려도 마찬가지였다. 바닥은 숯덩이로 변한 시체와 그들의 몸에서 흘러나온 선혈로 가득했다.

어느새 그의 곁으로 다가온 연좌기가 입을 열었다.

"당주, 진정 처참하기 그지없군요. 어떤 놈들의 짓인지 밝혀지기만 하면 그냥!"

분노 탓인지 목소리는 가늘게 떨렸다. 주먹을 말아쥐며 그는 뿌드득 이빨을 갈았다.

"좌기, 흉수(兇手)에 대한 단서는 발견했나?"

"한마디로 오리무중 그 자쳅니다."

연좌기는 고개를 절레절레 흔들었다.

"본 방의 생존자가 전무한 실정이라 아무것도 알아낼 수 없습니다. 게다가 상대 측의 시체는 한 구도 눈에 띄지 않더군요. 이 정도 전투에 사상자가 없다는 건 말이 안 되니, 아마도 일일이 시체를 옮긴 것 같습니다. 정말 용의주도한 자들입니다."

그때였다. 불타는 건물 사이를 헤집고 달려온 수하 하나가 다급하게 외쳤다.

"당주님, 생존자를 발견했답니다!"

그러자 두 사람은 해연이 놀라 소리쳤다.

"뭣이!"

"그게 누구냐?"

"자세한 것은 아직 모르고, 소식을 전한 수하의 말에 의하면 이곳의 일꾼인 듯싶습니다. 머리에 큰 부상을 입고 술 창고의 지하에서 발견 되었답니다. 그 덕에 불길을 피해 살아난 것으로 보여집니다."

연좌기의 얼굴에 화색이 돌았다.

"다행이 일의 전모를 알 수 있는 기회가 생겼군요."

곽연 역시 몹시 안도하는 기색이었다. 생존자가 큰 부상을 입었다는 사실을 상기한 그는 다급하게 말했다.

"우선 그자를 급히 방으로 옮기게! 중대한 일이니만큼 자네 손으로 직접 처리하도록 하고."

"알겠습니다. 그럼, 나중에 뵙죠."

연좌기는 소식을 전한 수하를 대동하고 순식간에 시야에서 사라졌 다.

"후우……."

곽연은 한숨을 불어내며 고개를 떨구었다.

'응?'

문득 눈길을 끄는 게 있었다.

그가 서 있는 곳으로부터 멀리 몇 구의 시체가 놓여 있었는데, 다행 히도 불길이 크게 미치지 않아 시신들이 제법 온전한 모양새를 갖춘 상태였다.

죽은 자는 말이 없지만, 죽은 자의 몸은 때론 말보다 더 결정적인 사실을 알려주는 경우가 생기기도 한다.

그는 눈을 빛내며 황급히 다가갔다.

스르릉!

검을 뽑아 든 그는 시체를 일일이 뒤집어 보았다.

바닥에 누워 있는 시체들은 거의가 경비를 맡은 자들의 것이었다. 그들은 정확히 목이 아니면 심장 어림에 구멍이 뚫린 모습이었다.

목의 동맥이나 심장은 치명적인 곳이다. 아무리 기습이 주효했다지만 그들의 몸에는 어떤 저항의 흔적조차 눈을 씻고 찾아도 없었다.

비록 방 내의 인물에 비하면 약간의 차이가 있다 해도 이들 역시 상당한 무예의 소유자였다.

그런데 일수탈명(一手奪命)이라니. 이것은 암습자들의 무예가 엄청난 경지에 이르렀다는 단적인 증거였다.

곽연이 아는 한 소주 근교에서 이 정도의 고수들이 십난으로 존재하는 곳은 단 두 군데였다.

그가 몸담은 대풍방과 적검문이었다.

'등소, 이놈!'

곽연은 이를 갈아붙였다.

*   *   *

실내에는 다섯 명이 자리했다. 상석(上席)은 여전히 기여영의 몫이었고, 그 아래로 진무방과 사신당의 당주들이 나란히 자리했다. 현무당의 곽연과 양태만이 눈에 띄지 않을 뿐이었다.

실내는 무겁게 가라앉다 못해 숨소리조차 들리지 않았다. 좌중의 어느 누구도 입을 열지 않았다.

다른 이들이야 워낙에 신중한 탓이라 친다 해도, 평소 불같이 화급한 성격을 지닌 위대붕조차 무겁게 침묵을 지켰다. 그만큼 그들의 심사가 편치 않다는 증거였다.

한 달에 한 번 꼴로 열리던 칠인회가 이번 달에는 무려 세 번이나 열리는 셈이었다. 그것도 보름이란 짧은 기간 사이에 말이다.

더욱이 이번의 모임은 자신들의 방만한 대응 때문에 열리게 되었음을 그들 모두가 아는지라 스스로 죄인처럼 움츠러드는 것은 당연한 일이기도 했다.

보다 못한 기여영이 아미를 잔뜩 찌푸렸다.

지금은 막 묘시(卯時)로 접어들 무렵이었다. 평소라면 침상에 누워 꿀같이 달콤한 잠에 취해 있을 시간이었다.

유난히 잠이 많은 그녀로서는 이 자리가 달가울 리가 없을 뿐더러, 모두 입이라도 맞춘 듯 함구(緘口)하니 답답하기 그지없었다.

결국 그녀는 더 이상 참지 못하고 소리를 질렀다.

"왜들 꿀 먹은 벙어리가 된 거죠? 입이 있으면 뭐라고 말 좀 해봐요! 일을 이 지경으로 만들어놨으면 무슨 대책이 있어야 할 것 아닌가요?"

앙칼지기까지 한 그녀의 외침에도 불구하고 누구 하나 대꾸를 하는 이가 없었다.

그러자 그녀는 자리에서 일어나 사뿐히 단상 아래로 내려섰다. 그리곤 산책이라도 하듯 여유있는 걸음으로 중인들 사이를 걸었다.

"양 당주가 말해 봐요. 당신이라면 명쾌한 해답을 제시할 수 있겠군요. 당신은 평소에 똑똑하다고 자부하던 사람이 아닌가요?"

지목을 받은 양후승은 대답은커녕 오히려 고개를 푹 숙였다. 얼굴이 화끈 달아오른 그는 쥐구멍이라도 들어가고 싶은 심정이었다.

"그, 그게……."

그가 애써 마음을 다잡고 뭐라 대꾸하려 할 때, 다행스럽게도 화살은 그를 비켜 다른 곳으로 옮겨 갔다.

"그렇지. 당신도 있었군요!"

화살은 옆 자리에 앉은 위대붕에게 쏘아졌다.

"위 당주는 호랑이를 한 손으로 때려 잡는다는 신력의 소유자였죠? 가만히 생각해 보니 그 얘기는 나도 들은 적이 있는 것 같군요. 하지만 당신의 용맹하다는 힘이 이럴 때는 한 푼의 소용도 없다니, 진정 대력신수(大霹神手)라는 명호가 부끄러울 지경이 아닌가요?"

목소리는 은방울이 구르는 듯 영롱했고 어투는 비할 데 없이 화려했다. 하지만 내용만은 상대방의 체면을 무참하게 뭉개 버리는 처참한 것이었다.

사내라면 진정 참기 힘든 모욕이었다. 위대붕의 얼굴이 순식간에 벌겋게 변해갔다. 더불어 탁자 아래 감추어진 그의 주먹이 터질 듯 부풀어 올랐다.

그러나 상대는 방주의 부인이기 이전에 지난 오 년 동안 방주 대리의 직함을 지낸 자신의 주인이었다. 아무리 화가 치밀면 앞뒤 가리지 못하는 위대붕이라도 목숨이 중한 것은 다른 이들과 마찬가지였다.

'대붕아, 위대붕아! 이십 년 공덕이 한낱 아녀자의 말 한마디에 무너지고 마는구나!'

그는 내심 처연하게 중얼거리며 손바닥에서 핏물이 흐를 정도로 주먹을 움켜쥐었다.

그사이 기여영은 다시 단상 위로 오르더니 푹신한 호피 위로 몸을 기댔다.

"당신들의 노고를 모르는 바 아니지만, 그동안 그에 상응하는 많은 것을 누려왔다는 사실은 누구도 부인하지 못할 거예요. 돈, 명예, 지위, 이 모든 것들이 당신들의 손안에 있었죠. 이젠 본 방이 당신들에게 주었던 만큼 되돌려받을 때가 된 것 같군요."

사람들의 얼굴색이 일제히 변화를 보였다. 쉽게 말해, 그간 편안하게 잘 먹고 잘 살았으니 지금부터는 제대로 밥값을 하라는 얘기였다.

"이십 년이 넘게 걸려 완성한 이 거대한 가업은 남편이 피 흘리며 손수 이루어낸 것이에요. 당연히 내 것이기도 하죠. 난 절대로 내 것을 뺏기고 싶지 않군요. 수단과 방법을 가리지 말고 이번 일을 해결하세요! 그나마 자리를 보존하고 싶다면 말이에요."

그녀는 싸늘히 실내의 인물들을 응시하고는 이내 자리에서 일어났다.

"난 목욕을 해야 하니 그만 가야겠군요. 부디 충분히 만족할 만한 결과를 이끌어내길 바래요. 그것이 모두를 위하는 길이니까."

그녀는 시녀를 대동하고 부리나케 사라졌다. 이러한 행동은 절대 한 문파의 수장(首長)을 대신하는 자로서 취할 행동이 아니었다. 무책임한 그녀의 태도에 사람들은 저마다 인상을 찡그렸다.

원후승은 입맛이 쓰다는 듯 연신 혀를 찼다.

"이거야 원, 날벼락도 유분수지. 졸지에 쫓겨날 판이로군 그래."

그러자 위대붕이 발끈해서 소리쳤다.

"기분이 상하기는 나도 마찬가지요. 하지만 지금 한가하게 그런 소리를 늘어놓을 때요? 불평을 하려거든 나중에 하시오! 적어도 흉수를 상대한 후에 말이오."

"뭐요?"

탕!

탁자를 내려치는 원후승의 눈에서 새파란 섬광이 줄기줄기 피어 올랐다.

"위 당주, 본인에게 시비를 거는 거요?"

"그렇다면 어쩔 텐가?"

위대붕 역시 지지 않고 맞섰다. 태반이 허옇게 변한 그의 턱수염이 쉴 새 없이 떨리는 것이 적지 않게 분노한 듯 보였다.

아무리 사신당의 당주들이 고하를 나눌 수 없는 같은 직급이라 해도 엄연히 위대붕은 그보다 이십 년 가까이 연장자였다. 자신이 강호에 몸담을 무렵 어미 젖을 빨고 있었을 새파란 애송이가 말 한마디에 도끼눈을 뜨자 주체 못할 감정이 솟구친 것이다.

이유는 그것만이 아니었다. 아니, 실질적이랄 수 있는 이유는 다른 데 있었다. 위대붕을 비롯해 곽연과 양태는 대풍장 시절부터 위충량을 모셔온 터였다.

그러나 원후승과 악무비 같은 이는 달랐다. 그들은 필요에 의해 외부에서 영입된 자였다. 물론 양태와 진무방은 전혀 의식을 하지 않았지만 다른 이들마저 그러리라는 법은 없었다.

본래부터 있던 자들과 나중에 들어온 자.

일종의 파당이 생긴 것이다. 파당이 생기면 당연히 서로 간에 알력이 생기기 마련이다. 공적인 석상에서는 드러나지 않았지만 은연중 서로를 견제하거나 비방하는 데까지 이른 것이다. 양후승과 위대붕은 신구(新舊) 세력 간에 유독 말썽이 많은 사이였다. 그러다 보니 별일 아닌 것에도 불구하고 평소의 감정이 드러나게 된 것이다.

두 사람이 뿜어내는 기운 덕에 실내는 삽시간에 긴장감이 감돌았다.

"왜들 이러시오. 이 자리엔 우리들만 있는 것이 아니질 않소? 총관도 계시고, 더불어 방의 중대사를 논의하고 있는 중이오. 진정들 하시고 자리에 앉으시오."

보다 못한 악무비가 제지하며 나섰지만 팽팽히 맞선 두 사람은 요지부동이었다.

그러자 악무비는 버럭 노성을 질렀다.

"제발 그만 좀 하시오! 우리가 이렇게 자중지란(自中之亂)을 벌이면 좋아하는 자가 누구겠소? 두 분의 이런 태도는 본 방을 더 큰 위험에 빠뜨리고, 나아가 흉수를 돕는 이적 행위란 걸 정녕 모른단 말이오?"

그제야 두 사람은 자리에 앉았다. 한풀 꺾인 기세로 보아 두 사람 모두 악무비의 말에 수긍하는 태도였다.

그러나 앉은 채 서로를 노려보는 싸늘한 시선만큼은 조금도 변함이 없었다.

덜컹!

돌연 거칠게 문이 열리는가 싶더니 누군가가 실내로 들어섰다. 바로 곽연이었다.

"다녀왔소이다, 총관."

그는 진무방을 향해 예의를 표하고는 이내 자신의 자리에 앉았다.

그가 자리에 앉자마자 위대붕이 다급하게 물었다.

"곽 당주, 대체 어떻게 된 거요?"

그러나 곽연은 대꾸가 없었다. 돌덩이처럼 굳은 얼굴로 허공의 한 부분을 응시할 뿐이었다.

"아, 뭐라 말이 있어야 할 게 아니오?"

위대붕은 속이 탔는지 애꿎은 자신의 가슴을 소리나게 두드려 댔다. 그의 재촉에도 불구하고 곽연이 입을 연 것은 상당한 시간이 흐른 뒤였다.

"오늘 새벽, 정확히 말하자면 축시(丑時) 말엽에 현무당으로 급전이 날아들었소이다. 전서의 내용은 너무나 어이없게도 운영루를 비롯해 삼대기루의 나머지 역시 습격을 받는다는 보고였소. 처음엔 쉽사리 믿을 수 없었소이다. 하지만 누군가의 장난이나 실수로 치부하기엔 전서의 내용이 엄청났기에 본인은 방 내에 통보를 하는 한편, 서둘러 현무당의 전 인원을 이끌고 현장으로 달려갔소. 여기까지는 이미 통보가 있었던 사실이므로 여러분 모두 알고 계시리라 믿소이다."

귀를 기울이던 사람들은 고개를 끄덕이며 동조를 표했다. 곽연의 말처럼 거기까지가 그들이 알고 있는 사실의 전부이기도 했다. 그랬기에 그들은 저마다 눈빛을 빛내며 다음 얘기를 기다렸다.

곽연의 얘기가 이어지자 그들은 일제히 숨을 죽였다.

"놀랍게도 전서의 내용은 사실이었소. 현장에 도착했을 때는 이미 모든 것이 끝난 후였소이다. 본인을 기다리는 것은 불에 탄 건물의 잔해와 매캐한 연기, 사방에 널린 시체들뿐이었소. 이 시간 부로!"

부르르……!

곽연의 전신이 세차게 경련을 일으켰다. 그는 비통한 어조로 한 자 한 자 끊어 말했다.

"오늘 이 시간 부로 본 방의 삼대기루는 더 이상 세상에 존재하지 않게 되었소이다."

"음……!"

"그럴 수가!"

묵직한 신음과 도무지 믿을 수 없다는 경호성이 분분히 터져 나왔다.

수하의 보고를 받고 부랴부랴 청풍각으로 달려올 때만 해도 그들의 심정은 곽연의 처음 생각과 크게 다르지 않았다. 그저 '누군가가 실수를 했거나 오해가 있으려니' 하고 단순하게 생각했다. 서둘러 사실 무근임을 밝혀내고 곧장 잠자리로 돌아갈 생각뿐이었다.

그랬기에 상황은 너무나 충격적일 수밖에 없었다. 한동안 그들 모두는 망연자실한 표정으로 말을 잃어야 했다.

진무방은 그들과 달리 상당히 침착한 모습이었다.

"흉수의 정체는 밝혀졌소?"

곽연은 침통한 얼굴로 고개를 가로저었다.

"현재로써는 아무런 단서도 찾지 못한 상황입니다. 전서를 받고 현장에 도착하기까지는 이 각이 조금 넘게 소요되었습니다. 주변 목격자들의 말을 종합해 본 결과 운영루에서 최초로 불길이 솟구친 시점과 본인이 도착한 시각을 비교해 보니 약 반 시진가량의 차이가 나는 것으로 추정됩니다."

위대붕이 해연이 놀라 소리쳤다.

"그렇다면 겨우 반 시진 만에 전부가 몰살당했다는 얘기가 아니오?"

"그렇소."

곽연은 그를 보며 한차례 고개를 끄덕였다. 그리고는 다시 양태를 향해 입을 열었다.

"약속이라도 한 듯 세 곳을 동시에 노린 것이며, 건물의 배치와 초소를 낱낱이 알고 허술한 곳을 노려 침입한 점으로 미루어 필시 사전에 치밀한 계획을 세운 것이 확실합니다. 게다가 더욱 놀라운 것은 그들의 손속입니다. 일격필살(一擊必殺)! 목과 심장을 단번에 벤 그들의 솜씨는 본 당의 일급 고수와 견주어도 손색이 없을 정도입니다. 또한 그들은 반 시진 만에 세 곳 모두를 폐허로 만들고 감쪽같이 사라졌습니다. 그것도 흔적 하나 남기지 않은 상태로 말입니다. 진정 놀랍지 않습니까?"

"과연 그렇구려."

진무방 역시 수긍하는 기색을 보였다. 비록 막대한 피해를 안겨준 적도(敵徒)들이지만, 그들의 행사만은 감탄을 자아내기에 충분했던 것이다.

그때였다. 밖에서 인기척이 들려오더니 누군가가 실내로 들어섰다. 삼십 대 초반의 젊은 사내였는데, 가슴 한쪽에 수놓인 '현무(玄武)'라는 글귀로 보아 곽연의 수하임이 분명했다.

"총관님과 당주님들을 뵙습니다!"

사내는 절도있게 예의를 표하고는 곧 곽연에게 다가갔다. 그리고는 귓속말로 무어라 중얼거린 다음 나타날 때와 마찬가지로 신속하게 사라졌다.

수하로부터 무슨 말을 들었는지는 몰라도 곽연은 적지 않이 안도하는 기색이었다. 입을 여는 그의 안색은 한결 밝아져 있었다.

"이렇듯 아쉽게도 흉수에 대해 밝혀진 것은 아무것도 없습니다. 그렇지만 본인을 비롯한 여러분은 분명 흉수의 정체를 미루어 짐작하고 있을 겁니다."

그렇다!

좌중의 누구도 입을 열어 말하지 않았다 해도 그것은 명백한 사실이었다. 단지 사실 여부가 확인되지 않았을 뿐 애초 곽연을 통해 전서의 내용이 사실이라는 것이 드러난 순간부터 그들은 이미 흉수의 정체를 거의 확신하다시피 한 상태였다.

하지만 쉽게 입을 열 수 없는 일이기도 했다. 만약 그것이 모두 사실로 밝혀질 경우 몰고 올 엄청난 파장 때문이었다. 모두가 은연중 사실이 아니기를 간절히 바라는 마음에서 비롯된 것이었다.

곽연의 말이 이어졌다.

"워낙 엄청난 일이기에 섣불리 단정할 수 없는 노릇이겠지요. 하지만 사건의 전모를 아는 자가 살아 있으니 조만간 모든 사실이 밝혀질 겝니다."

악무비가 버럭 외쳤다.

"아니, 그렇다면 생존자가 있었단 말씀이오?"

"그렇소이다."

"그렇다면 왜 지금껏 얘기를 안 한 거요?

"맞소. 가장 중요한 사실을 이제서야 말하는 저의가 대체 무엇이오?"

원후승 역시 쌍심지를 켜고 나섰다.

일이 이렇게 되고 보니 갑자기 분위기가 묘해졌다. 마치 곽연이 의도적으로 생존자의 존재 사실을 숨기려 했다는 방향으로 흘러간 것이다.

두 사람이 매섭게 추궁하자 노련한 곽연도 적잖이 당황한 듯 보였다.

그러나 그는 화를 내거나 인상을 찡그리지는 않았다. 강호에서 잔뼈가 굵은 노강호답게 그는 부드럽게 미소 지으며 두 사람을 달랬다.

"두 분은 그만 진정들 하시구려. 설마 내게 다른 의도가 있어서였겠소? 지금에서야 말한 것은 그에 합당한 사유가 있었기 때문이오."

그런데도 두 사람은 의심의 눈초리를 거두지 않았다.

그러자 여태껏 침묵으로 일관하던 진무방이 조용히 입을 열었다.

"내가 아는 한 곽 당주는 본 방의 충신이오. 그간 본 방을 위해 애써 온 곽 당주가 무슨 사심이 있겠소? 혼란스러운 심정을 모르는 바 아니지만 두 분은 좀 더 자중하는 것이 좋겠소."

담담한 어조였지만 눈빛만은 날카로웠다.

질책 아닌 질책을 받은 두 사람은 찔끔한 표정으로 시선을 돌렸고, 곽연은 진무방을 향해 한차례 목례를 하고는 말을 이어갔다.

"사실을 미리 밝히지 않은 것은 그자가 후두부에 큰 상처를 입은 상태라 생사가 불분명했는데, 보고에 의하면 다행스럽게도 목숨에는 지장이 없다고 하외다. 그자가 깨어나기만 한다면 흉수의 정체를 밝힐 수 있을 겁니다."

그 말을 끝으로 곽연은 자리에 앉았다.

실내는 무거운 정적에 휩싸였다. 들이쉬고 내쉬는 숨소리까지 고스란히 들릴 정도였다.

지루하게 이어지던 침묵을 깬 것은 원후승이었다.

"한데 양 총관께선 여태 무얼 하시는 건지, 소식을 제대로 전하기는 한 거요?"

"지금 그걸 말이라고 하는 거요!"

연락을 맡았던 위대붕이 쌍심지를 켰다.

그러자 사람들의 눈에 의혹의 빛이 감돌았다.

방 내에 문제가 생기면 누구보다 먼저 살피는 이가 양태였다. 더군다나 총관의 직책을 맡은 그가 칠인회에 불참했다는 사실은 이해하기 어려운 일이었다.

"허, 오래 살고 볼 일이군. 이런 일이 생길 줄이야."

악무비는 연신 허연 수염을 쓰다듬었다.

술렁거리는 분위기를 아우른 것은 역시 진무방이었다.

"중요한 건 내외의 소요를 진정시키고 안전을 도모하는 일이니 우선 비상령을 발동하여 것이 좋겠소. 곽 당주는 생존자로부터 흉수의 정체를 알아내는 데 주력하고, 다른 분들은 비상령대로 행동해 주길 바라오. 다음 모임은 오시에 갖는 것으로 하겠소."

"그렇게 하지요."

"알겠습니다!"

사람들은 분주히 실내를 벗어났다.

열려진 문으로 뿌연 여명이 실내를 집어삼켰다.

3

"생존자의 증언과 조사한 바를 종합해 볼 때 흉수는 적검문이라는 결론을 내릴 수 있습니다. 다만 아쉬운 것은 그들과 섞여 있었던 불특정 다수의 정체가 여전히 모호하다는 것이지요. 적검문과 일전을 결하는 것 역시 중요하지만, 현 시점에서 주력해야 할 것은 역시 그들의 정체를 밝히는 일이라는 게 본인의 생각입니다."

곽연은 양태를 향해 공손히 허리를 숙이는 것을 끝으로 긴 보고를 마쳤다.

달그락.

급하게 찻잔을 드는 소리가 여기저기서 울렸다. 너나 할 것 없이 그만큼 긴장했기 때문이리라.

이윽고 찻잔을 놓은 양태가 입을 열었다.

"수고했소, 곽 당주. 한데 생존자가 과연 본 방의 인물임을 자신할 수 있겠소?"

"물론 조사를 했습니다만······."

곽연은 잠시 얼굴을 붉혔다. 사실 '조사'라는 말이 부끄러울 정도로 결과는 형편없었다.

"약관의 젊은입니다. 사천 태생으로 혈혈단신이며, 십오 일 전에 운영루에 들어와 임시로 주고의 책임자가 된 자입니다. 무공은 지닌 바 없고, 하는 짓이나 말투로 보아 위험한 자는 아닌 듯합니다. 지금까지도 심문 중이니 머지않아 낱낱이 밝혀질 겁니다."

"혹여 적의 간세일지도 모르니 만전을 기해주시오."

"알겠습니다."

곽연은 조용히 자리에 앉았다.

"우려에도 불구하고 이번의 사건 역시 적검문의 짓으로 판명되었소이다."

가슴 가득한 분노 때문이었을까, 덩치에 어울리지 않게 양태의 목소리는 가늘게 떨렸다.

"여러분도 알다시피 이십 년 전의 혈사(血事) 이후로 본 방과 적검문은 불가침 약정을 맺고 서로의 영역을 고수해 왔소. 그간 사소한 문제 하나 없었다고 말할 수는 없지만, 가능하면 피차간에 심각한 마찰은 피해온 것만은 사실이외다. 그 결과 본 방은 날로 발전을 거듭하여 지금의 위치까지 이르게 되었소."

양태의 눈에 일순 분기가 일었다.

"그러나 작금에 이르러 본 방은 심각한 위기를 맞은 형국이오. 미수에 그친 납치 사건이 있었는가 하면, 오늘 새벽엔 본 방의 삼대기루가 궤멸을 당하는 불미스런 사태가 발생했소. 이 모두가 우리의 오만과

불찰이 빚은 결과가 아니겠소? 실로 개탄(慨歎)을 금치 못하는 바이오.”

　“음……!”

　곳곳에서 묵직한 신음이 터져 나오는 것과 동시에 모두의 얼굴색이 시커멓게 물들었다.

　“그러나 언제까지 이런 일을 되풀이할 수는 없지 않겠소? 본인이 새벽에 열린 회의에 불참한 것은 방주님을 만나뵙기 위해서였소. 숙고한 결과 그분께서도 더 이상 참지 않으시기로 결정을 하셨소.”

　“오!”

　“과연!”

　사람들은 일제히 탄성을 질렀다.

　그사이 양태는 느릿하게 가슴으로 손을 집어넣었다. 잠시 후 가슴을 빠져나오는 그의 우수에는 번쩍거리는 사각의 금패(金牌)가 들려 있었다.

　금패는 어른 손바닥만한 크기였다. 한쪽에는 구름을 안고 천공으로 비상하는 두 마리 용(龍)이, 다른 쪽에는 ‘영(令)’ 자가 크게 양각된 형태였다.

　‘저, 저것은… 바로……!’

　금패를 응시한 사람들은 경악을 금치 못했다. 그들은 퉁기듯 자리에서 일어났다. 그리고는 약속이라도 한 듯 일제히 양태를 향해 깊숙이 허리를 숙였다.

　“방주령주를 뵈오이다!”

　대풍방의 인물은 각자의 신분에 따라 네 가지 종류의 패를 부여받는다. 방주는 금패(金牌)를, 좌우 총관은 은패(銀牌), 네 명의 당주를 비롯한 대주급의 인물들은 동패(銅牌)를, 그리고 나머지 인물들은 자신의 신분을 새긴 목패(木牌)를 소지하게 된다.

양태의 손에 들린 금패는 다름 아닌 대풍방의 방주, 즉 철검(鐵劍) 위충량(偉衝梁)의 현신을 상징하는 방주령(幇主令)이었던 것이다.

영패가 나타나면 그 자리에 방주가 현신(現身)한 것과 다름없었다. 그렇듯 그들에게는 최고의 권위를 지닌 물건이었다. 비록 주인이 바뀌었다 하더라도 그들 모두가 극경(極敬)의 예우를 취하는 것은 당연했다.

양태는 서서히 영패를 들어 올렸다.

"이 시간 이후로 본 방과 적검문은 양립할 수 없소. 영주의 권위로 명하니 총력을 기울여 적검문을 섬멸하고 본 방의 신위를 세워야 할 것이오!"

"존명(尊命)!"

우렁찬 함성이 실내를 떨어울렸다.

곧 이어 양태는 자리에 앉을 것을 권했고, 모두가 자리하기를 기다려 자신도 의석에 앉았다. 상석이 아닌, 진무방과 마주하는 평소 자신의 자리였다.

기실 영패의 주인이 된 순간부터 그에게는 상석을 차지할 자격이 주어졌다 해도 과언이 아니었다.

그러나 그는 그렇게 하지 않았다. 어찌 보면 사소한 일인 것 같아도 그것은 위충량에 대한 그의 간절한 바람에서 비롯된 것이었다.

비록 뜻하지 않게 자리를 떠나 있기는 했지만, 언젠가는 그가 다시 돌아와 상석에 자리하기를 바라는, 눈앞의 자리에 앉아 온화한 눈빛으로 자신을 내려다볼 그의 모습을 그리는 양태의 진심이었다.

이윽고 양태는 영패를 품속에 갈무리했다.

"일전을 치르기 앞서 선결(先決)되어야 할 일이 있소. 비명에 간 본 방 인물의 가족들에게 장례비를 포함한 위로금을 지급하는 것이 그것이오."

"령주, 그것은 무립니다!"

악무비가 난색을 표명하고 나섰다.

"한둘도 아니고 무려 천여 명에 가깝습니다. 가구당 은 스무 냥씩만 지급한다 하더라도 물경 이만 냥에 이르는 거액입니다. 곧 막대한 자금이 필요할 것이 분명한데, 이미 본 방은 주 수입원을 잃은 상태인 데다 싸움이 언제 끝날지 누구도 모르지 않습니까?"

"악 당주의 말도 일리가 있소. 하지만 그렇기 때문에 더 더욱 필요한 것이오. 그 정도의 보상조차 없다면 누가 본 방을 위해 나서겠소?"

대풍방을 구성하는 무인들 중 하급이나 중급의 인물들은 대다수가 금전에 의해 고용된 자들이었다. 그런 그들이 자신들의 목숨을 내걸기 위해서는 당연히 그만큼의 대가가 주어져야 했다.

생사(生死)가 불분명한 만큼 가족들의 생계가 보장되지 않는다면 그들은 절대 나서지 않을 것이다.

양태가 말하는 요지는 그것이었다.

비단 그러한 효과를 노리기 위함도 있었지만, 그의 말처럼 비명에 간 그들의 가족들에 대한 최소한의 배려이기도 했다. 그랬기에 그의 의지는 확고했다.

"신원이 파악되는 대로 가구당 은 서른 냥씩을 지급하고, 본 방이 정상으로 돌아오는 대로 그들 가족을 우선적으로 고용할 것을 보장해 주시오. 이 일은 전적으로 악 당주께 일임할 것이니 즉시 처리하도록 하시오."

"알겠습니다!"

"또한 사상자들은 본 방에 속하기는 해도 대다수가 무공을 모르는 일반인들이오. 물론 조만간 본인이 지부대인을 만나 양해를 구할 생각이지만 될 수 있으면 관(官)과의 마찰은 피하는 것이 좋을 듯하오."

"알겠습니다!"

시원스레 대꾸를 하며 물러나긴 했지만 악무비는 여전히 마음에 들지 않는다는 태도였다.

그러나 양태는 신경 쓰지 않았다. 그가 못마땅한 태도를 비치는 것 역시 모두가 대풍방을 위하는 마음에서 비롯된 것임을 잘 알기 때문이었다.

"좋소이다. 이제 본격적인 사항을 논의토록 합시다. 여러분은 기탄없이 의견을 말씀해 주시길 바라오."

그 말을 기다렸다는 듯 위대붕이 대뜸 자리를 박차고 일어났다.

"애초에 본인은 이런 자리가 마땅치 않았소이다. 머리를 맞대고 백날 떠들어봐야 무슨 소용이 있겠소? 본 방은 이미 감당하기 어려운 치욕을 당한 꼴이외다. 더 이상 무슨 말이 필요하겠소. 우리가 당한 것의 수십 수백 배 고스란히 갚아주면 되는 것 아니오?"

그는 번갯불 같은 눈으로 주위를 둘러보고는 이내 양태에게 시선을 고정시켰다.

"령주, 본 당은 이미 만반의 준비가 된 상태입니다. 명을 내려만 주신다면 본인을 비롯한 오백팔십 주작당의 전 인원은 목숨을 걸고 적검문을 쓸어버릴 각오입니다!"

그의 화급한 성격은 여전했다. 원인과 과정을 생략하고 오직 필요한 것만을 논하는, 정녕 그에게 어울리는 말이요 어울리는 행동이었다.

평상시 같으면 눈살을 찌푸리거나 뭐라 반박할 법도 한데 사람들은 어쩐 일인지 반응이 없었다. 그와 견원지간인 양후승조차도 눈빛을 빛내며 동조를 표하는 듯한 행동을 보였다.

그러나 한 단체를 이끌어가는 책임자의 위치에 선 자들은 뭐가 달라도 다른 법, 양태와 진무방은 실내의 격앙된 분위기와는 달리 차분한 모습이었다.

두 사람 중에 먼저 말은 꺼낸 이는 양태였다.

"위 당주의 뜻은 고맙게 받겠소이다만, 그렇게 감정적으로 해결할 문제가 아니오. 어차피 일전을 피할 수 없는 상황이고, 이번 싸움은 본방의 존립을 위태롭게 할 만큼 심각한 양상을 띠고 있소. 자칫 경솔한 행동을 벌인다면 돌이킬 수 없는 상황을 초래할 수도 있다는 사실을 상기하기 바라겠소."

"끙!"

위대붕은 묵직한 신음을 터뜨렸다. 그야말로 찬물을 끼얹는 소리였다.

그러나 그는 발작하지 않았다. 아니, 정확히 말하자면 하지 못했다는 것이 옳을 터였다.

이유는 간단했다. 비록 솟구친 의기(義氣)를 산산이 부수는 말이기는 했어도 양태의 말은 반박할 여지 하나 없는 명백한 사실이기 때문이었다.

"옳은 말씀이오!"

진무방 역시 동조를 표했다.

"정도가 지나치면 오히려 해가 될 뿐이오. 저들은 이미 만반의 준비를 갖추고 있을 것이 분명하오. 사냥꾼이 화살을 먹이고 맹수를 기다리듯, 그들은 위 당주가 분노로 앞뒤 가리지 않고 달려들기만 기다리고 있을 거요. 이런 상황에서 섣불리 나서는 것은 스스로 기름 가마에 뛰어드는 것과 매한가지요."

"그럼 어쩌란 말씀이시오?"

"급할수록 돌아가라고 했소. 또한 매사에는 순서가 있는 법이니, 일단 진정하고 다른 이들의 의견을 들어보는 것이 어떻겠소?"

두 사람이 입을 맞춘 듯 자신을 제지하고 나서자 못마땅한 위대붕은 연신 콧등을 찡그렸다. 하지만 곧 어쩔 수 없다는 투로 자리에 앉았다.

그러자 원후승이 나섰다.

"우선적으로 해결할 것은 본 방의 경계 영역을 확충하는 것이라 생각하외다. 이미 외단의 대부분이 궤멸되었고 남은 인원마저 모두 철수한 지금 우리의 눈과 귀는 무용지물이라 보아도 과언이 아니오. 본 방을 중심으로 사방 이십 리 이상 경비 구역을 늘려야 할 것이고, 그것이 불가능하다면 최소한 태호 연안과 금월강만큼은 완벽하게 경비를 해야 할 것으로 사료되오."

대풍방이 위치한 곳은 소주성 서쪽에 위치한, 태호(太湖)가 훤히 내려다보이는 야산의 언덕이었다. 몇 개의 야산과 거대한 암석 더미로 이루어진 이곳은 일명 금월강(金月岡)이란 이름으로 불렸다.

대풍방의 뒤편에 위치한 산은 거대한 암반으로 이루어졌는데 특이하게도 금빛을 띤 바위였다. 낮과는 달리 밤이 되면 태호의 수면에 비친 달빛이 이곳에 이르러 금빛으로 변한다 해서 '금빛 달이 뜨는 언덕'이란 지명으로 불리게 된 것이다.

이곳은 산세가 워낙에 험한 관계로 평소엔 신경조차 쓰지 않는 곳이기에 방비해야 할 요지였다.

사실 적검문과는 태호를 사이에 두고 마주한 것 같은 위치였다. 육로로는 사흘 이상이 걸린다지만, 배를 이용해 호수를 가로질러 건너가면 기껏해야 하루 반나절이면 닿을 만한 가까운 거리였다. 또한 적검문은 놀잇배인 화방을 독점적으로 운영하기에 수로로 침투할 가능성도 배제하기 어려웠다.

결국 원후승의 말은 병력을 나누어 이 두 곳을 집중적으로 수비하자는 얘기였다.

"그건 너무 무모하지 않겠소?"

곽연이 우려 섞인 반문을 했다.

"본 방은 수적으로 열세요. 이런 상황에서 병력을 분산시키는 것은 몹시 위험하지 않겠소? 만약 적들이 사방에서 일시에 들이닥친다면, 혹은 시일이 걸리는 것을 감수하고 호수 반대쪽으로 우회한다면 어쩌겠소? 본 방이 어려운 지경에 치히리라는 것은 불을 보듯 뻔한 이치요. 일단 본인의 수하들이 외단을 경비하고는 있다 해도 계속 성안에 머무를 수는 없는 노릇 아니겠소?"

"설마 외곽 경비 자체를 포기하자는 말씀이오?"

"그럴 리가 있겠소."

곽연은 슬쩍 미소를 지어 보였다. 아마도 자신이 생각해 낸 것에 무척 만족스러워하는 눈치였다.

"본인이 맡고 있는 현무당엔 과거 비호대나 암혼영에 소속되었던 자들이 다수 있소이다. 이들을 재조직하여 외곽 경비와 더불어 적의 동태를 탐지케 하면 어떻겠소? 비록 본 당에는 삼백여 명에 불과하지만 다른 곳에 소속된 자들까지 모두 모은다면 세 배 정도는 될 거요. 다소

부족한 느낌이 들긴 해도 왕년의 실력을 감안한다면 그 정도 숫자면 충분하리라 여기는데, 어떻게 보시오?'

"충분히 만족하외다!"

흔쾌히 고개를 끄덕이며 원후승은 아련히 지난날을 떠올렸다.

과거 적검문과의 일전에서 만족할 만한 전과를 올리는 데는 젊은이들로 이루어진 그 두 곳의 역할이 지대했다. 비호대는 뛰어난 무공으로 대표되었고, 요인 암살과 정보 수집에서는 암혼영이 탁월한 능력을 보였다.

그 후 대풍방이 안정적인 궤도에 올라서면서 두 곳은 자연스레 쇠락(衰落)의 길을 걷게 되었다. 해체된 것은 물론이고, 사신당이 새로이 편성되면서 뿔뿔이 흩어진 채 그 휘하로 흡수되었던 것이다.

그가 과거의 일들에 폭 젖어 있을 무렵, 곽연은 양태에게 가부(可否)를 묻고 있었다.

"어떻습니까, 령주?"

"과연 곽 당주다운 훌륭한 생각이오. 한데 책임자를 누구로 했으면 좋겠소?"

양태는 신중한 태도로 주위를 둘러보았다.

일장일단(一長一短), 악무비를 제외한 눈앞의 세 사람의 능력을 누구보다 잘 알고 있는 그였다. 그랬기에 선택의 여지가 남아 있었다.

적절한 해답을 제시한 이는 악무비였다.

"그 일은 아무래도 곽 당주가 적격인 것 같습니다. 두 곳의 인원을 가장 많이 보유한 곳이 현무당이니만큼 명령 체계의 혼동을 피하기 위해서라도 그렇게 하는 것이 현명할 줄로 압니다만."

"그렇습니다. 곽 당주의 노련함이라면 최단 시간 내에 예전의 위세를 되찾을 수 있을 겁니다."

위대붕은 적극 동조를 표했고, 나머지 사람들 역시 특별히 거부하는 기색이 없었으므로 이후의 모든 일은 일사천리로 진행되었다.

태호 연안에는 목책을 이중으로 세워 저지선을 만든 다음 일단의 병력을 상주케 하고, 금월강 전체에는 초소를 이십 장 간격으로 세워 주야로 경계를 하는 것으로 문제는 일단락되었다.

그렇게 외곽 경비에 대한 논의는 끝이 났고, 양태는 흡족한 미소를 지었다.

"좋소. 본인 역시 충분히 만족하고 있소. 하면 모두의 뜻에 힘입어 새로이 조직될 비호대와 암혼영은 곽 당주의 휘하에 두도록 하겠소."

그때였다.

"령주, 잠시 기다려 주시지요!"

폐부를 울리는 중후한 목소리가 울려 나왔다. 여태껏 침묵을 고수하던 진무방이 나선 것이다. 그는 자리에서 일어나 양태를 향해 정중히 포권했다.

"본인의 생각으론 암혼영의 지휘만큼은 당분간 원 당주에게 일임하는 것이 좋을 듯합니다만."

모두의 시선이 그에게 쏠렸다.

"누구는 되고 누구는 안 되다니, 총관께선 지금 곽 당주의 실력을 과소평가하시는 게요?"

위대붕은 발끈해 소리를 쳤고 평소 감정을 드러내지 않던 곽연마저 얼굴색이 크게 변했다.

더욱 놀란 것은 원후승 본인이었다.

"초, 총관, 갑자기 무슨 말씀을……."

뭐라 대꾸하려던 그는 황급히 입을 다물었다. 그는 본 것이다. 한순간 날카롭게 번득이는 진무방의 시선을 말이다. 그것은 더 이상 나서지 말라는 일종의 경고였다.

실내는 금세 소란스럽게 변했다. 소요를 진정시키기 위해서는 결국 양태가 나서야 했다.

"아, 아, 그만 진정들 하시오!"

실내는 금세 평온을 되찾았다. 동시에 양태의 질책 아닌 질책이 이어졌다.

"이 몸이 알기로는 평소 진 총관은 절대 허언을 하지 않는 사람으로 알고 있소. 어떻소? 부디 이번에도 그러기만을 바라겠소."

"그렇게 보셨습니까?"

진무방은 아무 일도 아니라는 듯 태연히 대꾸했다.

하지만 양태를 응시하는 그의 입가엔 묘한 웃음이 감돌았다. 과연 양태가 보는 시각을 긍정하는 것인지, 아니면 부정하는 것인지 도무지 의미를 알 수 없는 묘한 색채의 미소였다.

"물론 이유는 있소이다."

그는 양태를 제외한 나머지 인물들을 쓸어보며 조용히 말을 이어갔다.

"실상 우려해야 할 문제는 다른 데 있는 것 같소이다. 본인은 곽 당주의 의견에 전적으로 동감이오. 우선적으로 처리할 것은 삼대기루를 기습한 자들 중 정체가 불분명한 자들의 배후를 밝히는 일이라 생각되오."

일순 장내가 싸늘히 식어갔다.

모두 적검문이라는 큰 벽에 가려진 다른 세력이 존재할 수도 있다는 사실을 간과한 것이다. 사람들은 당황해하면서도 진무방의 철두철미함에 새삼 놀라워했다.

그들의 감탄 어린 시선을 받으며 진무방의 목소리는 한층 무게를 더해갔다.

"물론 배후가 있다고 단정을 지을 수는 없소이다. 본인 역시 기우에 불과하기를 절실히 바라고 있소. 그러나 이 일은 반드시 해명을 해야만 하오. 그냥 지나치기에는 석연치 않은 점이 많을 뿐 아니라, 때에 따라선 본 방에 치명적인 영향을 줄 수도 있기 때문이오. 기실 이곳 소주에서 본 방을 적대시할 곳은 적검문을 제외하고는 거의 없다고 보아도 무방하오. 그런 사실로 미루어 추측컨대, 암중 인물은 우리의 상상을 초월하는 전혀 다른 단체일 가능성이 농후하다고 여겨지외다."

악무비가 지나가는 투로 중얼거렸다.

"그렇다면 그곳이 과연 어디란 말씀이시오?"

"그건 나도 모르는 일이오. 하지만 이십 년이나 침묵하던 등소가 드디어 칼을 뽑아 들었소. 그만큼 우리가 상대해야 할 인물이 만만치 않은 상대가 확실하다는 것이 아니겠소? 때문에 암혼영의 최초 임무는 이들의 정체를 파악하는 것이어야 하오."

위대붕이 또다시 나섰다.

"설사 그렇다 해도 굳이 곽 당주를 물리치고 원 당주의 휘하에 두려는 것은 이해하기가 어렵소이다. 그 일과 누가 수장이 되냐는 것은 전혀 무관한 것 아닙니까?"

백번 옳은 얘기였다. 누가 수장이 되든 제대로 업무를 처리하면 그만이었다. 더군다나 실내의 누구도 곽연의 능력을 의심하는 자는 없었다.

이미 정해진 일을 이유없이 반대한다는 것은 의도적인 행위로 여긴다 해도 무방했다.

그러나 당사자인 진무방은 사람들의 의아해하는 눈초리에도 불구하고 상당히 여유가 있어 보였다.

모두가 황당한 표정으로 서로의 얼굴을 바라볼 무렵, 실내에는 양태의 조용한 음성이 울려 퍼졌다.

"진 총관의 뜻은 잘 알았소. 그럼 비호대의 일은 곽 당주에게, 암혼영의 일은 원 당주에게 일임하는 것으로 결정하겠소."

"령주!"

반박하려던 위대붕은 황급히 말문을 닫아야 했다. 어느새 양태가 손짓으로 그를 제지했기 때문이다.

"본인의 기억으론 과거 원 당주가 잠시나마 암혼영을 이끌었던 것으로 알고 있소. 사안이 워낙 중대한 만큼 악 당주와 진 총관의 말대로 경험자가 이끄는 것이 더 유리하다는 판단에서였소. 두 분께서도 이해하리라 믿소."

"허허, 과연 고명하십니다!"

진무방은 감탄했다는 표정으로 포권했다.

곽연과 위대붕도 마지못해 승복하는 기색을 보였다. 양태와 마찬가지로 그들 역시 다른 무엇보다 방의 안위를 최우선시하는 충신들이기 때문이었다.

마지막으로 위대붕에게도 임무가 주어졌다.

"악 당주와 원 당주가 임무를 마치는 대로 공격을 위한 대대적인 조직 개편이 있을 것이오. 그때까지 위 당주는 본진의 수비를 맡아주어야겠소."

위대붕의 안색이 그야말로 똥 씹은 얼굴로 변했다.

제 딴에는 잔뜩 기대를 했건만 결국 집 지키는 강아지 신세가 되었으니, 낙심한 그가 그런 행동을 보이는 것이 절대 무리는 아니었다.

"본 진을 지키는 일은 다른 무엇보다 중요한 일이오. 곧 위 당주의 용맹을 선보일 날이 오게 될 거요."

"알겠소이다."

그는 잔뜩 풀 죽은 음성으로 대꾸했고, 양태는 찬찬히 주위를 돌아보며 말했다.

"좋소. 이것으로 회의를 마치겠소이다. 다음 모임은 추후 통보가 있을 것이며, 일단 각자에게 주어진 임무를 최단 시간 내에 해결하기를 바라겠소."

"존명!"

우렁찬 외침과 함께 사람들은 실내를 빠져나갔다.

한데 어쩐 일인지 진무방은 움직일 생각조차 않는 것이 아닌가.

이윽고 사람들이 모두 사라지자 양태가 입을 열었다.

"상의할 것이 대체 무엇이오?"

제 9 장

소문평은 말을 관리하게 되고 대종방은 제자 공격을 받다

1

사방 오 장 넓이의 석실은 짙은 어둠과 함께했다. 벽에 작은 유등이 걸려 있었지만 별 도움을 주지는 못했다.

칙칙한 어둠, 전신을 엄습하는 서늘한 기운과 퀴퀴한 냄새, 석벽에 지저분한 자국을 남기며 흘러내리는 물방울 등이 지상(地上)이 아님을 말해 주었다.

실내에는 세 사람이 존재했다.

그중에 둘은 건장한 체구를 가진 삼십 대 후반의 사내였다. 한 사내는 반들반들한 독두(禿頭)였고, 다른 사내는 웃옷을 벗어 울퉁불퉁한 근육을 남김없이 드러낸 모습이었다. 드러난 부위마다 흉터가 가득한 것이 일견키에도 좋은 느낌을 주는 자들은 아니었다.

그들은 의자에 몸을 기댄 채 식사를 하는 중이었다.

남은 한 사람은 맞은편 석벽에 고정되어 있었다. 머리엔 붕대를 감고, 사지에 굵은 쇠사슬을 주렁주렁 매달고 있는 이는 다름 아닌 소운평이었다.

의복은 여기저기 구멍이 나 있고, 입술은 갈라지고 터진 것이 적지 않게 고초를 겪은 듯했다.

"글쎄 전 아무것도 모른다니까요! 아는 게 있어야 자백을 해도 할 것 아닙니까? 이건 뭐가 잘못돼도 단단히 잘못된 거라구요!"

소운평이 목이 터져라 외쳤지만 두 사내는 음식을 먹는 데 열중할 뿐 콧방귀도 뀌지 않았다.

'미치겠네, 정말!'

눈을 뜨자마자 뇌옥이었다. 살아난 것에 감지덕지할 새도 없이 수염이 허연 노인네가 들이닥쳐 이것저것 물어볼 때만 해도 상황은 괜찮은 편이었다.

그러나 큰일은 노인이 사라지고 난 후에 터졌다. 산적같이 사납게 생긴 두 놈이 들어오더니 대뜸 그를 쇠사슬로 꽁꽁 묶어 빨래 널듯 매단 것이다.

그런 연후에 한다는 소리가 생전 듣지도 보지도 못한 적검문이란 곳을 들먹이며 무슨 지령을 받았냐는 둥, 자백하라는 둥 알 수 없는 소리를 떠들어대니 어찌 황당하지 않을쏜가!

거기다 말로만 떠들면 다행이게? 생긴 대로 논다고 적당히 손발을 놀려대니 죽을 지경이었다.

그나마 상대가 식사를 하느라 쉴 시간이 생긴 건 무척 다행스런 일이었지만 문제는 그도 역시 배가 고프다는 거였고, 더 큰 문제는 이 망할 상황이 언제까지 이어질 것이냐는 거였다.

'양심도 없는 놈들, 지들만 처먹다니!'

잡아먹을 듯 두 사내를 노려본 소운평은 사력을 다해 악다구니를 썼다.

"나도 엄연히 피해자란 말입니다. 이걸 봐요! 머리가 엄청 깨졌다니까요. 이런 사람을 막무가내로 끌어다 이렇게 감금해도 되는 겁니까!"

외침이 효과를 본 것인지 다른 이유가 있었는지 상의를 벗은 사내가 뒷짐을 진 채 소운평에게 걸어왔다.

"너, 배고프냐?"

끄덕끄덕.

소운평은 정신없이 고개를 흔들었다.

그러자 사내는 씨익 웃더니 이내 등 뒤에 감췄던 우수를 코앞에 내밀었는데, 투박한 손에는 노랗게 구워져 기름이 잘잘 흐르는 개 다리가 들려 있었다.

'이야!'

소운평은 아예 기절할 것만 같았다.

사실 그가 가장 좋아하는 음식이 개고기였다. 그에 걸맞게 그는 부위별로 갖가지 요리 방법을 알고 있었는데, 개고기는 역시 구이가 최고였다.

우선 살이 오른 개 다리를 골라 끓는 물에 껍질만 익을 정도로 살짝 삶는다. 이어 묵은 생강과 함께 찜통에 넣고 속까지 골고루 익힌다. 그런 다음 양념을 발라가며 구우면 먹음직한 개 다리 구이가 완성되는 것이다.

솔솔 풍기는 냄새나 형태로 보아 그가 가장 좋아하는 방법으로 요리된 것이 분명했다.

'애고, 조금만, 조금만 더!'

몸을 내미는 것으로도 모자라 목이 빠져라 늘여보았지만, 이빨만 딱딱 부딪칠 뿐이지 개 다리는 좀처럼 입 안에 들어오지 않았다.

사내의 입가에 새로운 주름이 생겨났다.

"자백하면 먹게 해주마!"

'망할 놈, 서너 살 먹은 애들도 아니면서 치사하게 먹을 걸 가지고!'

소운평은 쌩 돌아간 얼굴로 고개를 홱 돌렸다.

"호~ 하는 짓을 보니 배가 덜 고픈 모양이군. 그럼 이건 내가 마저 먹어야겠는걸?"

사내는 개 다리를 성큼 베어 물었다.

'아이고, 저, 저……!'

눈까지 지그시 감고 우물거리는 그 모습이 어찌나 맛깔스러웠는지 소운평은 연달아 침을 삼켰다.

그때였다. 이윽고 식사를 마친 대머리가 다가왔다.

"이봐! 장난은 그쯤에서 끝내라구."

독두 사내는 주둥이를 문질러 닦더니 기름기 가득한 손바닥으로 다시 머리를 슥 문질러 넘겼다. 가뜩이나 번들거리던 머리가 마치 후광을 두른 듯 번쩍거렸다.

'혹시… 저놈이 또?'

소운평은 내심 바짝 긴장했다.

사실 스스로 머리를 매만지는 것이 무슨 대수일까마는 문제는 그가 그런 행동을 하고 나면 영락없이 안 좋은 일이 생겼다는 데 있었다.

그사이 사내는 석벽 한쪽을 장식하고 있는 검은 휘장을 걷어냈다.

아니나 다를까, 드러난 벽면은 검(劍), 도(刀), 추(錐), 삭(槊) 등등 온갖 종류의 병기들로 가득했다.

독두 사내는 이내 작은 삭도(削刀)를 집어 들었다. 크기가 작아 장난 감이 아닌가 착각할 정도였지만, 새파란 광채를 뿌리는 것이 여간 예리한 것이 아니었다.

"이거 날이 잘 섰나.몰라?"

설마 갑자기 눈뜬장님이라도 되었단 말인가!

말도 안 되는 소리를 지껄인 독두 사내는 히죽 웃으며 삭도를 손바닥으로 가져갔다.

서걱, 서걱!

밀고 당기는 대로 피부가 베어졌다. 잘려진 살점은 어찌나 두께가 얇은지 종잇장을 방불케 했다.

몇 차례 반복되자 사내의 손바닥에선 조금씩 핏물이 배어 나왔고, 가득 고인 핏줄기는 손금을 타고 서서히 바닥으로 떨어져 내렸다. 그런데도 불구하고 고통의 기색은 일체 찾아볼 수 없었다.

스윽!

삭도가 이내 소운평에게 겨눠졌다.

"본 방의 인물들이 깡그리 몰살당하는 와중에 네놈같이 비리비리한 녀석만 달랑 살아남았다는 것이 말이 된다고 생각하나? 이번이 마지막 기회니까 바른 대로 실토하는 게 이로울 거다!"

'이건 분명 마(魔)가 낀 거야. 그것도 엄청!'

소운평은 정신이 하나도 없었다.

적검문에 대해 아는 게 코딱지만큼도 없으니 실토할 것도 없을 뿐더러, 뭐가 어떻게 돌아가는 건지 대충이라도 알아야 어떻게 둘러댈 게 아닌가.

곧 죽어도 우기는 수밖에 달리 방법이 없었다. 그게 엄연한 사실이요, 진실이니까.

"막무가내로 이러실 게 아니라 한번 생각해 보세요. 제가 첩자라면 그냥 이렇게 끌려왔겠습니까? 그리고 어떤 미친놈이 저 같은 놈을 첩자로 씁니까?"

"이거 아주 끈질긴 놈이구만!"

사내는 세차게 콧김을 내뿜었다.

"네놈도 꽤 근성이 있는 편이다만 우리 같은 사람들은 몇 곱절 더하다는 걸 알아봤어야지. 좋게 말로 타이를 때 불면 좋았을 것을, 자초한 일이니 원망은 말아라!"

독두 사내는 몹시 안됐다는 투로 혀를 차더니 소운평의 가슴을 겨누고 번개처럼 삭도를 휘둘러댔다.

"으아악!"

소운평은 질끈 눈을 감았다.

그러나 사내의 손속은 실로 교묘했다. 앞섶만 갈가리 찢겨 나풀댈 뿐 피부는 털끝만큼도 상하지 않았다.

사내가 드러난 가슴을 매만지며 중얼거렸다.

"이거 피부가 너무 야들야들하잖아? 이러면 벗기고 자르는 재미가 반감되는데…… 오랜만에 흥취가 돋았거늘 이렇게 되면 영 실망인데?"

'버, 벗겨? 잘라?'

소운평은 반쯤 혼이 달아났다. 이 작자는 사람을 푸줏간에 걸린 돼지고기쯤으로 여기는 것이 분명했다.

엄포를 놓는 것에 그칠 거라는 안이한 생각은 아예 떠올릴 수조차 없었다. 반쯤 용궁에 발을 디딘 그런 심정이었으니 말이다.

급기야 가슴 언저리로 비수의 서늘한 감촉이 전해지자 소운평은 기겁하며 외쳤다.

"마, 맞습니다! 전 첩잡니다, 첩자라구요! 그게 어떻게 된 거냐 하면……."

석실과 맞닿은 반대 편의 작은 석실에서 은밀히 안을 살피는 두 사람이 존재했다. 벽에 뚫린 작은 구멍을 통해 안을 주시하는 이는 바로 곽연과 연좌기였다.

'허, 그놈 참!'

말도 되지 않는 소리를 지껄이는 소운평을 주시하며 곽연은 저도 모르게 실소를 지었다.

연좌기가 불쑥 물었다.

"당주, 어떻게 보십니까?"

"어떻게 보다니? 설마 자네는 저 젊은이가 첩자라고 여기는 것인가?"

"그럴 리가 있겠습니까?"

연좌기는 피식 미소를 지었다.

"그나저나 저 친구를 어쩌실 생각입니까?"

"일단 의혹이 걷힌 이상 총관께서 지시하신 대로 처리해야겠지. 이 대주에게 연락해서 어울리는 일자리를 만들어주는 것으로 마무리 짓도록 하게."

"알겠습니다!"

그러나 곽연은 금세 말을 바꿨다.

"아니, 그럴 필요 없겠군. 어차피 비호대의 일로 한 번쯤 이 대주를 만나야 하니 직접 들르도록 하겠네. 자넨 반 시진쯤 후에 저 젊은이를 인계해 주게. 당분간 감시를 붙이는 것도 잊지 말고."

"그렇게 하지요."

"그럼, 먼저 가겠네."

"멀리 배웅치 못함을 용서하십시오."

연좌기는 공손히 허리를 숙였다.

"아, 그리고!"

막 철문의 손잡이를 잡아가던 곽연은 문득 걸음을 멈췄다. 뒤를 돌아보는 그의 노안(老顔)엔 개구쟁이 소년의 것 같은 미소가 곁들여졌다.

"그 젊은이를 이제 그만 다그치도록 하게나. 계속했다간 등소의 친아들이라는 소리까지 나올 것 같네."

"핫핫! 알겠습니다!"

연좌기는 다소 과장된 몸짓으로 허리를 숙였다.

*   *   *

"상흠(湘欽), 혹시 본 대의 관할 구역에서 충원 요청을 한 곳이 있었던가?"

이환이 서류를 뒤적이며 물었다.

"글쎄요. 그건……."

'상흠'이라 불린 삼십 대 초반의 사내는 이맛살을 좁히며 골똘히 생각에 잠겼다.

그러나 오래지 않아 난색을 지은 그는 골치 아프게 생각하는 것을 포기하고 가장 확실한 방법을 선택했다.

"잠시만 기다리십시오."

그가 생각해 낸 확실한 방법이란, 바로 탁자 위에 산더미처럼 쌓인 서류 중의 하나를 뒤적거리는 일이었다.

한동안 침을 발라가며 서류를 넘기던 그의 얼굴이 환히 밝아졌다.

"아! 여기 한 군데 있기는 하군요. 마장(馬場)에서 급히 사람을 필요로 한답니다. 말을 관리하던 이춘삼이란 자의 아비가 죽었다는데, 이 참에 아예 가족들을 데리고 낙향(落鄕)해 홀로 남은 모친을 모시겠답니다."

"그거 잘됐군. 밖에 있는 운 좋은 젊은 친구를 마장에 데려다 주도록 하게."

"……"

한데 기대했던 대꾸도 없었을 뿐더러 상흠이 여전히 자리를 떠나지 않사 궁금해진 이환은 마지못해 고개를 들어야 했다.

"무슨 문제라도 있나?"

"저… 서류에는 이춘삼이 사흘 뒤에 본 방을 떠나는 것으로 적혀 있습니다만……."

'허, 이거야 원!'

이환은 어이가 없다는 듯 혀를 찼다.

"자네가 부대주가 된 지 얼마나 되었지?"

"글쎄요, 잘은 모르지만 아마 반 년 정도 된 걸로 기억합니다. 한데 갑자기 그건 왜 물으십니까?"

빤히 자신을 바라보는 시선에도 불구하고 이환은 속으로 중얼거렸다.

'이런 단순한 사람하고는, 그렇게 머리가 안 돌아가서야 어디다 써 먹겠나? 자넨 평생 부대주 자리로 만족하는 것이 좋을 듯하네.'

내심과는 달리 그는 손을 휘휘 내저었다.

"뭐, 별일 아니니 신경 쓰지 말게! 어차피 그 친구도 받을 건 다 받아 챙겼을 테니 사흘 먼저 떠난다고 무슨 문제야 생기겠나? 자네가 적당히 알아서 하게. 설마 그 정도도 혼자서 처리하지 못하는 것은 아니겠지?"

"말끔하게 처리할 테니 염려 놓으십시오. 그럼 다녀오겠습니다!"

상흠은 꾸벅 인사를 하고는 문 가로 걸어갔다.

막 문을 닫고 사라지려는 그를 향해 이환이 다짐하듯 말했다.

"일이 많이 밀렸으니 쓸데없는 일 벌일 생각 말고 곧장 돌아오도록 하게!"

*   *   *

"으음……!"

나직한 신음을 흘리며 양태는 잠에서 깨어났다.

둔기로 강타당한 것마냥 뒷목이 뻐근했다. 침상이 아닌 곳에서 잠을 자면 언제나 이 모양이었다. 한 손으로 목덜미를 어루만지며 그는 상반신을 곧추세웠다.

실내는 몹시 어두웠다. 두어 번 눈을 깜빡인 후에야 먹물 같은 어둠을 뚫고 희미하게나마 주위의 사물이 눈에 들어왔다.

'어색하군!'

당연한 느낌이었다.

이곳은 늘 생활하던 자신의 처소가 아닌 것이다. 정확히 말하면 방주의 집무실, 청풍각의 이층에 자리한 평소 위충량의 사용하던 곳이었다.

그는 가만히 자리에서 일어나 주변을 둘러보았다.

모든 것은 예전 그대로였다. 오 년 전 그날의 정경과 한 치의 변화도 없었다. 심지어 방 안에 놓인 물건 하나하나마다 주인의 체취가 고스란히 느껴질 정도였다. 단지 달라진 것은 주인이 자리에 없다는 것뿐, 그것이 그를 허탈한 모습으로 서성이게 하는 이유였다.

한참을 서성이던 그는 이내 의자에 앉았다.

끼이익!

무게를 감당치 못한 의자가 날카롭게 비명을 질렀다.

섬뜩한 그 소리를 들으며 양태는 의자에 깊숙이 등을 기댔다. 그리고는 천천히 두 눈을 감았다. 두 팔을 교차시켜 반대쪽 옆구리에 붙인, 소위 팔짱을 낀 자세 그대로 그는 미동조차 보이질 않았다.

그러나 그의 머리 속은 뒤죽박죽 뒤엉킨 실뭉치처럼 복잡하기만 했다.

'방주……!'

눈을 감은 채 그는 위충량의 얼굴을 떠올렸다.

방주령의 새로운 주인!

원치 않았던 일이었다. 그때 그 순간, 절망에 물든 방주의 퀭한 두 눈을 보지 않았더라면, 그 눈가로 흐르는 굵은 눈물 방울이 아니었다면 자신은 결코 승낙하지 않았을 것이 분명했다.

어차피 승낙한 이상 방의 안위를 포함한 모든 것이 자신의 손에 달린 터였다.

하나 이십여 일 전부터 시작된 두 번의 사건은 능력의 한계를 절실하게 느끼게 했다. 그럴수록 방주의 빈 자리는 너무도 크게 다가왔다.

"후우……."

답답하게 만든 것은 그것뿐이 아니었다. 낮에 진무방과 나누었던 얘기들이 뇌리에 떠오르자 마음은 더욱더 심난해졌다.

"어쩌면 본 방도 조력자를 구해야 하는 상황에 처하게 될지도 모릅니다."

"설마 그 정도란 말이오?"

도무지 믿기 어렵다는 듯 양태의 두 눈은 경악으로 부릅떠졌다.

"물론 최악의 경우를 말씀드린 것이고, 조만간 모든 것이 드러나겠지만 현 상황으로 본다면 충분히 가능성이 있는 일입니다."

"음……!"

"그간 본 방과 적검문이 별 문제 없이 지내온 것은 서로 간에 팽팽히 균형을 이루었기 때문이 아닙니까? 그들이 주저없이 칼을 들이댄 만큼 믿는 구석이 있기 때문이겠지요. 미리 대비하지 않는다면."

"그만 됐소!"

이례적으로 양태는 말을 중단시켰다. 그만큼 마음의 평정을 잃었다는 증거였다.

'조력자, 조력자라……'

양태는 거듭 되새겼다.

필요하다면 당연히 구해야 했다. 불안한 마음 한편으론 어쩌면 이십 년 전의 그때처럼 다시 한 번 도약의 기회가 될지도 모른다는 생각이 뇌리를 스쳤다.

그러나 그는 한 번도 대풍방을 떠난 적이 없었다. 그렇기에 단 한 곳도 떠올리지 못한 것은 당연한 일이었다.

밀랍처럼 굳은 그를 응시하던 진무방이 조심스레 말을 이어갔다.

"그 일은 제가 맡도록 하지요. 명문대파(名門大派)는 아니라 해도 이번 일에 적격인 이들을 알고 있지요. 본 방에 커다란 도움이 될 것입니다."

'진정 어렵군!'

고개를 가로저으며 양태는 습관처럼 창문을 열어젖혔다.

끼기긱!

오 년이나 사람의 손길이 없던 까닭에선지, 원래 낡아서인지 문틀에서 먼지가 우수수 떨어졌다.

실내와는 상반되게 밖은 밝았다. 군데군데 화톳불이 밝혀져 훤한 대낮을 방불케 했다.

불꽃은 일정한 간격을 둔 채, 멀리 이백여 장(丈)이나 떨어진 태호 연안까지 이어진 상태였다. 그 덕에 망루(望樓)의 인물들과 번초(番哨)를 도는 경비 무사들의 움직임까지 세세히 눈에 들어왔다.

건물이나 정원, 하다못해 연못의 잉어 한 마리까지 어느 것 하나 그의 손길이 미치지 않는 것이 없었다. 그것들 하나하나마다 잊을 수 없는 기억들이 존재했다.

'등소!'

양태는 이를 악물었다.

그가 서 있는 이곳은 그의 생명이자 전부였다. 반드시 지켜내서 원래의 주인에게 돌려주어야 한다는 일종의 의무감이라 해도 좋았다.

'최선을 다할 것이다!'

그는 두 주먹을 불끈 움켜쥐었다.

결과를 미리 생각하는 어리석은 행동은 하지 않았다. 중요한 것은 그는 아직도 활활 타오르고 있다는 것이고, 그가 목숨이 붙어 있는 한 그 사실은 절대 변함이 없을 거라는 사실이었다.

화톳불에 반사되어 번들거리는 그의 반면(半面)은 점차 진한 살기로 물들어갔다.

푸드득!

새 한 마리가 날아올랐다.

크기가 주먹 두 개만하고 온몸이 붉은 혈응(血鷹)은 대풍방을 한차례 선회하고는 곧 암천(暗天)으로 사라졌다.

"청승맞게 밤중에 웬 새야?"

"그러게."

경비를 서던 무사들은 그렇게 중얼거렸고, 그 시각 창가에 서 있던 양태 역시 무심코 지나쳤다.

그것은 불행의 서곡(序曲)이었다.

2

우우우웅!

바람 소리라고 여기기에는 너무도 세차고 섬뜩한 소리였다. 더불어 세찬 물줄기 흐르는 소리가 귀청을 찢어발기는 듯 계속해서 들려왔다.

콰콰콰……

주위는 칠흑처럼 어두웠다. 또한 상상을 불허할 정도로 추웠다. 살을 에이는 듯한 바람, 동굴 벽과 천장에 주렁주렁 매달린 종유석은 하얗게 얼음이 낀 상태였다.

한데 이처럼 혹독한 어둠 속에서 움직임을 보이는 인물이 존재했다. 정체 불명의 괴인은 동굴의 한쪽 구석에 쓰러져 짐승처럼 꿈지럭거렸다.

그의 몰골은 실로 참혹했다. 머리칼은 산발해 어지럽게 흩어졌고, 의복은 갈가리 찢겨져 나풀거렸다. 군데군데 드러난 맨살은 끔찍하게도 온통 피딱지와 얇은 얼음으로 뒤덮인 상태였다. 게다가 그는 한 팔이 어깨 어림부터 싹뚝 잘린 외팔이였다.

그가 앉아 있는 바닥엔 작은 야명주(夜明珠)가 놓여 있었다. 그 덕에 어렴풋이 그의 면목이 드러났다.

그런데 그는 놀랍게도 조인환이 아닌가. 왼팔이 잘린 채 음풍동에 갇힌 그가 이십여 일이 지난 지금까지 살아 있었던 것이다.

"으으……!"

그는 가슴을 뒤적거리더니 무언가를 꺼내 들었다. 그리고는 떨리는 손으로 전신을 문지르기 시작했다.

그러자 신기하게도 살 거죽을 덮은 얼음이 조금씩 녹아내리는 것이 아닌가. 눈앞에서 벌어진 일이었지만 정녕 믿기 어려운 기사(奇事)였다.

그것은 그가 쥔 물건의 효능 덕이었다.

온옥(溫玉)! 주변의 온도가 떨어지면 스스로 온기를 발한다는 온옥이란 물건이 없었다면 그는 결코 지금까지 살아남지 못했을 터였다.

옥의 주산지인 천산(天山)에서도 드물게 발견되는 이 귀물(貴物)을 선물한 자는 등소였다. 그가 성년(成年)이 되던 해에 생일 선물로 받았던 것이다.

어이없게도 그의 팔을 자르게 하고 죽음의 구렁텅이에 밀어 넣은 자 덕에 목숨을 연명하는 셈이었다.

약간의 시간이 지나자 전신을 덮은 얼음은 모두 녹아내렸다. 관절이 무리없이 움직여지는 것을 느낀 조인환은 이내 몸을 일으켰다.

그의 전면엔 거대한 웅덩이가 자리했다.

콰콰콰콰!

근 십여 장 정도 위쪽에서 물줄기가 세차게 쏟아졌다. 하얗게 부서지는 포말은 금세 얼음덩이로 화해 조인환의 얼굴을 때렸다.

그러나 그는 전혀 개의치 않는다는 듯, 오히려 웅덩이 쪽으로 바짝 다가섰다.

수면과 동굴 바닥이 맞닿은 곳을 뚫어져라 응시하던 그의 입매가 살짝 일그러졌다.

자신이 내려온 곳을 제외하고 사방은 모두 막힌 상태였다. 더 이상의 빈 공간은 없었다. 위에서 막대한 양의 물이 유입되는 데도 수위는 일정했다.

갈라 터진 입술을 비집고 웃음이 흘러나왔다.

"흐흐흣……!"

웃음은 쉽사리 그치지 않았다. 점차 그의 어깨가 눈에 띄게 요동을 치는가 싶더니, 그는 동굴이 떠나가라 광소를 질러댔다.

"우하하하핫!"

외팔을 치켜들고 환호하는 그의 눈가로 굵은 눈물이 흘러내렸다. 천신만고 끝에 마침내 밖으로 탈출할 실마리를 발견한 것이었다.

음풍동 안에 지하 수로가 존재하는 사실은 아무도 몰랐지만, 그는 이미 수년 전에 알고 있었다.

과거 이곳에 갇혔을 때 그는 실수로 노리개를 물이 빠드렸었는데 놀랍게도 며칠 후 태호의 수면에 떠 있는 것을 발견했던 것이다.

어딘가 통로가 있다!

그랬기에 팔이 잘리고 음풍동에서 최후를 맞으라는 명령에도 당당하게 맞설 수 있었던 것이다.

하지만 쉽사리 얻어진 것은 아니었다. 음풍동 안은 수십 수백 개의 통로가 거미줄처럼 얽혀 있어 그야말로 천연적으로 만들어진 미로와도 같았다. 그나마 길을 제대로 찾을 수 있었던 것은 끊어질 듯하면서도 아래로 아래로 이어지는 물줄기 덕이었다.

그간의 고생을 어찌 말로 다하랴. 무려 이십 일을 헤맨 후에 한 가닥 실낱과도 같은 생로(生路)를 발견한 셈이었다. 그러니 이토록 기뻐하는 것도 무리가 아니었다.

뚝!

거짓말처럼 광소가 멈췄다.

그는 물가에 털썩 주저앉았다. 그리고는 하나 남은 손을 물속으로 집어넣었다. 물은 얼음장 그 자체라 할 정도로 차가웠다.

'으…… 정말 끔찍하군!'

추위로 온몸을 벌벌 떨면서도 그는 손을 빼지 않았다.

탈출하기 전에 우선 해결해야 할 문제가 있었다. 그것은 배고픔이었다.

하지만 걱정할 필요는 없었다. 지금까지 그래 왔듯 물속에는 그의 굶주림을 해결해 줄 무엇인가가 있었다. 그것이 살아남을 수 있었던 두 번째 이유였다.

과연 그놈은 오늘도 실망시키지 않았다.

스르륵!

무엇이 손가락을 툭 건드리자 그는 손을 움켜쥐는 것과 동시에 물 밖으로 들어냈다.

한 자 정도 길이로 뱀처럼 생긴 기묘한 생명체였다.

온몸이 반투명하게 빛나는 데다 눈도 없었고, 전신은 끈적거리는 점액질로 뒤덮인 상태였다. 한쪽에는 입으로 생각되는 구멍이 존재했고,

반대쪽에는 지느러미로 보이는 얇은 막이 달려 있었다. 여러모로 보아 아마도 물고기의 일종인 듯싶었다.

볼 때마다 여전히 끔찍했지만, 그는 주저 않고 입 안으로 밀어 넣었다.

콰직!

비릿한 냄새가 몹시 역겨웠다. 더구나 살이 조각조각 잘라지고 뼈가 씹히는 도중에도 그놈은 꿈틀대며 계속해서 입 안을 돌아다녔다.

참을 수 없을 만큼 구토가 치밀었다.

그러나 그는 씹는 것을 멈추지 않았다. 한편으론 물속에 손을 넣어 다른 놈을 잡아냈다. 그렇게 그는 다섯 마리를 연속해서 먹어치웠다.

포만감을 느끼며 그는 야명주가 놓인 원래의 장소로 돌아왔다. 그리고는 바닥에 앉아 조식을 취했다.

근 반 시진 가까이 지난 후에야 그는 자리를 털고 일어났다. 전과는 달리 얼굴에 혈색이 돌았고 한결 가뿐해진 모습이었다.

더 이상 망설일 필요는 없었다. 모든 것은 차질없이 갖춰졌고, 이제는 지옥 같은 이곳을 떠날 시간이었다.

그는 옷자락을 길게 찢어 바닥의 야명주와 함께 물속으로 던졌다.

퐁!

희뿌연 빛을 발하며 야명주는 곧 바닥에 도달했고, 천 조각은 수면을 맴돌다 결국 물속으로 잠겼다.

워낙에 물이 맑았기에 바닥이 유리알을 보는 것처럼 훤히 드러났다. 수면에서 바닥까지는 대략 삼 장 정도. 생각한 만큼 깊지는 않았다.

조인환은 성큼 물속으로 발을 옮겼다.

철벅! 철벅!

물속은 뼛속이 아릴 만큼 차가웠다. 발목에서 시작된 서늘한 기운은 안쪽으로 걸음을 놀릴수록 점차 전신 구석구석으로 번져 갔다.

그는 내공을 최고로 끌어올렸다.

하지만 별반 소용이 없었다. 마침내 가슴 언저리까지 물에 잠기자 한기(寒氣)는 더 이상 참을 수 없을 지경에 이르렀다.

그러자 그는 품속에서 온옥을 꺼내 힘을 주었다.

빠각!

온옥은 맥없이 두 조각으로 쪼개졌다. 그는 작은 조각은 입 안에 집어넣고, 큰 조각은 오른손에 쥐었다. 곧 미약하게나마 훈기가 돌며 어느 정도 한기가 가셨다.

이제는 떠날 때였다.

"후읍!"

숨을 허파 가득 채우고 그는 물속으로 잠수했다.

바닥에 닿는 것은 잠깐이었다. 그는 주위를 둘러보며 미리 던져 둔 옷자락을 찾았다.

옷자락은 저만치 앞쪽에서 일정한 속도로 움직이고 있었다. 다리를 놀려 다가가자, 그 앞에는 시커먼 동굴이 입을 벌린 채 그를 마중했다.

'제발 살아날 수 있기를!'

그는 간절히 바랐다.

귀식대법을 펼쳐도 그가 버틸 수 있는 시간은 고작 사흘 정도에 불과했다. 그 이상 시간이 지난다면 탈출한다 해도 아무 소용이 없었다. 그때면 이미 자신은 시체로 변한 상태일 테니까 말이다.

어쩌면 탈출은 한낱 허무한 꿈이라는, 퉁퉁 불은 시체가 되어 영원히 지하 수로를 맴돌게 될지도 모른다는 불안한 생각이 뇌리를 스쳤다.

그러나 선택의 여지는 없었다. 어차피 안에서 버틴다 해도 죽는 것은 마찬가지였다. 이 생지옥을 탈출할 수 있다면 남은 한 팔마저 떼 주고 싶은 심정이었다.

또한 무엇보다 중요한 것은 그에게는 갚아야 할 빚이 남았다는 사실이었다.

'반드시 이곳을 빠져나가겠다!'

조인환의 두 눈은 처절한 살기로 물들었다. 지금껏 그를 지탱해 온 것은 오로지 복수심이었다. 그렇지 않았다면 이미 싸늘한 시체로 변했을 터였다.

그는 이를 악물고 동굴 안으로 몸을 밀어 넣었다.

전신을 찌부러뜨릴 듯한 막대한 압력을 느끼며 그는 서서히 의식의 끈을 놓았다.

*   *   *

초팔(超八)은 올해 마흔두 살이 된 가난한 어부였다.

막내아들이 젖도 떼기 전에 아내를 떠나보내고, 홀어머니와 셋씩이나 되는 자식들을 부양하기 위해 손바닥에 물집이 나도록 노를 저어야 했다.

없는 살림이지만 아이들이 건강하게 자라준다는 게 그의 유일한 희망이었다.

이른 새벽, 여느 때처럼 어구를 메고 집을 나선 그는 호숫가에서 물 위에 떠 있는 시체를 발견했다. 죽은 지 며칠이 지났는지 팅팅 불어터진 시체는 팔이 하나밖에 없는 외팔이었다.

그냥 지나치려다 '혹시 아는 사람일까?' 하는 생각에 시체를 건진 그는 혼비백산했다. 악취를 풍기는 시체가 돌연 그의 손을 덥석 움켜쥐었던 것이다.

　　불행히도 초팔은 인정이 많은 사람이었다.

　　그는 사내를 업고 부랴부랴 집으로 되돌아갔다. 없는 살림을 톡톡 털어 의원에게 약을 지어왔고, 그의 어미는 정성껏 사내를 치료했다.

　　그날 오후.

　　매일같이 고기를 잡던 초팔이 눈에 띄지 않자 집으로 돌아가던 몇몇의 어부들이 그의 집을 찾았다.

　　방문을 열어본 어부들은 너무도 처참한 광경에 할 말을 잃어야 했다.

　　놀랍게도 그들이 발견한 것은 방 안 가득한 핏물과 여기저기 죽어 넘어진 시체였다. 시신들은 한결같이 식칼로 목이 잘린 상태였다.

　　초팔과 그의 노모, 심지어 열 살도 채 안 된 그의 막내아들까지 목을 잃고 피바다에 잠겨 있었다. 결국 초팔 일가족은 몰살을 당했던 것이다.

3

요운각(曜雲閣)으로 향하는 원후승의 발걸음은 나는 듯 빨랐다. 무슨 일에선지 그의 얼굴은 붉게 달아올라 상기된 상태였다.

"당주를 뵈오!"

그는 자신을 알아보고 예를 표하는 무사들을 본 척도 않고 재빨리 진무방의 거처로 향했다.

막상 문 앞에 이르자 그의 태도는 좀 전과 달리 신중해졌다. 그는 양 소매를 당겨 의복을 정갈히 하고는 조심스레 안쪽에 기별을 했다.

"총관, 접니다."

하지만 기다렸던 대꾸는 없었다.

잠시 머뭇거리던 원후승은 기다릴 수만은 없었는지 문을 열고 안으로 들어갔다.

"자네로군."

여느 때처럼 진무방은 그를 반겼다.

한데 실내에는 그 혼자만 있는 것이 아니었다. 진무방은 열다섯 정도로 보이는 귀여운 계집아이와 찻잔을 놓고 마주 앉아 담소를 나누고 있었다.

"어머!"

소녀는 급히 자리에서 일어나 한쪽으로 물러났다.

"허허, 어서 앉게나. 여태 차(茶)에 대한 얘기를 나누는 중이었네. 무엇을 물어봐도 막힘이 없는 것이 이 아이의 재간이 보통은 아닌 듯 싶네. 아마 자네도 들어보면 꽤 놀랄 걸세."

"그렇습니까?"

되물으며 원후승은 슬쩍 소녀를 응시했다.

단순히 그것뿐이었는데도 소녀는 나이에 어울리지 않게 눈치가 빠른 편이었다.

"그럼 두 분께선 편히 말씀을 나누세요. 저는 이만 물러가겠습니다!"

소녀는 날아갈 듯 예를 올렸다.

그러자 진무방이 말했다.

"소향(小香)아, 네 성의는 정말 고맙다만, 손님이 오셨는데 차라도 한잔 대접하는 것이 주인된 예의가 아니겠느냐? 게다가 원 당주는 네가 내오는 차를 꼭 맛보고 싶어하는 것 같구나."

"어머, 정말이세요?"

뒤돌아 보는 소녀의 얼굴엔 기쁨이 가득했다. 약간 수고스럽다 해도 남에게 인정받는다는 사실은 노소를 불문하고 몹시 즐거운 일이었다.

"잠깐만 기다려 주세요. 금방 올리도록 할게요."

소향은 재빨리 밖으로 달려나갔다. 그리고 다시 모습을 나타낸 것은 그녀의 말대로 잠깐이었다.

"드세요."

소향은 김이 모락모락 오르는 찻잔을 두 사람 앞에 내려놓았다.

그러자 진무방의 눈이 휘둥그레졌다.

"어이쿠, 이런! 생각지도 않았는데 내 것도 있구나."

"이번 것은 멀리 해남(海南)에서 특별히 구한 것이니 향기가 남다를 거예요. 오지산(五指山)에서 나는 엽차(葉茶)는 몹시 귀한 거랍니다."

"허어, 네 덕에 호강을 하는구나."

진무방이 짐짓 감탄하는 시늉을 하자 소향은 배시시 웃음을 배어물었다.

"그걸 아셨다면 돌아오는 어머니 생신에는 틀림없이 집에 다녀올 수 있게 해주시는 거죠?"

"허허허!"

진무방은 턱수염을 쓰다듬으며 즐거워했다.

모습도 귀여운 데다 재치있고 눈치까지 빠른 소향이 그 뜻을 모를 리가 없었다.

"감사해요, 총관님. 그럼."

소향은 날아갈 듯 예를 차리고는 서둘러 실내를 빠져나갔다.

문이 닫히는 것과 동시에 원후승이 입을 열었다.

"드디어……."

하지만 그는 곧 입을 다물어야 했다. 진무방이 손을 들어 제지했던 것이다.

"일단 차를 들게나. 얘기는 그 다음에 나누어도 늦지 않네. 앞날을 생각한다면 자네도 차를 즐기는 습관을 갖추는 것이 도움이 될 게야."

"그렇게 하지요."

약간 불만이 섞인 음성이었지만 이견은 있을 수가 없었다. 그의 한 마디는 곧 지상 명령이었으니.

결국 원후승은 꿀 먹은 벙어리 신세로 마음에도 없는 찻물을 홀짝거려야 했다.

"좋군. 오랜만에 맛보는 정말 좋은 차야."

지그시 눈까지 감고 여운을 음미하던 진무방이 문득 물었다.

"그래, 어딘가?"

"무슨?"

"조력자의 정체. 암혼영을 맡은 자네가 허겁지겁 달려올 이유가 그것밖에 더 있겠나?"

한순간 원후승의 눈빛이 크게 변했다. 극도의 놀라움은 점차 상대에 대한 깊은 신뢰감으로 바뀌어갔다.

"수로연맹입니다."

"마달이? 그가 직접 나섰나?"

진무방은 상체를 벌떡 일으켰다. 그는 무의식 중에 움켜쥔 의자의 손잡이가 뜯겨지는 것도 전혀 의식하지 못하는 듯했다.

놀라기는 원후승 역시 마찬가지였다.

그는 누구보다 가까운 곳에서 진무방을 지켜본 사람이었다. 또한 그의 진실한 내막을 알고 있는 유일한 자이기도 했다.

그가 아는 진무방은 일체 자신의 감정을 드러내지 않았다. 한 꺼풀 얇은 얼굴 아래 철저하게 자신을 감출 줄 아는 사람이었다. 지난 이십 년 간 그를 보며 부동의 진리라 믿었던 사실이 결국 산산이 깨어진 것이다.

진무방이 평정을 잃을 만큼, 지금의 사태가 해결하기 까다롭다는 사실의 증거이기도 했다.

"그가 직접 나섰나?"

놀라움이 얼마나 컸던지 진무방은 같은 물음을 그대로 반복하고 있었다.

"그런 것 같지는 않습니다만……."

"어쩐지 신경을 덜 썼다는 소리로 들리는군. 그간 알아낸 사실을 모두 말해 보게."

진무방은 의자에 깊숙이 등을 묻었다. 원래의 안색으로 돌아온 것이 어느 정도 평정을 회복한 모습이었다.

원후승은 신중한 태도로 입을 열었다.

"속하가 주목한 것은 최소 이백 이상의 숫자를 가진 무리였습니다. 본 방을 기점으로 반경 백 리를 샅샅이 수색한 결과, 의심이 가는 세 개의 무리를 발견했습니다. 이중 두 곳은 황도(皇都)로 가는 상인의 무리인데다 사건이 있기 하루 전에 소주를 떠난 것으로 밝혀졌기에 곧 혐의를 거뒀습니다만, 나머지 한 곳만은 종적이 묘연했기에 급히 역추적을 해야 했습니다."

진무방은 또다시 눈을 지그시 감고 얘기를 듣는 것에 몰두했다.

"그들 무리는 오백 정도의 인원이더군요. 추적한 결과 이들은 상주(常州), 진강(鎭江)을 거슬러 양주(揚州)에서 장강을 건넌 것으로 밝혀졌습니다. 한데 탐문을 하던 중 놀랍게도 며칠의 시간 차를 두고 같은 행보를 밟는 무리가 있었다는 사실을 알아냈습니다. 서둘러 양주로 사람을 보내 알아본 결과, 그들의 본거지에는 최소의 인원만이 남아 있더군요."

"마달이 직접 나섰나?"

벌써 세 번째 같은 질문이었다.

"그것이 속하도 의문입니다만, 마달은 이번 일과 무관한 것 같더군요. 동정호에서는 전혀 반응이 없었고, 더불어 안휘성(安徽省)의 다른 인물들도 전혀 움직임을 보이지 않고 있습니다. 속하의 생각으론 강소 총단 단독으로 행동하는 것으로 보여집니다."

"그렇다면 다행이로군."

진무방은 내심 안도의 한숨을 내쉬었다.

흑룡왕(黑龍王) 마달(摩達)!

그로서도 쉽게 생각할 수 없는 인물이었다. 그는 장강을 장악하고 있는 수로연맹의 맹주일 뿐만 아니라 장강을 무대로 활약하는 무리들의 절대자로 군림하는 자였다.

그는 거물(巨物)이었다. 지닌 바 무공 또한 대단했고, 강호인의 한계라는 물질에 대한 욕구 역시 강했다. 애초 녹림(綠林)의 작은 무리에서 시작한 수로연맹이 구파일방에 버금간다는 평가를 받게 된 것은 오로지 그의 숨겨진 능력 덕택이었다.

그랬기에 마달의 개입 여부는 중요한 변수였다. 만약 그가 전면에 나섰다면 그간의 노력이 아쉽긴 해도 미련없이 손을 떼는 것이 현명한 처사였다.

그러나 그런 우려가 말끔하게 해결된 지금 남은 문제는 한 가지였다.

"숫자는 얼마나 되나?"

"정확히는 알 수 없으나 그들이 남긴 자취를 근거로 추정하건대 대략 이천 안쪽으로 보입니다."

"이천이라……."

중얼거리며 진무방은 빙긋 웃었다.

"등소가 꽤나 고심을 했겠군. 그 정도 숫자라면 어지간한 대가로는 움직이려 들지 않았을 테니 말이야."

원후승의 입에서 불만 섞인 목소리가 터져 나왔다.

"하필이면 이런 때 문제가 발생하다니 참으로 어이가 없을 지경입니다. 이젠 계획의 성공 여부를 떠나 목숨을 걱정하게 생겼으니 말입니다."

"자넨 이번 일이 꽤 억울한가 보군 그래."

"그럼 총관께선 아무렇지도 않다는 말씀이십니까?"

날카롭게 되묻는 원후승의 목소리엔 약간의 분노마저 서려 있었다.

"절치부심(切齒腐心)! 숨조차 내쉬지 못하고 준비해 온 기간이 무려 오 년입니다. 그간 제 심정이 어떠했는지는 누구보다 총관께서 잘 아시지 않습니까?"

"물론 알고 있네."

"하면 어째서……."

상반된 두 사람의 시선이 허공에서 부딪쳤다.

원후승의 눈빛은 세상을 모두 불태워 버릴 듯 강렬한 반면, 진무방은 조금의 동요도 보이질 않았다. 그의 모습은 너무도 태연했다. 마치 눈앞에 벌어지는 일은 자신과 전혀 무관하다는 태도처럼 느껴졌다.

천천히 그의 입술이 열렸다.

"자네 심정은 잘 아네. 그렇다고 지난 일을 돌이킬 수 있다고 생각하나?"

"……."

"생각지도 않았던 곳에서 문제가 생겼을 뿐 변한 것은 아무것도 없다네. 자넨 지금까지 그래 왔던 것처럼 자네가 할 일만 하면 되네. 계획은 차질없이 진행될 것이고, 결국 자네와 나는 목적한 바를 이루게될 걸세."

"알겠습니다."

원후승은 만족한 미소를 지었다.

평소와 다르게 그가 감정이 격해졌던 데는 어쩌면 진무방으로부터 이런 얘기를 듣기 위해서였는지도 몰랐다.

그를 보고 있노라면 늘 태호의 검푸른 수면이 연상되었다. 파문 하나 없는 잔잔한 수면 말이다.

겉으론 아무 일 없는 듯 보여도 물속 깊은 곳은 인간이 잴 수 없는 오만 가지 변화를 간직한 것처럼, 그 역시 도무지 속을 알 수 없는 신비한 존재였다.

그가 무슨 생각을 갖고 있든 간에 그것은 중요하지 않았다. 중요한 것은 그는 언제나 옳았고, 자신은 원하는 것을 얻을 수 있다는 사실이었다.

"일단 사실을 알려야 하지 않겠습니까?"

"그래야겠지. 숨긴다고 숨겨질 일도 아니고, 게다가 반드시 알려야 할 이유도 있으니."

왠지 여운이 느껴지는 말임에도 불구하고 원후승은 이유를 묻지 않았다.

"직접 하시겠습니까, 아니면……?"

"이번 일은 암혼영의 소임이니만큼 나보다는 아무래도 자네가 하는 것이 나을 것 같군. 충격을 받는 양태의 얼굴이 볼 만하겠군 그래."

그러자 원후승은 이내 자리에서 일어났다.

"곧장 청풍각으로 가도록 하지요. 그럼 저는 이만."

그가 막 실내를 나서려 할 때였다.

"으아악!"

느닷없이 날카로운 비명 소리가 들려왔다. 소리의 끝 부분이 길게 잦아드는 것이 상당히 먼 거리인 듯했다.

두 사람은 동시에 움직임을 멈췄고, 약속이라도 한 듯 닫혀진 창문 쪽으로 고개를 돌렸다.

순간, 원후승의 신형이 바람처럼 허공을 갈랐다.

슈악!

벽면에 닿은 그는 거칠게 창문을 열어젖혔다.

쿠당탕!

창문이 맥없이 건물에서 떨어져 나가는 것과 동시에 끈끈한 밤안개가 와락 실내로 밀려들었다.

뻥 뚫린 창문 전체로 멀리 태호 연안까지 한눈에 들어왔다. 그리고 치열하게 공방을 주고받는 확연히 구분되는 두 무리 역시.

그는 망연자실한 투로 중얼거렸다.

"그들이군요."

"피해는 어느 정돈가?"

"일차 저지선을 무너뜨리고 일단의 무리가 목책 안으로 난입한 상탭니다. 상당히 빠르고 무공 또한 일류급으로 보이지만, 아무래도 이차 저지선을 돌파하기는 역부족일 것 같군요."

진무방은 고개를 끄덕였다.

"그렇겠지. 곽연은 믿을 만한 사람이니."

그가 인정하듯 사신당의 총수들 중에 가장 나이가 많은 사람도, 무공이 가장 강한 사람도 곽연이었다.

그의 소혼장(燒魂掌)과 연비칠검(鷰飛七劍)의 위력은 지극히 뛰어났다. 대풍방에서도 좌우 총관과 방주인 위충량을 제외하고는 당해 낼 자가 없을 정도였다.

소주라는 비좁은 곳에 안주하지 않았다면 능히 강호일류(江湖一流)로 불릴 만한 실력이었다.

정황을 세세하게 살피던 원후승이 안도하며 말했다.

"다행이군요. 곽 당주가 잘 막고 있으니, 더 이상 병력을 투입할 필요도 없을 것 같군요."

하지만 진무방의 생각은 달랐다.

"자네와 암혼영도 합류하도록 하게. 청풍각엔 내가 직접 가는 것으로 하지. 방 내에 있으면서 수수방관한다면 나중에 추궁의 빌미가 될 걸세. 게다가 추가로 다른 곳에도 공격이 있을지 모르네. 가능한 대로 희생을 최소로 줄이도록 하고. 무슨 말인지 알겠나?"

"알겠습니다. 나중에 뵙죠."

원후승은 재빠르게 실내를 나섰고, 홀로 남은 진무방은 다시 의자에 깊숙이 몸을 묻었다.

간혹 희미한 비명 소리만 들려올 뿐, 실내는 고요한 침묵 속으로 잠겨들었다.

그때 난데없이 중후한 목소리가 침묵을 갈랐다.

"그만 나오시오!"

목소리의 주인공은 놀랍게도 진무방이었다.

한데 그는 놀랍게도 허공에다 말을 하는 것이다. 원후승이 다녀간 이후로 누구도 실내에 들어온 적이 없었다. 설마 그가 미쳐 버리기라도 한 것일까?

"적의가 없다는 것은 알고 있소. 그러나 더 이상 나를 우롱한다면 참지 않겠소!"

점입가경(漸入佳境).

이번의 음성에는 진득한 살기마저 어린 상태였다.

그런데도 불구하고 실내는 조용했다. 아니, 당연히 그럴 수밖에 없었다. 아무도 없는 실내에서 무슨 일이 일어나겠는가 말이다.

진무방의 눈빛이 한순간에 달라졌다. 곧 전신으로 폭풍과도 같은 기운이 서리기 시작했다. 더불어 가지런히 무릎에 올려진 두 손이 점차 파랗게 변해가기 시작했다.

우우웅!

기묘한 소리가 실내를 떨어 울리는 가운데 그의 손은 완전히 새파랗게 변했다. 그의 독문무공인 청마수(靑魔手)가 극성에 이르도록 발동된 증거였다.

"화(禍)를 자초하는군."

푸른 물이 금세 뚝뚝 떨어질 것 같은 두 손이 뻥 뚫린 창문 밖을 가리키는 순간!

스르륵.

창문을 통해 누군가가 실내로 들어왔다. 기척조차 느끼지 못할 정도로 놀라운 빠르기였다.

나타난 이는 전신을 흑의로 두르고 머리에도 같은 색의 복면을 두른 자였다. 때문에 신분은커녕 그가 남자인지 여자인지조차도 모를 지경이었다.

다만 복면인의 왼 소매가 밤바람에 이리저리 흩날리는 것이 그가 외팔이라는 사실 하나만은 분명했다.

어느덧 복면인은 서서히 앞으로 다가왔다.

"재미있는 얘기를 나누는 것 같구려?"

눈빛은 광기가 느껴질 정도로 섬뜩했지만, 어쩐지 진무방은 그가 웃고 있다는 느낌을 받았다.

*   *   *

"쏴라!"

곽연은 힘차게 우수를 내리그었다.

슈슈슉!

수십 발의 화살이 일제히 허공을 갈랐다. 뒤를 이어 요란한 비명 소리가 터졌다.

"크윽!"

"컥!"

서너 명이 피를 토하고 거꾸러졌다.

그러나 놀라운 위용에 비해 효과가 그리 큰 편은 아니었다. 워낙 발사 거리가 멀었던 것도 이유 중의 하나였지만, 활을 쏘는 주체가 사람이 아니라 연노(連弩)라는 것이 보다 큰 이유였다.

연노는 기관(機關)의 힘을 빌어 활을 날리는 일종의 기계 틀이다. 여러 개의 활을 동시에 쏜다는 장점이 있었지만, 방향을 바꾸기가 어려워 목표물이 심하게 움직일 경우엔 적중률이 떨어진다는 단점이 있었다.

게다가 상대가 일정한 수준에 오른 자일 경우는 더욱 그랬다. 대강 방향만 파악하면 피하는 것은 그렇게 어려운 일이 아니었던 것이다.

그렇다고 아예 소용이 없는 것은 아니었다. 지금처럼 다수의 인물이 엉켜 있을 때는 나름대로 쓸모가 있었다.

숫자가 워낙 많아 제대로 피하기도 어려웠고, 또한 원거리에서 공격을 가하기 때문에 적이 체계적인 공격을 못하도록 미연에 방지하는 역할도 겸비했다.

슈슈슉!

한 무리의 화살이 재차 날아갔다.

"피, 피해랏!"

첫번째 공격을 피하려던 무리들이 우왕좌왕하는 사이 뒤를 이어 제이, 제삼의 공격이 퍼부어졌다.

"크아악!"

"케엑!"

십여 명의 인물들이 꼬치 꿰듯 뚫려 쓰러졌다. 그사이 살아남은 인물들은 이미 목책에서 십 장 근처까지 도달한 상태였다.

곽연은 높다란 망루 아래서 아래를 주시했다.

'대략 삼, 사백 정도?'

준비했던 화살이 거의 바닥나긴 했지만, 애초 침입했던 자들 중에 이미 백여 명 가까이 쓰러진 후였다. 그런대로 흡족한 성과였다.

그러나 상대가 이미 지적에 이른 이상 화살과 암기만으로 상대하다가는 자칫 침입을 허용할 우려가 있었다. 더군다나 또 다른 공격에 대비해야만 했다.

이제는 직접 부딪쳐야 할 때였다.

"준비는?"

그러자 목책 위로 누군가가 사뿐히 올라섰다. 임시로 비호대를 이끌게 된 연좌기였다.

"준비는 완벽합니다!"

곽연은 슬쩍 뒤를 돌아보았다. 멀리 화톳불이 반짝이는 곳, 위대붕이 맡은 금월강의 초소였다.

"저쪽은 어떤가?"

"이상하게도 그쪽은 이렇다 할 침입의 흔적이 없답니다. 괜히 들렀다가 위 당주께서 내려오신다는 걸 말리느라 진땀깨나 흘렸지요."

"좋네. 자네가 잠시 이곳을 맡아주게. 한 놈도 통과시켜서는 안 될 것이야."

연좌기의 눈이 휘둥그레졌다.

"당주께서 직접 참가하시렵니까?"

대꾸조차 않고 곽연은 아래를 살폈다. 이미 상대는 오 장 근처에 육박한 상태였다.

마침내 그의 입에서 일갈이 터졌다.

"공격한다!"

끼이익!

목책이 양쪽으로 갈라지며 삼 장 너비의 통로가 생겨났다. 동시에 흑의를 걸친 수많은 인물들이 벼락같이 땅바닥을 박찼다.

"우와아!"

"모두 죽여라!"

엄청난 함성이 뒤를 이었다.

빼앗으려는 자와 지키려는 자. 전혀 상반된 입장을 가진 두 무리는 민물과 해수가 만나듯 순식간에 얽혀들었다.

차자창!

검(劍), 도(刀), 창(槍), 부(斧). 온갖 종류의 병기가 서로 부딪치며 무수한 불똥이 사방으로 튀었다.

번쩍이는 불꽃 사이로 간혹 드러나는 악귀처럼 일그러진 얼굴에는 상대를 반드시 해치우겠다는 필사(必死)의 의지가 가득했다.

"크아악!"

"케엑!"

사방에서 비명이 울렸다. 피가 튀고 잘려진 팔다리가 난무했다. 그야말로 아비규환의 소용돌이였다.

곽연의 입에서 낮은 신음이 흘러나왔다.

"음……!"

아래를 내려다보는 그의 마음은 심란했다. 평소 살생을 즐기지 않는 그로서는 눈앞에서 벌어지는 일들이 안타깝기만 했다.

잔잔하게 흔들리는 그의 눈빛에서 '피아(彼我)를 막론하고 생명은 소중한 것이다!'라는 평소 그의 지론을 그대로 읽을 수 있었다.

그러나 이미 벌어진 싸움은 피할 수 없는 법. 수하들의 희생을 최소로 줄이고 서둘러 싸움을 종식시키려면 가장 빠른 방법으로 적의 우두머리를 제거해야 했다.

그는 주위를 살폈다. 오래지 않아 목표물을 찾을 수 있었다.

'저자로군!'

격전장에서 물러나 사태를 주시하는 자, 황의를 입고 허리에 보도(寶刀)를 두른 삼, 사십 대의 인물이었다. 그자의 주위로 몇몇이 호위하듯 늘어서 있는 것이 그가 우두머리임이 거의 확실했다.

"차앗!"

곽연은 바닥을 구르며 도약했다.

설마 그가 단독으로 행동할 줄은 꿈에도 몰랐던 연좌기는 놀라 부르짖었다.

"당주!"

그러나 목책의 뾰족한 첨단을 차며 재도약한 곽연의 신형은 격전장 한쪽으로 빨려들 듯 사라진 후였다.

그가 달려가는 궤적을 확인한 연좌기는 다급해졌다. 비로소 곽연의 의도를 알아챈 것이다.

"누가 이곳의 지휘를 맡아라!"

그는 황망하게 외친 다음 부랴부랴 신형을 날렸다.

턱!

일단 바닥에 내려섰다 그 탄력을 이용해 재차 도약하려던 곽연은 등 뒤로 다가오는 살기를 감지했다. 그는 서둘러 몸을 비틀며 검을 횡으로 휘둘렀다.

츄릿!

매서운 검광이 허공을 반으로 가르는 가운데 그를 공격했던 사내는 허리가 끊겨 쓰러졌다.

"크악!"

그러나 공격은 거기에서 그치지 않았다. 또다시 서너 명이 사방에서 달려들었다.

"죽어라!"

앞선 동료가 허무하게 쓰러지는 것을 목격해서인지 그들에게서 느껴지는 살기는 전에 없이 지독했다. 공격 역시 일정한 짜임새가 있는 것이 날카롭기 그지없었다.

그러나 곽연은 당황하지 않았다. 그의 몸놀림은 경험 많은 노강호답게 신속하고 적절했다.

그는 좌수를 곧장 전면으로 뻗어냈다. 그리고는 퉁겨지듯 뒤로 신형을 날렸다.

스슷!

주위의 공기가 변화를 보였다. 버들가지가 바람에 일렁이는 듯한 아주 미약한 움직임이었다.

그러나 눈앞에 펼쳐진 위력만큼은 믿기 어려울 정도로 막강했다.

퍼퍽!

비명도 없었다. 전면으로 덮쳐들던 두 명이 순식간에 핏덩이가 되어 날아갔다. 마치 보이지 않는 무형의 벽에 부딪힌 듯한 형상이었다.

바로 곽연이 자랑하는 소혼장(燒魂掌)의 위력이었다.

한편, 일장에 둘을 황천으로 보내고 뒤로 물러나던 곽연은 또 다른 병기를 맞이했다. 두 자루의 검, 그리고 한 자루의 도였다.

세 자루의 병기는 각기 그의 단전 부위와 심장 등, 상체의 치명적인 급소를 노리고 날아왔다.

츄릿!

예리한 소성이 일며 곽연의 검이 번득였다.

한데 분명 딱딱한 철로 만들어졌건만 검극은 마치 살아 있는 생명체처럼 구불거리며 움직였다. 검극이 한 번씩 휘어질 때마다 상대의 병기를 휘감았다.

"어엇!"

의외의 사태에 세 명은 당황했다.

순간, 곽연의 검이 부러질 듯 휘어지더니 그대로 병기를 퉁겨냈다.

따당!

"크윽!"

세 명은 짧은 신음을 토하며 일제히 물러났다. 개중에 내력이 약한 자는 입가로 가늘게 선혈까지 흘리는 것이 내상을 입은 것이 분명했다.

일수에 세 개의 병기를 휘감아 쳐낸 이 놀라운 수법은 곽연의 성명절기인 연비칠검 중의 비연투병의 일초이었다.

이후 더 이상의 반격은 없었다. 이미 그들은 전의를 상실했는지 뒤로 물러나서는 멀리 사라지는 곽연의 등을 망연히 바라볼 뿐이었다.

그사이 탄력을 이용해 허공으로 도약한 곽연은 공중에서 두어 번 몸을 뒤집어 목적지에 사뿐히 내려섰다.

"웬 놈이냐?"

넓이가 한 뼘은 족히 되는 두 자루의 대감도가 곽연을 향해 겨누어졌다. 어느새 황의인을 호위하던 자들이 그를 막아선 것이다.

그러자 황의인이 휘휘 손짓을 해댔다.

"아서라! 너희 실력으론 역부족이다. 괜히 나서서 화를 자초하지 말고 일찌감치 물러서라! 까마귀밥이 되고 싶다면 그대로 있어도 좋고."

무참히 자존심을 깔아뭉개는 언사였다.

약간이라도 불만의 눈치를 보일 법도 하건만, 두 사람은 기계적인 움직임으로 깨끗하게 물러났다.

이런 경우에는 몇 가지 추측이 가능했다.

황의인의 말처럼 그들이 아주 형편없는 작자이든가, 아니면 일말의 거슬림조차 보이지 않아야 할 정도로 황의인을 두려워한다는 것으로 말이다.

곽연은 후자로 여겼다. 그만큼 황의인의 기세는 날카로우면서도 섬뜩한 한기를 풍겼다.

"귀하는 누구요?"

대꾸가 없었기에 곽연은 재차 물었다.

"귀하는 대체 누구요? 보아하니 귀하는 적검문의 인물도 아닌 듯한데 왜 본 방을 적대시하는 거요?"

"궁금한가?"

입을 여는가 싶었는데 대뜸 하대였다.

기실 황의인은 삼십 후반 정도였다. 육십이 코앞인 곽연에 비하면 이십 년 가까이 차이가 났다. 아무리 창칼을 맞댄 사이여도 무리의 수장끼리는 연배에 따른 예우를 지키는 것이 통념이었다.

적지 않은 모욕을 당한 셈이었는 데도 곽연은 오직 상대의 정체를 밝히는 것에 몰두했다.

"그렇소. 귀하는 적검문의 인물이오?"

황의인의 입술이 기묘하게 비틀렸다. 잔뜩 일그러지기는 했어도 웃음인 것은 분명했다.

"훗! 그렇다고 할 수도 있고, 어쩌면 아니라고 볼 수도 있지."

"뭣!"

곽연의 안색이 붉게 물들었다. 긍정도 부정도 아닌 모호하기 이를 데 없는 대꾸는 상대가 자신을 놀린다고 여길 수밖에 없는 것이다.

더 이상 참는 것은 인내라기보다는 굴욕이라고 여긴 그는 결국 검을 뽑아 들었다.

쨍!

그러나 황의인은 유들유들하게 웃었다. 자신의 목젖을 겨눈 검극은 안중에도 없다는 투였다.

"내 이름은 안도(安到)다. 양주 근교에선 제법 유명해서 날 모르는 자가 없겠지만 이곳에선 어떨지 모르겠군. 들어봤나, 늙은이?"

순간, 곽연의 눈이 한껏 치켜졌다.

"광구자(狂狗子)?"

"흐흐! 과연 알고 있군, 늙은이."

상대의 반응에 무척 만족했는지 안도의 가는 입술이 쭈욱 찢어졌다.

광구자(狂狗子) 안도(安到)!

그는 올해 서른다섯 살로 소주에 인접한 오강(吳江) 태생이다. 그는 태어나면서부터 악인이었고 지금까지도 철저한 악인이었다. 또한 열일곱 살이 되던 해, 스스로 친부모를 쳐죽이고 하나뿐인 누이 동생을 간살(奸殺)한 광인(狂人)이기도 했다.

그 후 그는 부녀자를 납치해 소주와 항주의 유흥가에 팔아넘기는 인신매매단을 만들어 온갖 악행을 저질렀다. 광구자로 불리게 된 것이 이 무렵이었고, 곽연이 그를 어렴풋이 기억하는 것도 이때 들은 풍문 덕이었다.

행사가 워낙 악랄했는지라 그는 오래지 않아 관의 추격을 받게 되었다. 결국 그는 양주로 무대를 옮겼고, 타고난 악인답게 양주의 밤을 누비는 공포가 되었다.

그러나 관의 추격이 워낙 집요했다. 견디다 못한 그는 한 무림 단체에 투신하게 되었고, 특출한 능력을 발판 삼아 오래지 않아 이인자의 자리에 올랐다.

사실 곽연을 놀라게 만든 것은 온통 살인과 광기로 점철된 그의 전력이 아니었다. 그가 투신하고 현재 몸담고 있는 단체, 바로 수로연맹 강소 총단 때문이었다.

"그, 그렇다면 설마……?"

곽연은 넋이 나간 얼굴로 중얼거렸다. 검극이 스르르 땅바닥을 향했지만 망연자실한 그는 인식조차 못하는 듯했다.

"왜 아니겠나. 늙은이가 생각하는 그대로야. 난 이번 일의 책임자고."

안도는 어깨를 으쓱하고는 말을 이어갔다.

"설마 이 정도로 우리를 감당할 수 있다고 여기는 것은 아닐 테고, 일찌감치 두 손 드는 것이 이로울 거라고 생각하지 않나?"

"헛소리 마라!"

곽연의 우수에 다시 힘이 들어갔고 자연스레 검극이 다시 안도의 목덜미로 향했다.

"아아! 흥분하지 말아, 노인네. 오늘은 단지 경고를 하러 온 거니까 이쯤에서 그만 하자구. 하지만 조만간 끔찍한 일을 겪게 될 테니 죽기 싫으면 노인네도 속히 이곳을 떠나는 것이 좋을 거야."

안도는 우수를 입가로 가져갔다.

삐익!

날카로운 휘파람 소리를 신호로 수로연맹의 인물들은 썰물처럼 뒤로 물러났다. 그리고는 분분히 어둠 속으로 몸을 날려 사라졌다.

싸움은 일시에 멈춰졌고, 비호대의 인물들은 돌연한 사태에 의아한 얼굴로 서로를 마주 보았다. 곽연 역시 그들처럼 우두커니 서 있을 뿐이었다.

"그럼 또 보자구!"

안도는 마치 연인에게 하듯 한쪽 눈을 찡긋 감아 보이고는 훌쩍 몸을 날려 사라졌다.

장내는 곧 씻은 듯 조용해졌다. 누구 하나 입을 여는 자가 없었다. 여기저기 뒹구는 시체와 주인을 잃은 병기가 아니라면 방금 전 생사를 가르는 싸움이 벌어졌다고는 누구도 믿지 않을 것이다.

습기를 잔뜩 머금은 서늘한 바람이 곽연의 흰 머리칼을 쓸어 올렸다.

쩽강!

요란한 소리와 함께 검이 바닥을 뒹굴었다.

곽연은 여전히 안도가 사라진 곳을 응시하고 있었다. 만약 뒤늦게 도착한 연좌기가 말을 걸지 않았다면 언제까지고 그대로 있었을지 몰랐다.

"당주!"

이윽고 정신을 차린 곽연은 바닥의 검을 집어 들었다.

"난 괜찮네. 급히 가봐야 할 곳이 있으니 대신 이곳의 정리를 부탁하네!"

그리고는 재빨리 몸을 날려 목책 안쪽으로 사라졌다.

*   *   *

"결정은 빠를수록 좋습니다. 이미 곽 당주의 보고를 들어서 아시겠지만, 어차피 본 방의 힘만으로는 승리를 장담하기 어렵다는 사실은 령주께서도 이미 잘 아시리라 믿습니다!"

"음……!"

양태는 무거운 신음을 토했고, 진무방은 그를 응시하며 결정을 종용했다.

"어떻게 하시겠습니까?"

"그들의 조건은 무엇이오?"

"문파를 재건하기까지 금전적인 도움을 바라고 있습니다. 현재까지 그것 이외에는 별다른 요구 사항은 없습니다. 근거지를 잃고 떠도는 그들에게 가장 절실한 문제니까요."

문파의 존립은 일정한 세력을 갖는다는 사실과는 별도로 매우 특별한 의미를 갖는다.

이 세상에 어미 없이 태어난 자식이 있을 리 없듯, 문파는 그 세력의 중추이자 구심점이며 소속된 자들의 정신적인 지주와도 같은 것이다. 타인의 싸움에 끼어 피를 흘릴 만한 이유로 충분했다.

그것은 양태도 충분히 납득하는 바였다.

"하면 언제쯤 그들이 도착할 수 있겠소?"

"그것은……."

진무방은 잠시 생각하는 듯 턱을 매만졌다.

"아직 확실한 것은 알 수 없지만, 급전을 띄운다면 수뇌부의 일부는 이틀 정도면 도착할 수 있을 겁니다. 자세한 것은 그때 논의하면 되겠지요."

"좋소. 그렇게 하도록 합시다."

"알겠습니다. 지금 곧 준비하도록 하지요."

진무방은 곧 자리에서 일어났다. 등을 돌려 밖으로 나서는 그의 눈은 묘하게 반짝이고 있었다.

제 10 장

아테는 손님을 맞이하고 소유쩡은 덜미를 잡히다

1

　수면 위로 자욱한 물안개가 피어 올랐다. 안개는 불어오는 새벽 공기를 타고 부드럽게 움직이더니 목책을 넘어 대풍방을 비롯한 금월강 전역을 뒤덮었다.

　안개에 휩싸인 대풍방은 고즈넉했다.

　이틀 전에 벌어졌던 피비린내 나는 전투의 흔적은 깨끗하게 지워진 듯했다. 지독했던 피비린내도, 벌판 여기저기 널려 있던 시체도 이미 사라진 후였고 모든 것은 예전의 모습을 되찾은 상태였다.

　멀리 뿌옇게 여명이 밝아오는가 싶더니 어느새 산자락 위로 태양이 삐죽 머리를 내밀었다. 곧 눈부신 햇살이 대지를 비치며 안개를 흩어 버렸다.

　한데 마지막 남은 한 자락의 안개를 헤치며 대풍방으로 달려오는 한 무리의 인마(人馬)가 있었다.

그들은 모두 다섯이었다. 말은 쉬지 않고 허연 콧김을 내뿜고, 그들의 의복 역시 흙먼지로 자욱하게 덮인 것이 아마도 먼 길을 달려온 것이 분명했다.

곧 정문이 활짝 열려졌고 그들은 위사들의 안내를 받으며 안쪽으로 사라졌다.

*　　　*　　　*

"어서들 오시오."

진무방은 자리에서 일어나 반갑게 맞았다. 그는 손수 문가에까지 나서서 다섯 명과 일일이 인사를 주고받았다. 그리고는 안쪽을 가리키며 자리를 권했다.

"자, 이리로!"

그들이 차례대로 자리에 앉자 진무방 역시 곧 자신의 자리로 돌아갔다.

"어느 정도 선까지는 서로에 대해 알고 계시겠지만, 이런 자리는 처음이니 우선 양측을 소개를 하는 것이 순서일 것 같군요."

진무방은 자리에서 일어나서 다섯 인물 중 한 사람을 가리키며 말했다.

"과거 놀라운 쾌검으로 절강성 남부 일대에 큰 명성을 날렸고, 현재 칠성검문(七星劍門)을 이끌고 계시는 파산검(破山劍) 종쾌(從快), 종 대협입니다."

'종쾌'라고 불린 중년인은 대략 오십 대 초반으로 여겨졌다. 쾌검을 사용하는 자답게 눈빛과 기도는 제법 날카로운 반면 얼굴을 비롯한 전체적인 윤곽은 어디서나 볼 수 있는 평범한 용모였다.

"그리고 이쪽의 네 분은 검문을 이끌어가는 견인차 역할을 하는 인물들로서……."

네 명은 각기 삼십 대, 혹은 사십 대 초, 중반으로 연령층만큼이나 다양한 용모를 지녔다.

가장 눈에 띄는 자는 종쾌의 옆 자리에 앉은 이였다.

그는 네 명 중에 가장 연장자였는데, 젓가락처럼 깡마른 몸에 왼쪽 눈에는 검은 안대가 둘러져 있었다. 그는 일검진천(一劍震天) 구소치(邱小治)라고 했다.

다시 그의 아래쪽으로 선풍검(颶風劍) 이연중(李然重)이, 그리고 약간 닮은 듯 보이는 혁련이(赫蓮伊), 혁련승(赫蓮承)이란 인물이 자리했다.

이연중은 외모로만 따진다면 양태와 거의 흡사했다. 곰처럼 큼직한 덩치에 얼굴 가득한 수염, 만약 입술 위쪽 부분을 가리고 나타난다면 누가 보더라도 영락없이 양태로 여길 정도였다.

약간의 나이 차이가 났지만 혁련이와 혁련승은 생김새가 말해 주듯 배다른 형제였다. 그들은 칠성이검(七星二劍)이란 별호로 불렸다.

이윽고 다섯 명에 대한 소개를 마친 진무방은 상석의 양태를 가리켰다.

"이분은 본 방의 우 총관이시며, 현재는 방주님을 대신하는 방주령주의 신분이시오."

"령주를 뵈오!"

종쾌를 비롯한 네 사람은 일제히 자리에서 일어나 포권했고, 양태 역시 자리에서 일어나 답례를 했다.

"본인은 양태라 하오. 이렇게 여러분을 만나뵙게 되어 반갑소이다."

간략하게나마 서로 인사를 주고받은 사람들은 저마다 자리에 앉았고, 주위의 소란이 가라앉기를 기다려 양태가 입을 열었다.

"먼 길에 고초가 많았으리라 생각되오. 우선 한잔 술로써 여러분의 노고를 풀어드리는 것이 순서겠지만 사정이 여의치 않음을 이해하시길 바랍니다."

밤새 천 리 길을 쉴 새 없이 달려온 사람들이었다. 눈으로 보지는 않았다 해도 그들의 옷자락에 수북이 쌓인 흙먼지가 그 증거였다.

그런 이들을 숨돌릴 시간도 없이 이런 자리로 끌어낸 양태로서는 미안한 마음이 드는 것은 당연했다.

그러나 종쾌는 웃으며 말을 받았다.

"그 점은 개의치 마시지요. 그 말씀만으로도 저희는 족합니다."

"허허, 종 대협께서 그렇게 말씀해 주시니 본인도 한결 마음이 가벼워지는군요."

양태 역시 웃음으로 화답하자 실내의 분위기는 한층 부드러워졌다.

다시 양태와 종쾌는 몇 마디를 주고받았다. 갑작스레 무더워진 날씨나 종쾌 일행이 길을 재촉하는 과정에서 어려움이 없었는지 등등을 묻는 일상적인 얘기였다.

이후, 양태는 정색을 하고 물었다.

"이곳의 사정을 이미 알고 계실 테니 단도직입적으로 묻겠습니다. 과연 귀 문(門)에서 어느 정도 선까지 도움을 주실 수 있소이까?"

종쾌는 잠시 생각하는 눈치였다. 아마도 득실(得失)을 재는 듯했다.

"당장 말씀드리기는 좀 곤란하지만, 일단 우리 측의 요구가 얼마나 받아들여지는가에 따라 상황이 많이 달라지겠지요. 우리의 요구가 그대로만 관철된다면 본인을 비롯한 본 문의 모든 식솔들은 기꺼운 마음으로 목숨을 내놓을 수 있소이다."

쉽게 말해 '너희가 우리를 도와주는 만큼만 우리도 너희를 돕겠다' 그런 얘기였다. 일개 문파를 이끄는 자다운 냉철한 태도였다.

"조건은 령주께서도 이미 알고 계시지 않습니까?"

"물론 알고 있소이다. 그렇지만 본인은 귀 문의 내막을 전혀 모르는 상태요. 최소한 무엇을 얼마만큼 도와야 하는지는 알아야 하지 않겠소?"

"그렇겠지요. 그것이 순서일 것 같군요."

종쾌는 고개를 끄덕였다. 그는 혀로 입술을 축이고는 신중하게 입을 열었다.

"본 문은 대대로 절강성 남부인 온주(溫州)에 터를 잡고 번성해 왔는데, 문제는 온주에 새로운 문파가 자리하면서부터 시작됐소이다."

때로는 깊이 신음하고, 혹은 맹렬히 분노하며 종쾌의 얘기는 근 이각 가까이 이어졌다.

얘기인즉슨 이러했다.

칠성검문은 온주를 대표하는 무림 단체였다. 칠성검법을 모태로 하여 무려 오 대에 거쳐 절강성 전역에 명성을 누려온 상태였다.

한데 천도문(天道門)이란 신흥 단체가 그들과 심심찮게 마찰을 일으켰다. 마찰은 잦은 분란으로 이어졌고, 결국 문파의 사활을 건 싸움의 양상으로 변하게 되었다.

처음에는 터줏대감 격인 칠성검문이 압도적으로 우위를 점했지만, 문제는 전혀 다른 곳에서 벌어졌다.

천도문의 젊은 주인은 여문량(呂文梁)이란 자였다.

그는 과거 상처 입은 무당(武堂)의 장로 한 명을 치료해 주고 약간의 검예(劍藝)와 호신지공(護身之功)을 전수받은 적이 있었는데, 그 일을 빌미로 스스로 무당의 인물임을 자처하는 자였다.

소문은 금세 퍼졌고, 소식을 전해 들은 무당파(武堂派)에서 탐탁지 않게 여긴 것은 당연했다.

그러나 계절이 바뀔 때마다 그가 보내는 공물이 워낙 엄청났던지라 무당 역시 은연중 그것을 인정하게 되었고, 결국 속가제자라는 명분으로 그를 거둔 것이다.

버티다 못한 여문량은 당연히 도움을 요구했고, 요청을 받아들인 무당에선 장로 한 명과 이대 제자 오십여 명을 급히 파견하게 되었다.

무당파는 구파일방 중 소림사와 함께 수위를 다투는 명문 대파였다. 칠성검문이 아무리 강하다 해도 그들을 상대하는 것은 무리였다.

문주가 비명횡사한 것을 위시해 막대한 피해를 입은 검문의 인물들은 분루(憤淚)를 흘리며 탈출했다. 후일을 도모하기에 이른 것이다.

그러나 그 일 역시 만만치 않았다. 무당의 인물들은 모두 돌아갔지만, 온주는 이미 천도문의 천하로 변해 버린 후였다. 그간 자신들을 지지했던 대다수의 인물들이 일제히 등을 돌려 버린 것이다.

결국 그들은 살아남은 자중에 가장 배분이 높은 종쾌를 필두로 하여 온주 부근을 옮겨다니며 천도문과 잦은 전투를 벌이게 되었다.

그나마 별 소득이 없던 차에 과거 종쾌와 친분이 두터웠던 진무방이 연락을 하자 부랴부랴 이곳으로 달려온 것이다.

"후우!"

종쾌는 가볍게 심호흡을 했다. 긴 이야기를 하는 동안 해묵은 원한이 되살아나기라도 했는지 그의 얼굴은 몹시 상기된 상태였다.

그것은 다른 네 사람도 마찬가지였다. 특히 구소치는 전신을 가늘게 떨며 이를 악무는 것이 그의 성격이 어떤지 짐작하게 했다.

다시 종쾌의 음성이 이어졌다.

"이렇듯 우리는 이미 근거지를 잃고 띠도는 상대요. 막상 본 문의 내막을 자세히 알고 나니 형편없다고 여겨지지 않으시오?"

"천만의 말씀이오!"

양태는 정색을 했다.

"무당파에서 직접 나섰다면 귀 문이 아니라 그 누가 액겁(厄劫)을 피할 수 있겠소. 그건 본 방이라 해도 아마 마찬가지였을 것이오."

"옳은 말씀이외다. 종 형은 너무 자학하지 마시오."

진무방 역시 양태를 거들고 나서자 종쾌의 굳어진 얼굴은 약간 풀어지는 듯했다.

그러나 그의 얼굴에 드리워진 본질적인 그늘은 여전히 변함이 없었다.

"아무튼 우리의 소망은 것은 본 문이 예전의 위용을 되찾는 것이외다. 그렇다고 귀 방이 나서서 천도문과 싸워달라는 것은 절대 아니오. 만일 우리가 이번 일에 나서게 된다면 후일을 장담할 수 없을지도 모르는 일이오. 그러니 나중에라도 본 문이 명맥을 보존하고 커 나갈 수 있게 확실한 도움을 약조해 주시오!"

종쾌의 눈빛이 서서히 빛을 발했다. 그는 활화산 같은 시선으로 양태를 응시했다. 그리고는 한 자 한 자 또박또박 말했다.

"그렇게만 해준다면 귀 방은 일천 명의 목숨을 얻게 될 것이오!"

어차피 싸워도 상대를 이길 수는 없다! 불확실한 것에 매달리느니 확실한 앞날만 보장해 준다면 두말없이 목숨을 내주겠다!

일파의 안위를 근심하는 자끼리의 동병상련(同病相憐)의 느낌에서였을까, 종쾌의 확고한 의지는 고스란히 양태에게 전해졌다.

그가 충분히 이해가 되었고 한편으론 동정도 갔다. 양태는 약간 흥분된 기분으로 그를 응시했다.

"귀 문의 뜻은 충분히 알겠소이다. 그러나 이 일은 혼자서 독단적으로 결정할 사항이 아니오. 적어도 이틀 간은 말미를 주었으면 하오."

"허허, 어느 문파나 일을 처리함에 순서와 법도가 있기 마련이니 그것은 당연한 일이겠지요."

"종 대협의 호의에 감사하오."

"당치 않소이다. 감사하다는 말은 오히려 이쪽에서 드려야 하거늘……."

전과는 달리 종쾌의 얼굴에 혈색이 돌았다. 지금까지 이끌어낸 결과에 대해 대단히 만족한 듯했다.

"그나저나 앞으로 기다려야 할 이틀이라는 시간이 지난 오십여 년의 세월을 모두 합한 것보다 더 길게 느껴질 것 같아 걱정이군요."

"허허, 설마 그렇기야 하겠소."

보기 드물게 양태는 웃음을 터뜨렸고, 종쾌 역시 마주 보며 미소를 지었다.

"헛, 험!"

돌연 헛기침으로 분위기를 바꾼 이는 진무방이었다.

"령주, 이제 종 대협 일행을 쉬도록 배려하시는 게 좋을 것 같습니다."

"허, 이런!"

양태는 난감한 표정을 지었다. 이어지는 종쾌의 말을 들은 그의 얼굴은 숫제 벌게졌다.

"허허허, 역시 진 형밖에 없소이다그려. 아닌 게 아니라 급히 길을 재촉하느라 사타구니 안쪽에 물집이 잡힐 지경이었소이다."

"이거 실로 민망하게 되었소이다. 미처 거기까지는 신경을 쓰지 못했구려."

"별말씀을. 그럼 저희는 이만 물러가도록 하지요. 좋은 소식이 있기를 기대하겠습니다."

종쾌가 몸을 일으키자 다른 이들도 일제히 자리에서 일어났다.

"저희는 성 안의 객잔(客棧)에 머물 생각입니다. 사람을 보내 위치를 알려드릴 테니 가부(可否)가 결정되면 그쪽으로 기별을 주십시오."

그러자 양태가 무슨 말이냐는 듯 정색을 했다.

"아니, 그게 무슨 말씀이오. 설마 본 방을 찾아온 손님을 내보는 야박한 곳으로 만들겠단 말씀이오?"

"호의는 감사하나……."

웬일인지 말을 얼버무리는 종쾌를 향해 양태는 조심스럽게 물었다.

"혹시 무슨 곤란한 일이라도 있으시오?"

대꾸는 엉뚱한 데서 울렸다.

"저희야 물론 괜찮지만, 밖에 저희를 기다리는 수하들이 있습니다. 오는 도중에 천도문과 마찰이 있을지도 모르기에 백여 명의 수하들을 이끌고 왔지요."

입을 연 이는 구소치였다.

요점은 의외로 간단했다. '밖에 수하들을 두고 우리만 편히 쉴 수는 없으니 그들도 마저 불러주시오!' 아무래도 이런 종류의 말은 일파의 수장이라는 입장에서 좀처럼 하기 어려웠을 터였다.

"그게 무슨 문제가 되겠소. 위치를 알려주시면 조처를 취해드리겠소. 본 방이 아무리 좁아도 설마 그 정도 인원이 묵을 곳이 없겠소?"

"감사합니다, 령주님."

눈치도 없이 구소치가 넙죽 인사치레를 했다.

"구 사령(司令)!"

종쾌의 책망하는 듯한 시선이 그에게 쏟아졌지만, 이제 그들이 대풍방에서 보내게 된 것은 기정사실이 되었다. 결국 종쾌 역시 동의하는 수밖에 없었다.

"이렇게 된 이상 어쩔 수 없군요. 호의를 감사히 받아들이지요."

종쾌는 시원스레 포권했다.

*　　　　*　　　　*

조사대(調事隊)의 업무는 크게 두 가지였다. 그 첫번째는 대풍방 전역에서 소비되는 물자를 구입, 보관하는 일이다. 그리고 두 번째는 그 물자를 관리하는 자들을 일괄 통솔하는 일이다.

엄밀히 따지면 한 가지 일이라고 보아도 무방했지만, 워낙 업무의 양이 방대했기에 조사대의 책임자인 대주(隊主)는 두 명이었다.

이환은 조사대의 제이 대주였다.

그가 하는 일은 각 부서에서 신청한 것을 토대로 물자를 보급하는 것이었다. 바쁠 일이 전혀 없었다. 그저 책상에 앉아 서류철을 뒤적이는 일을 제외하면 매달 두 번씩 창고를 열고 물건을 내주면 끝이었다.

그러나 사교성이 남다른 데다 노상 자기 발로 뛰어야 직성이 풀리는 그가 가만히 앉아 서류 뭉치를 기다리는 짓이 마음에 들 리 없었다.

그런 성격 탓에 그는 대풍방 전역을 들쑤시고 다니며 미리미리 일거리를 챙기는 것을 좋아했다.

게다가 요즘 새로 조직된 비호대의 건으로 그는 눈코 뜰 새 없이 바빴다.

지금 역시 비호대에 다녀오는 길이었다.

일 장 높이로 일정하게 솟은 담을 따라 걸음을 재촉한 그는 곧 정문에 도착했다.

한데 숙연해야 할 정문 앞에서 와자지껄 일대 소란이 벌어진 것이 아닌가! 두 명의 위사가 웬 늙은 노인과 실랑이를 벌이고 있었다.

자세히 살펴보니, 남루한 행색의 노인은 안으로 들어가기 위해 갖은 노력을 다하고, 위사들은 낭패한 얼굴로 노인을 제지하는 형국이었다.

그는 급히 그들에게 다가갔다.

"무슨 일이냐?"

"저 노인이 방주님을 만나야 한다는데, 그게 어디 말이나 되는 소립니까. 충분히 설명을 했는데도 막무가내로 고집을 피우는 터라……."

"그래?"

그가 손짓을 하자 위사들은 뒤로 물러났고, 노인은 구르듯 그의 앞으로 달려왔다.

"나리, 저를 좀 도와주십시오! 전 꼭 이곳의 어른을 만나야 합니다. 제발 부탁드립니다."

노인의 얼굴은 주름살이 가득했다. 그 주름진 고랑 사이로 눈물이 줄줄 흘러내렸다.

　애절하게 바라보는 노인의 간절한 눈빛을 이환은 뿌리치질 못했다.

　"알겠소, 노인장. 그만 일어나시오."

2

"여, 어서 오게."

안도의 장난기 어린 목소리를 떠안고 막 실내로 들어서던 임천행은
입을 쩍 벌렸다.

자신이 내준—엄밀히 말하자면 사부의 명령에 따라 억지로 비워준 것이었
지만—이곳을 얼마나 소중하게 여겼던가. 평소 무공 수련과 등소를 따
라다니기에 바쁜 그의 유일한 안식처와도 같은 곳이었다.

한데 놀랍게도 실내는 텅 비어 있었다.

벽에 걸려 있어야 할 자신이 애지중지하는 보도(寶刀)와 등소의 친
필이 쓰인 편액(編額)은 감쪽같이 사라진 상태였다. 게다가 실내를 장
식했던 고풍스런 가구들 역시 오간 데 없이 사라져, 눈을 씻고 봐도 뻥
뚫린 하나의 빈 공간만 존재할 뿐이었다.

물론 사라지지 않은 것도 있었다. 텅 빈 공간의 중앙에 커다란 침상

이 달랑 놓여 있었는데, 다름 아니라 그가 사용하던 침상이었다.

그 위에는 일남 일녀가 몸을 포갠 채로 열심히 꿈지럭거리고 있었다.

사내는 안도였고, 여인은 그도 익히 아는 이였다.

그녀는 자신의 처소를 돌보는 시녀였는데, 이미 상의는 벗겨져 가슴이 훤히 드러났고 치마는 훌렁 뒤집어져 허벅지 안쪽이 그대로 드러난 상태였다.

"어머, 안 돼요!"

인기척이 느껴지자 여인은 사지를 버둥대며 안도의 품을 벗어나려 애썼다.

그러나 일개 여인의 몸으로 사내의 힘을 뿌리치기는 역부족이었다. 더군다나 상대가 일반인도 아니고 무공의 고수였으니 더 더욱 가능할 리 없었다.

"흐흐, 고년 매번 앙탈은!"

안도는 신이 났는지 바지춤을 까 내리고 본격적인 채비에 들어갔다. 누가 옆에 있든 없든 아예 안중에도 없다는 식이었다.

결국 보다 못한 임천행이 버럭 소리를 질렀다.

"대체 뭐 하는 짓이오!"

외침은 어느 정도 효과를 보았다. 안도가 못 이기는 척 몸을 일으킨 것이다.

그러나 그는 옷을 입거나 침상에서 내려오지 않았다. 대신 침상에서 가부좌(跏趺坐)를 틀고 앉더니 버둥대는 여인을 번쩍 안아서 무릎 위에 올려놓았다. 일종의 방패막이인 셈이었다.

안도의 몸은 태반이 가려졌지만, 상의가 없는 여인은 팽팽한 가슴을 임천행의 눈앞에 들이댄 꼴이 되었다.

"대, 대공자님!"

여인은 사색이 되었다. 백주에 가슴이 드러난 것도 치욕스러운 일인 데다 상대는 하늘처럼 모시는 상전이었으니 오죽 두려웠으랴.

"어쩐 일이지?"

히죽 웃으며 안도는 여인의 허리에 우수를 둘렀다. 남은 한 팔은 여인의 몸에 가려 보이지 않았다.

바르르!

여인의 몸이 가늘게 진저리를 쳤다. 몸을 움찔거리며 양손을 꼭 움켜쥐는 것이 두려움 때문만은 아닌 듯했다.

'개자식 같으니!'

임천행의 눈썹이 세차게 꿈틀거렸다. 비록 여자에 대해 문외한이었지만 치마 속에서 어떤 일이 벌어지는 것인지 모를 정도로 바보는 아니었던 것이다.

"사부께서 보내셨소."

안도는 시큰둥한 얼굴로 재차 물었다.

"등소가? 왜?"

"닥치시오! 감히 그 따위 언사를……!"

날카로운 목소리에는 진득한 살기가 묻어났다. 어느새 그의 우수는 도병(刀柄)에 닿아 있었다.

"두 번 다시 그분의 존함을 함부로 입에 담는다면 더 이상 참지 않겠소!"

스륵!

반짝이는 도신(刀身)이 한 치쯤 드러났다. 참지 않겠다는 경고가 말뿐인 것은 아닌 듯했다.

안도는 '어이쿠!' 하는 표정으로 둘러댔다.

"아하! 미안미안, 이거 자칫했으면 큰 실수를 할 뻔했군 그래. 요즘 머리 속에 무겁더니 자네가 등 문주의 제자란 사실을 깜박했어."

"두 번 다시 잊지 않기를 바라겠소."

싸늘히 말하며 임천행은 도병에서 손을 뗐고 안도는 슬그머니 화제를 바꿨다.

"뭐, 그건 그렇다 치고, 자네 사부가 날 만나보려는 이유가 뭔가?"

"진정 몰라서 묻는 거요?"

임천행의 목소리가 다시 거칠어졌다.

그사이 여인의 허리에 둘러졌던 안도의 손은 기름진 아랫배를 거슬러 올라 젖가슴에 닿아 있었다.

여인의 것처럼 투명한 손마디가 호선을 그렸다. 마치 유리 그릇을 매만지듯 부드럽게 가슴을 쓰다듬던 손이 한순간 세차게 쥐어졌다.

"아흑!"

짧은 신음이 토해졌다. 고통인지 희열의 신음인지 묘한 여운을 지닌 소리였다.

그 모습을 바라보던 임천행은 땅이 꺼져라 한숨을 내쉬었다.

'사부, 아무래도 당신은 큰 실수를 한 것 같소. 저런 작자를 어찌 믿고!'

처음 그를 만난 것은 얼마 전 사부와 함께였다.

수로연맹 강소 총단의 이인자라는 직위에 걸맞는 거만한 모습과 그를 추켜세우는 사부의 말에 '그래도 한가락 하는 자려니' 하고 생각했었다. 거기다 수하들이 '광구자(狂狗子)' 라 부르며 두려운 눈초리를 보이는 것 역시 은근히 기대감을 갖게 만들었다.

사부의 꿈이 이루어지는 것은 그도 간절히 바라는 일이었다. 길게 잡아 이십 년 정도가 지나면 어차피 자신에게 돌아올 자리였으니까 말이다.

안도는 그 기간을 앞당기는 시발점이어야만 했다.

그러나 상황은 어떤가! 그는 무례하고 소심한 데다 계집을 밝히는 소인배에 지나지 않았다. 실망감은 걷잡을 수 없는 분노로 돌변했다.

'놈! 벤다!'

그는 도병을 움켜쥐고 서서히 앞으로 당겼다.

"자신있나?"

흠칫!

임천행의 손이 멈춰졌다. 묘하게 번들거리는 안도의 눈이 그를 응시하고 있었다.

"애송이, 날 벨 자신이 있는가 물었다!"

끼기긱!

소름 끼치는 소리와 함께 도신이 반쯤 드러났다. 무언의 응답이었다.

"과연 자신있나 보군. 그럼 와라! 난 이 자리에서 움직이지 않을 뿐더러 반격하지도 않겠다."

자신이 완벽한 비무장임을 나타내려는 생각에서였을까, 안도는 허공을 향해 두 손을 들어 올렸다. 그리고는 뚫어져라 상대를 직시했다.

살짝 일그러진 안도의 눈을 보면서 임천행은 그 눈동자가 웃고 있다고 생각했다.

'원하는 대로 해주마!'

쐐액!

눈부신 한줄기 빛무리가 허공을 갈랐다. 엄청난 도기(刀氣)의 폭풍에 눈도 뜨지 못할 지경이었다.

빛줄기는 순식간에 사라졌고 실내의 상황이 드러났다.

안도는 여전히 팔을 올린 상태 그대로 앉아 있었고, 임천행의 도는 그의 두툼한 목을 일 촌(寸)가량 파고든 채 멈춰 선 상태였다.

주르르……!

도신과 목이 겹쳐진 곳에서 핏물이 배어 나왔다. 핏물은 안도의 목을 타고 흘러내려 여인의 어깨와 등판으로 길게 선을 그렸다.

"끄응!"

두려움을 이기지 못한 여인이 마침내 썩은 짚단처럼 앞으로 넘어갔다.

임천행의 얼굴은 하얗게 질려 있었다.

두려움도 공포도 아닌 무언가가 뇌리 속을 가득 채운 느낌. 흰자위가 유난히 넓은 안도의 눈을 바라보며 그는 툴툴거리며 웃었다.

"흐흐… 흐흐흐!"

놈은 피하기는커녕 눈도 꼼짝하지 않았다. 결국 기세의 싸움에서 자신이 눌린 것이다.

그러나 정작 이해할 수 없는 건 왜 자신이 손을 멈췄냐는 것이다. 반 푼의 힘만 더 가했어도 안도의 목은 바닥을 구르고 있었을 텐데 말이다.

철컥!

그는 이내 도를 거뒀다. 어차피 베지 못할 거라면 더 이상 겨누고 있어야 할 하등의 이유가 없었다.

"왜 피하지 않은 거요? 당신은 목숨이 아깝지 않소? 그렇게 하찮단 말이오?"

"……."

"만일 내가 멈추지 않았다면?"

안도는 히죽 웃었다. 그리고는 우수를 상처에 대고 좌에서 우로 힘껏 그었다. 핏물이 궤적을 따라 움직이며 직선을 그렸다.

"아마 이렇게 됐겠지."

"그런 생각을 가지고 여태까지 죽지 않고 살아남은 게 정말 신기한 일이로군."

비릿하게 웃는 그를 보며 안도가 불쑥 물었다.

"죽는 게 두려운가?"

"가끔은."

"훗! 나도 그래. 그러나 한편으론 궁금하기도 하지. 목이 잘릴 때의 느낌이 어떨까 하는 것이."

또다시 안도는 히죽 웃었다. 그의 눈엔 검은 자위는 눈을 씻고 찾아봐도 존재하지 않았다.

"차가운 도가 목을 훑고 지나는 느낌은 어떨까 오래도록 궁금했지. 자넨 궁금하지 않나? 어떤가, 자네가 내게 그 느낌을 맛보게 해주겠나?"

"음……!"

임천행은 묵직한 신음을 토했다. 흰자위만 가득한 눈을 응시하며 그는 하마터면 크게 외칠 뻔했다.

이자는 미쳤다!

그가 얻은 결론이었다. 그것 외에는 달리 표현할 말이 떠오르지 않았다. 잔뜩 기분이 상한 그는 그냥 되돌아 나가고만 싶었다.

그러나 분노에 찬 등소의 얼굴은 그것을 용납하지 않았다.

"어제 일은 어떻게 된 거요?"

"그것 때문에 왔다면 신경 끊으라고 해. 어젯밤은 그냥 간단한 경고에 불과했어. 상대의 실력도 가늠해 볼 겸 해서 말이지. 약속은 반드시 지켜주겠어. 그러니까 안심하라고 전해."

"모쪼록 그 말이 맞기를 바라겠소."

"이제 볼일은 다 끝났나? 보다시피 마저 끝내야 할 일이 남아서 말이야."

등판을 드러내고 엎어진 여인과 자신을 번갈아 응시하는 임천행을 보며 그는 씨익 웃었다.

"보아하니 이런 일에는 풋내기 같은데, 한 수 배우고 싶다면 거기 그대로 있어도 좋고."

'개자식!'

임천행은 찬바람이 일 정도로 몸을 홱 돌렸다. 밖으로 나서는 그의 뒤로 안도의 음성이 들려왔다.

"가는 길에 이 말도 전해. 하나는 더 이상 귀찮게 말라는 것이고, 또 하나는 약속한 것을 반드시 지키라고. 지키지 않으면 후회하게 될 거라고 말야."

*   *   *

"젠장! 벌써 점심때가 다 됐는데 아직도 이 모양이라니…… 정말 짜증나 미치겠군!"

연신 투덜대면서도 소운평은 말의 몸을 닦는 손을 멈추지는 않았다. 늦으면 늦을수록 자신에게 손해라는 사실을 잘 알기 때문이었다.

그가 아침에 일어나서 가장 먼저 하는 일은 밤새 갇혀 있던 말을 운동시키는 일이다.

사실 운동이라 해야 별거 아니었다. 마사(馬舍)의 문을 열고 밖으로 내몰면 끝이었다. 그러면 말들은 제각기 울타리 안을 뛰놀며 풀을 뜯어 먹었기에 쿠태여 따로 먹이를 줄 필요도 없었다.

그렇다고 직접 손을 대야 하는 녀석들이 전혀 없는 것은 아니었다. 모두 일곱 마리였다.

백수십 마리 중에 일곱이면 아무것도 아니라 생각할지 모르지만, 그 일곱 마리가 나머지 전부를 합한 것만큼이나 그를 피곤하게 만들었다.

먹이는 따로 콩과 콩깍지를 삶아주어야 했고, 식사를 마치면 고삐를 쥐고 함께 산보를 해야 했다. 게다가 매일같이 목욕을 시키는 일은 결코 쉬운 일이 아니었다.

이미 오전 일과를 모두 마쳐야 할 시간이었다. 그런데 말 목욕은커녕 가장 힘든 말똥 치우는 일이 고스란히 남은 상태였다.

"가만있어 이놈아, 물 튀잖아!"

애꿎은 말에게 화풀이를 하며 그는 자그마한 소리로 중얼거렸다.

"이게 다 그 노인네 때문이야."

어제저녁까지만 해도 멀쩡했던, 밥 잘 먹고 술까지 한잔 걸치고 기분 좋게 잠자리에 들었던 석노(錫老)가 갑자기 앓아 누웠던 것이다.

그의 몸은 화로에서 방금 꺼낸 쇳덩이처럼 뜨거웠다. 부랴부랴 약을 얻어다 먹였건만 상세는 좀처럼 나아지지 않았다. 소운평도 일말의 양심은 있었는지라 몸이 아픈 노인네를 밖으로 내몰 수는 없었다.

해서 혼자서도 충분하다고 있는 대로 큰소리를 치고 나왔건만, 불과 반나절도 지나지 않아 물밀듯이 후회가 밀려올 줄이야.

원래 일이란 그랬다. 함께할 때는 별로 힘든 줄도 모르고 쑥쑥 진행되지만, 혼자서 하려면 괜히 더 힘들게 느껴지고 짜증 나는 것이 보통이었다.

"에이, 도무지 못해 먹겠다!"

결국 소운평은 바가지를 내던지고 말았다.

한데 흑마가 슬그머니 그의 소매를 물고 비비적거리는 것이 아닌가. 좀 전에 한바탕 뜀박질을 한 연후라, 아마 제대로 몸을 식히지 못했으니 물을 더 뿌려달라는 표현인 듯싶었다.

만사가 귀찮은 소운평이 달가울 리 없었다.

"얌마, 귀찮게 하지 마!"

그러나 흑마는 물러서지 않았다. 오히려 소운평에게 바짝 다가들며 몸을 기대는 시늉을 했다.

사람으로 친다면 일종의 친근감의 표현이나 애교를 떠는 행위였건만 워낙 덩치 차이가 컸기에 곧 엉뚱한 결과를 자아냈다. 덩치에 밀려 비척거리며 밀려난 소운평이 그만 물 웅덩이에 한쪽 발이 빠지고 만 것이다.

한데 그 웅덩이란 것이 말을 씻긴 물과 주변의 배설물이 모여 생긴 것이라 냄새가 지독했다.

'이, 이 개 같은……!'

그는 학질 걸린 사람처럼 온몸을 떨어댔다. 가뜩이나 짜증이 치솟던 그가 이런 꼴을 당하고 그냥 넘어갈 리 만무했다.

"이 원수 같은 놈, 너 땜에 똥물에 빠졌잖아! 이 자식, 저리 못 가!"

화가 머리끝까지 치민 소운평은 잽싸게 바닥에서 나뭇가지를 집어 들었다.

쫘악!

말 엉덩이에 선명한 자국이 그려지는 것과 동시에 흑마는 펄쩍 공중으로 뛰어올랐다. 그리고는 꽁지가 빠져라 달아났다.

"자식이 진작에 그럴 것이지. 그나저나 이걸 어쩐다? 당장 빨아 입기도 뭐하고."

하체 어림에서 냄새가 올라왔다. 구역질이 날 정도로 지독했기에 그는 코를 막아야 했다.

'후아, 끝내준다!'

인상을 찡그리는 와중에 주변에 물통이 있다는 사실이 생각났다. '옳거니!' 싶어 재빨리 달려간 그는 물통에다 발을 담그고 대충 휘휘 저었다.

하지만 몇 번을 반복해도 냄새는 쉽사리 지워지지 않았다. 그가 조금이나마 신경 써서 제대로 문질렀다면 그럴 리 없겠지만 말이다.

시간이 점점 흘러 머리 꼭대기에 가까워진 태양이 정오(正午)가 가까워졌음을 알려주었다.

날씨는 그렇게 더운 편은 아니었는데도 이래저래 짜증 나는 일을 겪은 소운평은 등줄기가 후줄근하게 젖어드는 것을 느꼈다. 결국 그는 더 이상 씻기를 포기하고 그늘로 걸어갔다.

커다란 등나무 그늘 아래 말 먹이용으로 쌓아둔 한 무더기의 건초 위로 그는 몸을 던졌다.

푹신하면서도 등줄기로 와 닿는 까칠한 감촉이 말할 나위 없이 편안했다. 더구나 등나무 줄기 사이로 새어드는 햇살이 부드럽게 눈을 자극하는 느낌이란… 저도 모르게 입가로 미소가 감돌았다.

다리를 꼬고 누운 채 그는 양손을 뒤로 돌려 팔베개를 했다. 건초 한 가닥을 입에 물고 지그시 눈까지 감는 모습은 너무도 평온해 보였다.

'좋구나……!'

아무 거리낌 없는 난생처음 느껴보는 혼자만의 여유였다. 물론 밀린 일거리가 없었다면 금상첨화였겠지만 말이다.

시간이 흐르자 한편으로 슬슬 걱정이 되기 시작했다.

그러나 나른하게 늘어진 그를 퍼뜩 정신을 차리게 만든 것은 일에 대한 걱정이 아니었다.

꾸르륵!

뱃속에서 울려나오는 요란한 소리, 바로 배고픔을 호소하는 소리였다.

"아직 멀었나? 올 때가 된 것도 같은데."

그는 마지못해 몸을 일으키고는 안쪽으로 이어진 갈림길 근처를 살폈다. 껑충거리며 키를 높여 보았지만 사람의 그림자는 전혀 보이지 않았다.

'아하, 그렇구나!'

그제야 아침 나절의 일이 떠올랐다.

같이 일을 하는 석노가 앓아 눕자 매일 밥을 날라다 주는 소녀가 말하기를 '우선 할아버지 죽을 끓여드려야 하니 오늘 점심은 좀 늦을 거예요' 라고 했던 것이다.

'이래저래 되는 일이 하나 없군!'

투덜대며 쭈그리고 앉아 있던 소운평의 시선이 문득 한 곳을 향했다.

먼지가 잔뜩 앉은 허름한 창고였는데, 꽤 여러 날이 지나도록 석노가 아무런 얘기도 없었던 것이다.

호기심이 생긴 그는 재빨리 창고로 다가갔다.

문은 커다란 쇠사슬로 고정된 상태였는데 녹이 잔뜩 슨 것이 약간 힘주어 당기자 어렵지 않게 떨어져 나갔다.

끼익!

얼마나 오랫 동안 사용하지 않았는지를 말해 주듯 문틀에서 먼지 덩이가 우수수 떨어졌다.

"엣퉤퉤!"

뽀얀 먼지를 헤치며 그는 주위를 두리번거렸다.

안은 밖에서 보기보다 상당히 넓은 편이었다. 한데 커다란 보자기로 덮인 물건이 달랑 놓여 있을 뿐 다른 것은 눈에 띄지 않았다.

잔뜩 실망한 채 그냥 돌아나가려던 소운평은 내친걸음이란 생각에 이내 보자기를 벗겨냈다.

모습을 드러낸 것은 의외로 마차였다. 은은한 향 냄새가 풍기는 것이 마차의 전신은 질 좋은 향나무임이 분명했고, 사면을 유리와 오색의 패각(貝殼)으로 장식한 것이 상당히 고급스러웠다.

'히야!'

그는 홀린 듯 마차의 문을 열었다.

대여섯 명이 충분히 자리할 만큼 넓은 마차 안은 호화스러웠다.

바닥에는 붉은 주단(紬緞)이 곱게 깔려 있고, 분홍빛 휘장은 손에 쥔 감촉조차 느끼지 못할 정도로 부드러웠다. 마차가 흔들릴 때를 대비해 붙어 있는 손잡이 역시 진주를 엮어 만들었고, 사면의 기둥에는 푸른 빛을 발하는 벽주(璧珠)가 박혀 있어 어둠을 밝혀주었다.

어지간한 신분으로 이런 마차를 소유하는 건 평생 가도 이루지 못할 꿈에 불과했다.

누구보다 그런 사실을 잘 알면서도 한숨이 새 나오는 건 어쩔 수 없었다.

'젠장, 저런 거 하나만 있어도……'

번쩍이는 보주(寶珠)에 욕심이 생기는 건 당연한 순서였건만, 어쩐 일인지 소운평은 침을 삼키는 것으로 만족해하는 눈치였다.

사실 고가(高價)의 물건은 팔기도 어려울 뿐더러 꼬리를 잡히기 쉽다는 사실은 사타구니가 거뭇해지기 전부터 알고 있는 그였다. 만약 눈앞의 물건이 금이나 은이었다면 사정은 사뭇 달라졌을 터였다.

잠시 후, 먼지가 풀풀 날리는 가운데 마차는 원래대로 천을 뒤집어썼고 소운평은 서둘러 창고를 나섰다.

그가 막 쇠사슬을 고정시킬 때였다.

스윽!

마치 하늘 위에서 뚝 떨어지듯 누군가가 그의 눈앞에 나타났다. 상체 전면에 번쩍이는 금갑을 두른 무사, 청풍각의 금갑위(金甲衛)였다.

도둑이 제 발 저리다는 말에 딱 어울리게 소운평은 허겁지겁 변명을 해댔다.

"저, 저는 아무 짓도 안 했는데요."

그러나 금갑위는 신경도 쓰이지 않는다는 태도였다. 그저 무표정한 얼굴로 한차례 쓸어보더니 짧게 한마디만 했을 뿐이었다.

"따라와."

3

"마, 맞습니다! 저놈, 저놈이 맞습니다요!"

창문 너머 멀리서 금갑위를 따라오는 소운평을 가리키며 노인은 숨 넘어가는 소리를 질러댔다.

자연 양태의 미간은 일자로 모아졌다.

"이, 이놈아! 너 잘 만났다!"

죽자살자 멱살을 잡고 늘어지는 이 덕에 소운평은 거의 숨이 넘어가기 일보 직전이었다.

"캑! 캑! 이, 이것 좀!"

가뜩이나 두려운 마음에 살얼음판을 걷듯 실내로 들어섰건만, 누군가가 득달같이 달려들어 목줄기를 덥석 움켜쥐더니 마구 흔들어댔던 것이다.

상대를 확인하고 자시고 할 겨를조차 없었다. 급히 버둥대며 손을 뿌리쳐 봤지만 모두 허사였다. 상대의 손은 마치 쇠갈고리와 같아 꼼짝도 하지 않았다.

"컥! 커억!"

순식간에 얼굴이 달아오르며 눈앞이 노래졌다.

힘줄과 핏줄이 툭툭 불거진 얼굴은 붉다 못해 아예 시커멓게 변했고, 급기야 시야마저 뿌옇게 흐려졌다. 누가 봐도 곧 숨이 끊어질 것만 같은 몰골이었다.

그러나 사람이란 참으로 묘해서 생사지경(生死之境)에 처하면 왕왕(汪汪) 믿기 어려울 정도의 능력을 보이곤 한다. 그 말을 증명이라도 하듯 소운평은 평소와 다르게 괴력을 내보이고 있었다.

부웅!

상대의 몸이 일순 허공을 난다 싶더니 볼썽사납게 구석으로 처박혔다. 동시에 충격을 받은 의자와 병풍이 세차게 뒤로 넘어갔다.

털썩!

소운평은 맥없이 바닥에 주저앉았다.

"헉! 허억!"

그가 어깨를 들썩이며 숨을 가눌 무렵, 문이 덜컹 열리며 누군가 실내로 뛰어들었다.

"령주, 무슨 일이라도?"

이환이었다. 주위를 둘러보던 그는 사태를 짐작하겠다는 양 고개를 끄덕이더니 서둘러 노인에게 다가갔다.

그는 조심스레 노인을 안아 일으켰다.

노인의 머리에서 가늘게 핏물이 흘러내렸다. 머리에 심한 충격을 받아서인지 노인은 한동안 정신을 차리지 못했다. 결국 이환이 양쪽 관자놀이를 몇 번 눌러주고 나서야 슬며시 눈을 떴다.

"노인장, 좀 어떠시오?"

쾡한 두 눈에 점차 초점이 잡히는가 싶더니 노인은 이환을 밀치고 소운평에게 달려들었다.

"이놈, 너 죽고 나 죽자!"

어느새 노인의 손에는 비수가 들려 있었다. 한 자 남짓한 평범한 비수였는데, 얼마나 예리하게 손질을 했던지 스스로 새파란 광채를 뿌릴 정도였다.

핏물을 철철 흘리며 살기를 흩뿌리는 노인의 모습엔 광기마저 서린 듯했다.

간신히 호흡을 되찾고 일어서려던 소운평은 그야말로 혼백이 달아날 지경이었다.

'으헥!'

그는 주춤 뒤로 물러났다.

당연한 일이었다. 느닷없이 코앞으로 비수가 날아든다면 누구라도 그럴 터였다.

그러나 보다 근본적인 이유는 다른 데 있었다. 위기 일발의 순간에 비로소 상대가 누군지 확인한 것이다.

쭈글쭈글 온통 주름으로 덮인 얼굴, 깡마른 몸에 비해 유달리 튼튼한 상체, 어찌 잊을 수 있으랴. 상대는 바로 진 노인이었다.

그와는 소주에 첫발을 들이는 날로부터 시작해 지금엔 차마 말 못할 사연으로까지 이어져 있기에 놀라움은 더욱 클 수밖에 없었다.

"죽어라, 이놈!"

그사이 비수는 지척에 이르러 있었다. 살기등등한 진 노인의 얼굴이 손을 뻗으면 닿을 정도로 가까웠다.

절체절명의 순간!

이미 문가에까지 물러난 소운평은 더 이상 대응책이 없었기에 그만 눈을 질끈 감고야 말았다.

"우와악!"

…….

잠시 어색한 침묵이 이어졌다.

'내가 아직 살아 있는 건가?'

어디에도 통증이 느껴지지 않자 의아해진 소운평은 슬며시 허벅지를 꼬집었다.

'우헉!'

허벅지가 떨어져 나가는 듯했다. 생살을 쥐어짰으니 당연한 결과였지만, 아직도 고통을 느낄 수 있다는 사실이 그렇게 반가울 수가 없었다.

헤벌죽 웃던 그는 고개를 들다 말고 화들짝 놀랐다. 아직도 코앞에 비수가 겨눠져 있었던 것이다.

그러나 그는 곧 안도의 한숨을 내쉬었다. 비수를 움켜쥔 진 노인의 손목이 다른 이의 손에 단단히 결박된 상태였기 때문이다.

손의 임자는 이환이었다. 결국 목숨을 구한 것은 그의 덕택인 셈이었다.

그러자 노인은 몸부림을 치며 울부짖었다.

"나리, 저 배은망덕한 놈을 단죄할 수 있도록 제발 도와주십시오! 제발 이 손을 놓아주십시오. 그 은혜는 삼생(三生)을 내리 갚겠습니다!"

피눈물을 쏟는 노인을 응시하며 이환은 잠시 갈등에 빠졌다. 이미 노인으로부터 모든 것을 알고 있는 그로서는 어쩌면 당연한 일인지도 몰랐다.

자업자득(自業自得), 그리고 인과응보(因果應報)!

죄는 죄대로 복은 복으로, 결국 자신이 뿌린 대로 거둔다는 것이 그의 평소 지론이었다.

사실 느끼는 대로 한다면 두 말 없이 손을 놓아버리고 싶기도 했다.

그렇지만 차마 그렇게까지 할 수는 없었다. 그는 일파의 살림을 맡은 공인(公人)이었고, 최소한 감정에 치우쳐 정도를 거스르는 인물은 아니었다.

그는 조용한 목소리로 노인을 설득했다.

"죄를 지었다면 응당 벌을 받아야 마땅하지요. 노인장의 심정은 충분히 이해하오만, 이곳에도 나름대로의 법도가 있소이다. 저자는 본 방의 법도대로 단죄될 테니 이만 물러나시지요."

"하지만 그 불쌍한 것은 어쩌라구요."

"이렇게 된 이상 고인의 명복을 빌어주는 것이 도리겠지요. 노인장이 이런 모습을 보이는 것은 고인 역시 바라고 있지 않을 거외다."

쨍그랑!

비수가 바닥을 뒹굴었다.

"어흐흐흐!"

노인은 맥없이 주저앉았다.

바닥을 내려치며 통곡을 해대는 그 모습에 이환은 저도 모르게 코끝이 찡해졌다.

"그만 진정하시지요."

그는 노인의 어깨를 부축해서 일으켰다. 그리고 양태를 향해 목례를 하고 밖으로 걸음을 옮겼다.

곧 문이 열리고 두 사람은 사라졌고, 노인의 처연한 목소리만이 실내를 가득 채웠다.

"네놈을 만난 게 천추의 한(恨)이로구나!"

"꿇어라!"

난데없이 들려온 호통 소리에 겁을 집어먹은 소운평은 아예 넙죽 바닥에 엎드렸다. 고개를 푹 숙인 채 그는 좀 전의 상황을 떠올렸다.

'고인, 그리고 명복이라니… 대체 어느 누가 죽었다는 얘기야? 또 그게 나랑 무슨 상관이고?'

머리 속이 뒤죽박죽 혼란스러웠지만, 이미 두 사람의 얘기를 통해서 어느 정도 사태를 파악한 상태였다.

진 노인이 비수를 들고 달려들 일이라면 한 가지밖에 없었다. 손녀와 벌인 일이 들통이 난 것이다.

하지만 그는 대수롭지 않은 듯 중얼거렸다.

'까짓것 책임지고 살아주면 되지 뭐! 사실 그 처지에 나만한 인물이라면 감지덕지해야 하는 것 아닌가? 오히려 고마워해야 한다구.'

히죽 웃던 그는 찔끔한 표정으로 고개를 숙여야 했다. 양태의 목소리가 들려왔기 때문이다.

"넌 두 가지 씻을 수 없는 죄를 범했다. 하나는 상사와 결탁해서 본방이 금하는 고리대금업에 손을 댔다는 것이고, 또 하나는 돈을 미끼로 순박한 여인을 겁탈했다는 사실이다. 너는 이 사실을 인정하느냐?"

"그, 그게 저……."

"놈, 인정하느냐고 물었다!"

싸늘해진 목소리가 사정없이 소운평을 옭아맸다.

"그렇습니다. 이, 인정합니다. 그렇지만 전 서 조장이 막무가내로 협박해서 심부름한 죄밖에 없습니다. 저같이 힘없고 배경없는 놈이 어찌 거절할 수 있겠습니까? 그저 시키는 대로 할 수밖에요. 개가 사람을 물었다면 시킨 주인이 나쁜 놈이지 어찌 개에게 죄를 물을 수 있겠습니까? 부디 선처해 주십시오, 어르신!"

소운평은 거듭 머리를 조아렸다.

"닥쳐라, 이놈! 그럼 도둑을 잡게 되면 손만 처벌해야 한단 말이냐?"

꿈틀.

양태의 송충이 눈썹이 하늘로 치솟았다.

"네놈 말대로 강요를 받았으니 정상을 참작해 줄 수도 있었다. 그러나 너는 약점을 이용해 여인을 겁탈하는 만행을 저질렀다. 이것이야말로 호가호위(狐假虎威)가 아니고 무엇이겠느냐! 그래도 할 말이 남았더냐?"

'이거 봐라?'

어차피 서이룡과의 일은 상대도 알고 있으니 계속 밀어붙이면 그만이었고, 겁탈 건만 어떻게 해결되면 빠져나갈 수도 있을 것 같았다. 생각이 거기에 이르자 소운평은 부랴부랴 손을 내저었다.

"아이고, 절대 겁탈한 게 아닙니다. 제가 도착해서 돈을 달라고 하니 그 여인이 돈이 한 푼도 없다면서 대신 몸으로 때우자고 우기는 바람에 그만……!"

"그러니까 노인의 손녀가 대가를 바라고 먼저 유혹했다는 그런 소리로구나?"

"예, 예! 분명히 그렇습니다!"

그러자 돌연 양태가 버럭 노성을 질렀다.

"가증스러운 놈! 네놈에게 몸을 더럽힌 여인은 이미 자진했다고 한다! 그런데도 그 요사스런 혓바닥을 계속 놀려댈 것이냐!"

'뭐, 뭐야?!'

둔기로 있는 힘껏 머리를 강타당한 느낌이 이럴까. 눈앞으로 별이 반짝이고 머리 속이 하얗게 바래졌다.

쥐뿔도 안 되는 놈은 뒤로 넘어져도 코뼈가 작살 난다더니, 바로 자신이 그 꼴이 아닌가 말이다.

젠장! 젠장!

빌어먹을 년 같으니!

욕설이란 욕설은 모조리 주워 삼킨 후에 그가 한 일은 바닥에 배를 깔고 넙죽 엎드리는 일이었다.

"제발 용서해 주십시오!"

그러나 양태는 단호했다.

"이번 일을 묵과한다면 향후 또 다른 일을 방조하는 셈이니, 네놈을 단죄해 일벌백계(一罰百戒)로 삼겠다!"

형벌은 불을 보듯 뻔했다. 거세 후 축출, 그야말로 사형선고(死刑宣告)나 마찬가지였다.

"어르신, 사, 살려주십시오!"

목숨이 풍전등화인데 체면을 차려야 무슨 소용이 있겠는가. 무릎 걸음으로 기어간 소운평은 양태의 발목을 잡고 매달렸다.

"어르신, 살려만 주신다면 무슨 짓이라도 하겠습니다. 제발 살려주십시오!"

급기야 소운평은 닭똥 같은 눈물을 뚝뚝 흘렸다. 오래지 않아 그의 얼굴은 눈물과 콧물로 범벅이 되어 엉망진창으로 변했다.

양태의 눈빛이 기묘하게 반짝인 것은 그때였다.

뇌리에 떠오른 생각 하나, 유성이 밤하늘을 가르듯 번개처럼 스치고 지나가는 것이 있었다.

'어쩌면!'

지난 한 달 간 자신을 괴롭히던 문제 하나를 해결할 수 있을지도 모른다는 예감이 들었다.

양태의 입가로 희미하게 미소가 걸렸다.

　　　　　*　　　　　*　　　　　*

요운각의 이층, 연무장과 마주한 자신의 집무실에 진무방은 홀로 앉아 있었다.

불을 밝히지 않은 탓에 실내는 무척 어두웠다.

두터운 장막을 겹겹이 두른 것 같은 칠흑 같은 어둠 속에서 그는 두 손으로 턱을 괸 채 미동조차 보이지 않았다. 아니, 숨조차 쉬지 않는 듯했다.

눈을 깜박일 때마다 명멸(明滅)하는 그의 투명한 안광이 아니라면 실내에 사람이 있다고는 누구라도 생각지 못할 것이었다.

문득 그는 가만히 손을 뻗었다.

찻잔이 손가락 끝에 닿으며 서늘한 감촉이 느껴졌다. 무럭무럭 김을 피워 올리던 찻잔이 어느새 싸늘하게 식어버린 것이다.

달그락.

투박한 소리가 울렸다. 찻잔이 받침대에 부딪치는 소리였다. 소리는 한 번으로 그치지 않고 일정한 시간을 격(隔)하고 규칙적으로 울리기 시작했다.

달각! 달그락!

단지 그것뿐이었는 데도 묘하게도 실내에는 숨이 막힐 것 같은 긴장 감이 흐르는 듯했다.

그렇게 얼마의 시간이 흘렀을까. 갑자기 이질적인 소리가 울렸다.

똑똑!

다름 아니라 누군가가 문을 두드리는 소리였다. 그리곤 묵직한 음성 이 들려왔다.

"준비가 모두 끝났습니다!"

목소리의 주인이 사라지는 발자국 소리를 들으며 진무방은 슬며시 몸을 일으켰다.

"때가 된 건가?"

나지막하게 중얼거리며 그는 희미하게 웃었다.

그간 자신은 농부와 같았다. 척박한 땅을 갈고 씨를 뿌렸다. 잎새를 갉아먹는 해충을 제거하고, 때로는 비바람을 막아가며 정성껏 관리를 해왔다. 참으로 기나긴 기다림의 나날이었다.

그러나 이제는 수확을 할 때였다. 자신을 가로막은 저 문을 열고 나 가 두 손에 움켜쥐면 끝이었다. 결과는 충분히 만족스러울 테고, 그간 의 노고를 말끔히 씻어줄 것이리라 믿어 의심치 않았다.

그는 손에 든 찻잔을 입으로 가져갔다.

목구멍을 싸늘하게 만드는 감촉에 그는 저도 모르게 진저리를 쳤지 만 그는 전혀 개의치 않았다. 눈앞에 펼쳐질 미래는 모든 것에 관대하게 만들었다.

찻잔을 내려놓은 진무방은 조용히 문을 열고 밖으로 나섰다.

탁!

문이 닫히는 소리가 어두운 실내에 메아리쳤다.

*   *   *

초저녁부터 찌푸렸던 날씨 탓인지 하늘은 잔뜩 먹구름으로 뒤덮인 상태였다. 유난히 끈적거리는 바람과 멀리 하늘가를 훤히 밝히며 가끔 마른 번개가 치는 것이 비가 올 징조를 내비쳤다.

소운평은 마구간 옆 등나무 그림자 속에 쪼그리고 앉아 있었다. 꽤 오랜 시간을 나와 있었는지 상의가 눅눅해진 채로 돌멩이를 들어 바닥을 긁고 있었다.

'오밤중에 이게 무슨 꼴이야. 뭔 꿍꿍이속인지 알 수가 있어야 말이지.'

그는 애꿏은 돌멩이를 집어던졌다.

타닥!

길게 포물선을 그리며 날아간 돌멩이는 등나무 줄기를 강타하고 곧 어둠 속으로 사라졌다.

대충 봐도 조금 후면 축시가 될 것만 같았다. 평소라면 벌써 코를 골며 잠을 자고 있을 시간임에도 불구하고 그가 외진 곳에 나온 이유는 한 가지였다.

"내겐 급히 처리해야 할 일이 있다. 여러 날이 걸리는 일이므로 하루라도 자리를 비울 수 없는 입장인 나로서는 아무래도 곤란하구나. 네가 도와준다면 이번 일은 불문에 부치도록 하겠다. 어떠냐?'

이러한 양태의 조건이 없었다면 그는 죽어도 이 자리에 나오지 않았을 터였다.

막연히 '한 가지 일'이라 지칭해서 무척 긴장되긴 했지만, 찬밥 더운밥 가릴 처지가 아니었던 소운평은 군소리를 달 것 없이 승낙했던 것이다.

사실 거세를 당하거나 쫓겨나는 일만 아니라면 어떤 일이라도 할 수 있다는 것이 그의 생각이기도 했다.

원래 약속 시간이 자시 중엽이니만큼 슬슬 짜증이 치밀기 시작했다.

"대체 왜 이렇게 늦는 거야? 설마 그 나이에 날 놀려먹을 생각으로 벌인 일은 아닐 텐데 말이야. 뭐 사실 그렇게 되면 더 좋겠지만."

번쩍!

주위가 일시 환해지며 긴 그림자 하나가 생겨났다. 어느 틈에 일 장 앞에 양태가 서 있었다.

'설마 내가 떠드는 소리를 들은 건 아니겠지?'

속으로는 뜨끔했지만 소운평은 아무렇지도 않은 척 태연히 물었다.

"어, 언제 오셨습니까?"

"방금 왔네."

"네, 네, 그러셨군요."

양태가 느릿하게 다가오자 그는 사뭇 긴장이 되는지 침을 꿀꺽 삼켰다.

"저… 제게 부탁하실 것이 뭔가요?"

"부탁이라? 왠지 주객이 전도된 느낌인 것 같아 듣기 어색하군 그래."

"헛! 죄송합니다. 하명하십시오, 어르신!"

재빨리 말을 바꾸기는 했어도 상대가 없던 일로 하자면 어떡할까 걱정이 치밀었다.

그러나 양태는 정작 전혀 그럴 생각이 없는 듯했다. 당황하는 모습을 보며 오히려 빙그레 웃었으니 말이다.

"부탁이든 하명이 되었든 문제가 될 것은 없겠지. 중요한 건 자네가 이 일을 하게 된다는 것은 절대 변함이 없다는 사실이네."

양태는 불쑥 우수를 내밀었다.

"받게."

한 장의 봉서(封書)였다. 꽤나 두터웠고, 물기에 젖지 않도록 유지(油紙)로 겹겹이 싸여 있었다.

"자네가 할 일은 별것 아니네. 내 대신 이 물건을 전해주는 일이니까."

'에게게, 겨우 그거야!'

한편으론 마음이 놓이면서도 뭔가 허전한 생각이 드는 것은 왜일까? 아무튼 그는 재빨리 봉서를 받아 들었다.

'어라? 이거 이상한걸?'

확실히 이상했다. 외양은 분명 봉서의 형태였건만 무게가 차이가 났다. 아무리 서찰이 많이 들었다 해도 이 정도로 무거울 리가 없었다. 그 이유가 몹시 궁금했지만 소운평은 금세 잊어버렸다. 뭐가 들었든 일단 전하면 그걸로 그만이니까.

"근데 어디 사는 누구한테 전해야 하는 겁니까?"

"지금부터 말해 줄 테니 한마디도 빼놓지 말고 잘 새겨들어야 하네."

양태는 주위를 한차례 둘러보고는 신중한 태도로 운을 뗐다.

"황산(黃山)의 동쪽 기슭 아래로 우가촌(牛家村)이란 마을이 있지. 사냥을 업으로 삼는 이들이 거쳐 가는 작은 촌락이라네. 그곳의 '여삼락(如三樂)'이란 술집에 가서 진노삼(秦老三)을 찾게. 그에게 봉서를 전해주고 이 말을 전하게나. 당분간 찾아가기 힘들 것이라고."

"그것뿐입니까? 아주 간단한 일이네요."

"다만 명심할 것은 절대 봉서를 열어보지 말라는 것과 반드시 이레 안에 도착해야 한다는 거라네. 지킬 수 있겠는가?"

"그 정도야 일도 아니지요!"

문제도 아니라는 듯 소운평은 호언장담했다. 하지만 사람 심리라는 것이 또 그렇다. 하지 말라면 곧 죽어도 하고 싶은 게 사람의 심리이다. 더군다나 안에 든 것이 서찰이 아닐지도 모른다는 의문을 품었던 차인지라 더욱 절실하게 다가왔다.

'그래, 일단 출발하면 한번 뜯어보는 거야! 내용물이 뭔가 살짝 엿보고 봉해두면 귀신이 아닌 다음에야 어찌 알까?

하지만 그 기분은 오래가지 못했다. 곧바로 이어진 양태의 말에 그는 우거지상을 해야만 했다.

"그렇게 말해 주니 무척 믿음이 가는군. 하지만 자네 말만을 믿을 수는 없는 법! 나름대로 약간의 조치를 취하겠으니 서운하더라도 참아주게."

연후 양태는 슬쩍 우수를 흔들었다.

파바박!

예리한 파공음과 함께 소운평은 가슴 부근 서너 곳에 예리한 통증을 느껴야 했다.

'헉! 이, 이게!'

통증은 금세 사라졌고 이후로 아무런 변화도 없었다지만, 오히려 그것이 더욱 그를 불안하게 만들었다.

"제 몸에다 무슨 짓을 하신 겁니까?"

"일종의 금제(禁制)이니 놀라지 않아도 될 걸세. 당분간은 목숨에 지장이 없을 거네. 물론 얼마 정도의 시간이 흐른 뒤에는 달라지겠지만."

'서, 설마?!'

실제로 본 적은 한 번도 없지만, 여기저기를 떠돌아다니며 수없이 듣기는 했었다.

소위 내가기공이란 것에 통달하면 바위를 좁쌀처럼 으깰 수도 있고 하늘을 마구 날아다닌다는 그런 얘기였다. 게다가 어떻게 하는지는 몰라도 마음만 먹으면 원하는 날, 원하는 시간에 상대를 죽일 수도 있다고 했다.

물론 그럴 때마다 자신은 '말짱 허무맹랑한 얘기야!' 라며 비웃어주곤 했었다.

그렇듯 소운평이 반신반의하는 눈치를 보이자 양태는 무언가 보여줘야 할 필요성을 느꼈다.

"잘 보게!"

말이 끝나는 것과 동시에 양태는 우수를 놀렸다. 손가락을 살짝 튕기는 아주 간단한 동작이었다.

팟!

갑자기 허리 근처가 뜨끔하며 전신이 통나무처럼 뻣뻣해지자 소운평은 혼비백산했다.

"이, 이게 대체……?"

팔다리는 물론 손가락 하나 꼼짝할 수 없었다. 마치 거대한 족쇄가 전신을 찍어누른 듯 끙끙대며 아무리 용을 써봐도 마찬가지였다.

잠시 후, 양태의 우수가 다시 흔들리자 소운평은 원래대로 자유의 몸이 되었다.

"혈도를 제압한 것이라네. 좀 전에 자네에게 펼친 수법에 비한다면 조족지혈에 불과하지."

'아이고! 난 이제 꼼짝없이 죽었구나!'

소운평은 사색이 되었다.

"하지만 너무 걱정은 말게나. 무슨 일이 있어도 이레 안에는 발작하지 않을 걸세. 진노삼에게 사정을 설명하면 금제는 그가 알아서 해결해 줄 것이네. 그러니 자네가 살아나려면 봉서를 열 생각은 말아야 하겠고, 반드시 이레 안에 물건을 전해야 하겠지. 그리고……."

양태는 가슴 속을 더듬었다.

"이것은 노자로 사용하게."

불쑥 내미는 손엔 누런 금덩이가 들려 있었다. 크기로 보아 족히 열 냥은 됨직 했다.

'우아앗!'

소운평의 입이 쫘악 벌어진 것은 너무도 당연했다. 게다가 꼬리를 이어 들려온 말을 듣고 그는 환호성을 참느라 입을 틀어막아야 했다.

"무사히 일을 마치고 돌아오면 그만큼을 더 지급할 것을 약속하겠네."

"고맙습니다, 어르신!"

넙죽 절을 하는 소운평을 바라보며 양태는 나직이 한숨을 불어냈다.

'최선이라고 여기는 수밖에…….'

무공을 전혀 모르는 이에게 맡기기에는 너무도 중대했지만, 이미 어쩔 수 없는 일이었다. 자신이 아니라도 반드시 누군가는 가야 했다. 또한 이 사실을 누구도 몰라야 한다는 것이 문제였다.

그러나 한편으론 안심도 되었다. 그 누가 있어 무공을 지니지 않은 촌 무지렁이를 눈여겨보겠는가 말이다.

그것이 그가 위안으로 삼는 유일한 것이었다.

번쩍!

돌연 새파란 섬광이 하늘을 갈랐다. 이번엔 귀청을 찢을 것 같은 굉음을 동반한 채였다.

우르릉…… 꽈앙!

삐익!

그것은 아주 작은 소리였다. 천둥 소리에 섞여 미약했지만, 소리의 끝이 약간 높고 기계적인, 분명 천둥 소리와는 구분이 가는 이질적인 소리였다.

'서, 설마… 이것은?!'

양태의 손은 어느새 가늘게 떨리고 있었다.

이 소리의 의미를 아는 자는 자신을 포함해 모두 넷이었다. 그중의 한 사람은 얼마 전 새로운 임무를 부여받고 자리를 떠났다.

자연 남은 이는 셋!

자신은 분명 이곳에 있다. 그렇다면 분명 남은 두 사람 중에 누군가가 울린 것이 분명했다.

'제발!'

사실이 아니기를, 혼란스러운 와중에 자신이 잘못 들었기를 그는 빌고 또 빌었다.

그러나 현실은 냉혹하게 그를 외면했다.

삐이익!

이번엔 분명하게 호각 소리가 들려왔다. 불행히도 방향 또한 일치했다. 양태에게는 하늘이 무너지는 듯한 충격일 수밖에 없었다.

"이곳에서 꼼짝 말고 기다려라!"

양태는 싸늘히 일갈하고 지면을 박찼다. 곧 그의 모습은 짙은 어둠 속으로 빨려들 듯 사라졌다.

혼자 남은 소운평은 흙바닥에 화풀이를 했다.

팽!

걷어채인 돌멩이가 날쌔게 허공을 날았다.

'칫! 아닌 밤중에 이게 뭔 짓이야!'

툴툴대며 고개를 주억거리던 소운평은 등나무 아래 벌렁 드러누웠다.

진무방은 본색을 드러내고 위충방은 스스로 죽음을 택하다

"멍청한 놈들! 놈은 혼자다! 겨우 한 놈을 못 당해서 쩔쩔맨단 말이냐, 앙?"

고래고래 악을 썼지만 누구 하나 선뜻 나서는 이가 없었기에 구소치는 몹시 화가 치밀었다.

무려 백오십, 이끌고 온 수하 전원을 동원해 이곳을 포위한 것이 이미 일각 전이었다.

대충 정찰이라도 하려는 생각으로 그가 막 대숲으로 진입하려는 찰나, 갑자기 솜털을 곤두세우는 살기와 함께 암기가 날아들었다. 한 자 길이에 끝이 세 갈래로 갈라진 예리한 비수였다.

그는 급히 몸을 틀어 바닥을 굴러야 했다.

그러나 비수가 날아드는 방향이 교묘했고 속도 또한 엄청났는지라 그는 뺨을 길게 찢기고야 말았다.

상처를 입은 그는 대노(大怒)했다. 자칫 실수했다면 그대로 목줄기를 뚫릴 뻔했던 것이다. 분노로 길길이 날뛰던 그는 스무 명의 수하를 내세워 암기를 던진 자를 해치우도록 명령했다.

한데 결과는 그의 예상과는 너무도 달랐다.

수하들이 숲 속으로 뛰어들자마자 비명 소리가 울리기 시작했다. 잠시 후 소란은 멈춰졌고, 수하들 중에 밖으로 되돌아 나온 자는 단 한 명뿐이었다. 나머지는 모조리 몰살당한 것이 확실했다.

상대는 일류 고수가 분명했다. 비록 최하위의 인물들이었다 해도 서른을 헤아리기도 전에 그들 모두를 해치우는 것은 자신도 장담할 수 없는 일이었다.

그나마 상대가 혼자라는 사실을 알아낸 것은 무척 고무적인 일이었다. 홀로 도망쳐 나와 그 소식을 전한 수하는 자신의 칼에 황천으로 보내졌지만 말이다.

'제기랄!'

그는 검병을 움켜쥐었다.

조금 후에는 대형(大兄)이 도착할 테고 '절대 경거망동하지 말고 대기하라!' 는 엄명을 어긴 자신은 문책을 받아야 할 것이다. 어리석게도 공명(功名)을 탐한 결과였다.

서릿발 같은 명에도 수하들이 섣불리 움직이려 하지 않는 것도 분명 그것 때문일 터였다.

그러나 이미 일이 벌어진 이상 어떻게든 자신의 손으로 수습하는 수밖에 달리 방법이 없었다.

챙!

발작적으로 검을 뽑아 드는 그를 누군가가 제지했다.

"이형(二兄), 제발 참으시오! 명대로 우린 대형을 기다려야 하오. 행여 이러다 일을 망치기라도 하는 날엔 뒷감당을 어찌하려고 이러시오!"

이연중(李然重)이었다. 기세가 심상치 않음을 느꼈는지 그는 아예 몸으로 검극을 막아섰다. 그가 할 수 있는 최선의 방법이었지만, 그의 행동은 오히려 구소치의 가슴에 불을 지르는 것이나 마찬가지였다.

"이번에도 나를 무시하는 거냐, 넷째! 너도 좀 전에 울렸던 호각 소리를 듣지 않았느냐? 누군가에게 보내는 신호가 분명하다. 더 이상 기다릴 수만은 없다."

'그것은 이형이 명을 어기고 먼저 도발했기 때문이 아니오?'

이연중은 그렇게 외치고 싶은 것을 꾹 눌러 참았다.

"강요하지는 않겠다. 네 생각대로 너는 이곳에 남아 대형을 기다려라. 나는 이대로 돌파하겠다."

그가 뒤쪽을 향해 손짓하자 곧 삼십여 명의 인물이 앞으로 나섰다. 구소치는 힐끔 이연중을 응시하고는 득달같이 몸을 날렸다.

"이형!"

이연중이 황급히 그를 불러보았지만 이미 그들의 모습은 대숲 안쪽으로 사라진 후였다.

그는 길게 탄식을 토했다.

'저 성격 하고는……!'

나이가 들면 어느 정도 수그러들 법도 하건만 그의 성격은 해를 더할수록 정도가 심해졌다. 어쩌면 대형도 그것을 염려해서 자신과 함께 보냈을 것이다.

하지만 이미 물은 엎질러진 상태였고, 그는 형제 혼자서 죽음의 위기를 걷도록 내버려 둘 정도로 모질지는 못했다.

"모두 최단 시간 내에 숲을 돌파한다!"

이연중은 수하들을 제치고 대숲 안으로 몸을 날렸다. 어느새 그의 손에는 새파란 보검이 들려 있었다.

*   *   *

침상에서 내려오려 반쯤 몸을 일으키다 말고 위충량은 그대로 굳어 버렸다.

열기!

돌연 무지막지한 열기가 느껴졌다.

단전 부위에서 시작된 열기는 오장육부를 차례로 뒤흔들더니 서서히 사지로 옮아가기 시작했다. 전신이 물 먹은 솜처럼 나른해지며 의지와는 상관없이 사지가 부들부들 떨려왔다.

그사이 열기는 정수리 끝까지 타고 올랐다. 아찔한 현기증이 뇌리를 강타하는 것과 동시에 그는 급히 침상을 내려와 허리를 숙여야 했다.

"큭!"

내부가 끊어지는 듯한 통증!

그의 입으로 시뻘건 핏물과 함께 종류를 알 수 없는 거무죽죽한 액체가 분수처럼 솟아 바닥을 적셨다.

"커어억, 큭!"

비릿한 냄새가 실내를 진동하는 가운데 그는 쉴 새 없이 토악질을 했다. 연이은 토악질은 전신을 무기력하게 만들고서야 멈춰졌다.

실내가 빙글빙글 도는 듯한 기분에 그는 입가를 닦을 생각조차 못하고 바닥에 주저앉았다.

정신을 추스르지 못할 정도의 어지러움과 무기력한 사지, 그리고 토혈(吐血)! 시커먼 토사물에서 풍기는 코가 떨어져 나갈 정도의 악취. 중독된 자들이 보이는 전형적인 증상이었다.

"허억, 허억!"

가쁘게 숨을 몰아쉬던 위충량은 힘겹게 가부좌를 틀고 두 손을 단전에 모았다.

스스스……!

희뿌연 기운이 그의 전신에 어리기 시작하더니 곧 그의 전신을 삼켜 버렸다.

$$* \qquad * \qquad *$$

쩌억!

느닷없이 대나무가 반으로 갈라졌다. 그 사이로 쇠털처럼 가늘고 번쩍거리는 암기가 튀어나왔다.

슈슈슉!

수백 개의 암기가 새카맣게 허공을 뒤덮은 것은 눈 깜박할 새의 일이었다.

'허억!'

구소치는 너무 놀라 하마터면 심장을 토해낼 뻔했다.

하나 당황하는 것은 촌각에 불과했다. 퍼뜩 정신을 차린 그는 사력을 다해 옆으로 신형을 날렸다.

퍼억!

흙바닥에 부딪힌 얼굴 반쪽에서 화끈한 열기가 느껴졌다. 곧바로 입 안 가득 흙덩이가 밀려들었지만 그는 개의치 않고 계속해서 바닥을 굴렀다.

"크아악!"

"케엑!"

소름 끼치는 비명 소리가 연달아 들려왔다. 반응이 늦은 몇몇이 당한 게 분명했다.

삼 장을 내리 구른 구소치는 굵은 대나무 둥치에 부딪힌 다음 용수철처럼 몸을 일으켰다.

얼굴은 붉게 달아오른 상태였고 두 눈에선 화광이 이글거렸다. 마침내 그는 목이 터져라 부르짖었다.

"개자식아, 나와라!"

대숲에 발을 들인 직후부터는 한 걸음씩 움직일 때마다 숨을 죽여야 했다. 심지어 손가락을 하나 까딱이는 것에도 신경을 곤두세워야 할 정도였다.

사방에서 암기가 날아오는 것은 기본이었고, 지면에서 칼날이 솟거나 지금처럼 코앞에서 암기가 튀어나왔다.

사실 이런 류의 공격은 무공의 고하를 막론하고 막아내기가 지극히 어려웠다.

자고로 숨겨진 칼날은 몇 배나 무서운 법이다. 게다가 그 칼의 임자가 능력이 월등하다면 실질적인 위력은 수십 배 가중된다고 보아야 했다.

치이이……!

마치 달궈진 쇠붙이에 물이 끓어오르는 듯한 소리에 그는 퍼뜩 정신을 차렸다. 뒤를 이어 매캐한 연기가 코끝을 자극했다.

'엇! 독이구나!'

구소치는 펄쩍 물러나며 코와 입을 막았다.

독연(毒煙)에 노출된 것은 아주 잠시였는데도 입술이 불룩해지며 목구멍이 따끔거렸다. 더 이상의 피해는 없었기에 그는 안도의 한숨을 내쉬었다.

독연의 진원지는 바닥에 널브러진 자신의 수하였다. 암기에 당한 얼굴과 팔다리가 부글부글거리며 녹아드는 것이 지독한 독임에 틀림없었다.

그는 자세를 낮추며 대나무에 기대어 몸을 숨겼다.

번쩍!

때맞추어 사방이 밝아졌다.

그는 재빨리 주위를 살폈다. 아무리 이목을 집중해도 어디에도 상대의 기척은 느껴지지 않았다. 간혹 수하들이 내는 소리를 제외한다면 죽림 안은 침묵 그 자체라 해도 좋을 정도였다.

멀리 어렴풋이 죽림의 끝이 보였다. 대략 절반 정도 지나온 셈이었다.

'이십여 장 정도인가?'

아니, 이십 장에 채 못 미치는 거리였다. 평소라면 두세 번의 도약으로 능히 도달할 거리였다.

그러나 현 상황에서는 어림도 없는 일이었다. 빽빽이 자라난 대나무를 뚫는 일도 어려울 뿐더러 어디서 불시에 암기가 날아들지 모르는 형국이었다.

무턱대고 달려든다면 여벌의 목숨을 지녔다고 해도 필사의 행보(行

步)였다.

바스락!

갑자기 등 뒤에서 인기척이 느껴졌다.

"혹 어디 상처라도 입으셨는가 해서……."

그가 전혀 움직임을 보이지 않았기에 두 명의 수하가 다가온 것이었다.

"괜찮다."

시큰둥하게 대꾸하던 구소치의 뇌리를 번개처럼 스치는 것이 있었다.

'흐흐, 그런 수가 있었군!'

그는 징그럽게 웃었다. 자타가 인정하는 구소치의 단점이자 장점은 한 가지였다.

머리가 생각하면 곧바로 행동으로 옮긴다!

그는 양손을 번개처럼 휘둘러 곁에 있는 수하들의 혈도를 제압했다.

"헉! 갑자기 왜?"

"이게 무슨 짓입니까?"

그들이 놀라 소리를 지르자 구소치는 아예 그들의 목소리마저 제압해 버렸다.

"네놈들도 익히 알다시피 고통의 순간은 그리 길지 않을 것이다. 명년 오늘이 돌아오면 술이라도 마시며 네놈들의 명복을 빌어주마."

그제야 상황 파악이 된 두 사내는 기겁을 했지만, 이미 혈도가 제압된 그들로서는 눈알을 굴리는 것 이외에는 다른 방도가 있을 리 만무했다.

'좋아! 이제 가볼까?'

구소치는 씨익 웃었다. 보기 드물게 환한 미소였지만, 바닥의 두 사람에게는 사신(死神)의 미소와도 같았다.

그는 양손으로 사내들의 목줄기를 움켜쥐고 재빨리 몸을 날렸다.

쐐액!

첫 번의 도약으로 그는 육 장을 이동했다. 바닥에 내려서는 것과 동시에 전면으로 수십 종의 암기가 들이닥쳤지만 그는 무시하고 재차 도약했다.

퍽! 퍼벅!

손끝으로 사내들의 몸이 세차게 움찔거리는 것이 확연히 느껴졌다. 또다시 매캐한 독연이 코끝을 스쳤기에 그는 급히 호흡을 멈췄다.

두 번째는 오 장을 움직였다. 이번에는 지면을 박차다 그만 위기를 맞았다. 잠시 균형이 흔들리면서 하마터면 암기에 맞을 뻔했던 것이다.

옷자락의 태반을 녹여 버린 후에 다시 오 장을 도약한 구소치는 마침내 죽림을 벗어날 수 있었다.

"차앗!"

두 구의 시체 사이를 뚫고 그는 허공으로 날아올랐다. 목표는 덩그마니 놓인 전면의 건물이었다.

'네놈의 숨바꼭질 놀이도 이젠 끝이다!'

한 마리 붕새처럼 날아가며 그는 차갑게 웃었다.

독, 암기, 그리고 암살!

자신도 한때는 이런 류의 일을 했었다. 그의 사부가 그랬듯 그 역시 젊은 시절 중원을 떠돌며 숱한 인물을 암살한 전직 청부업자였다.

비록 예전의 일이기는 했어도 아직도 그의 뇌리에 선명하게 남아 있는 기억들……. 그는 알고 있었다. 고요한 수면처럼 잔잔하던 평정이 깨지는 순간이, 모습을 드러내는 순간이 가장 위험하다는 사실을 말이다.

지금까지도 생생하게 남아 있는 등판을 가르는 흉터가 그 증거였다.

건물까지는 꽤 먼 거리였기에 그는 바닥에 내려서서는 재차 도약을 해야만 했다. 이제 남은 거리는 겨우 삼 장 정도에 불과했다.

날카로운 기운이 그의 등판을 노린 것은 그때였다.

쾌액!

어둠의 일부가 갈라지더니 불쑥 칼날이 튀어나왔다.

'흐흐, 네놈은 걸려든 거다!'

놀라거나 당황할 필요는 없었다. 제대로 된 놈이라면 노릴 곳은 단 두 곳! 목덜미, 아니면 심장이었다.

과거에 그는 개인적으로 심장을 선호했다. 약간 까다롭고 번거로웠지만, 우습게도 얼굴에 피가 튀는 것이 싫다는 게 이유였다.

하지만 바람을 가르는 소리의 위치로 보아 상대는 자신과 취향이 다른 모양이었다.

그는 팔목에 착용한 호수구(護手具)로 목을 보호하는 한편 신형을 홱 뒤집었다.

캉!

목 언저리에서 불통이 튀며 신형이 살 맞은 기러기처럼 뚝 떨어지는 순간.

슈가각!

구소치의 검이 허공을 갈랐다.

'놈! 베었다!'

근육과 뼈를 가를 때 느껴지는 손끝의 미묘한 감각, 모로 꺾인 채 바닥에 처박히면서 그는 쾌재를 불렀다.

삼 장을 격하고 떨어져 내린 흑영(黑影)이 그 느낌이 사실이라는 것을 말해 주었다.

"이형!"

이연중의 외마디 외침이 울렸다. 군데군데 상처를 입긴 했지만 그 역시 죽림을 돌파한 것이다. 뒤를 이어 남은 생존자들이 속속들이 몸을 드러냈다.

자신을 향해 급히 다가오는 그들을 향해 구소치는 싸늘히 외쳤다.

"나서지 마라! 놈은 내 몫이다!"

살기등등한 그의 모습에 다가들던 이들은 일제히 걸음을 멈췄다. 대신 두 사람을 중심으로 반원을 그리듯이 포위망을 구축했다.

스윽!

혀끝으로 뺨으로 흐르는 선혈을 핥으며 구소치는 몸을 일으켰다. 그리곤 살기 어린 눈으로 상대를 주시했다.

흑영은 아직도 바닥에 주저앉은 모습이었다.

전신을 감싼 착 달라붙는 흑의와 같은 색깔의 복면, 허리에 두른 길고 짧은 두 자루의 도, 먹이를 잡기 직전의 야묘(夜猫)처럼 잔뜩 웅크린 채 노려보는 투명한 두 눈의 임자는 아비(啞匕)였다.

그는 손으로 지면을 짚으며 힘겹게 몸을 일으켰다.

좀 전에 일격을 당한 허리 부위에선 쉴 새 없이 선혈이 흘러나와 옷을 적셨다.

사실 그가 자랑하는 은형술과 암기를 이용해 죽림 안에서 겨뤘더라면 이렇게 위기를 자초하지 않았을 터였다. 주인의 위기를 막기 위해 앞뒤 가리지 않고 무모하게 공격한 것에 대한 비참한 결과였다.

심한 상처와 출혈에도 불구하고 그는 물러설 생각이 전혀 없었다.

그는 힐끔 어둠에 둘러진 건물을 응시했다.

'주인⋯⋯!'

두 형제가 있었다.

포악한 주인에게 버림받은 두 형제는 말도 통하지 않는 타국에서 지치고 병든 채 죽어가고 있었다. 오물이 흐르고 빛도 들지 않는 낡은 다리 아래서 말이다.

병마와 굶주림으로 떨리던 눈꺼풀이 감기기 일보 직전 누군가의 손길이 다가왔다. 투박하고 거친 손, 그렇지만 따스한 온기를 지닌 손이었다.

그렇게 그들은 또 다른 삶을 얻었다.

다시 살아난 순간부터 두 목숨은 더 이상 그들의 것이 아니었다. 그들의 모든 것은 오직 한 사람을 위해서만 존재하게끔 굳어져 버렸다. 그리고 지금, 그간 자신들이 받아온 것을 일부나마 돌려줄 기회가 생긴 것이다.

그것이 자신의 생명이라 해도 아비는 그것을 기쁘게 받아들일 준비가 된 상태였다.

아비는 두 손을 머리 뒤로 돌렸다.

스륵!

복면이 나풀거리며 바닥으로 떨어졌다. 분을 바른 듯 희고 각진, 그래서 약간 마른 듯이 여겨지는 얼굴이 으스름한 달빛에 드러났다.

상대와 마주한 상태에서 자신의 진면목을 드러낸다는 것은 한 가지 사실을 의미했다. 즉, 죽음을 불사하겠다는 절대 의지의 천명이었다.

스룽!

도가 뽑혀졌다.

아비는 도갑을 바닥에 버렸다. 그리고 서서히 도극을 상대의 심장에 겨누었다.

"감히 내 뺨에 상처를 내는 것으로도 모자라서 몇 번이고 흙바닥을 뒹굴게 만들더니, 이제는 내 앞에서 잘난 척까지 한단 말이지?"

구소치의 눈에 불꽃이 화악 일었다.

"죽여 버리겠다!"

팍!

그는 바닥을 차고 아비에게 달려들었다. 그가 지나간 자리에 흙먼지가 일 정도로 막강한 돌진이었다.

스슥!

아비의 왼발이 비스듬히 좌전방으로 움직였다. 연후 도를 좌수로 옮겨 쥐었고, 자유로워진 우수는 자연스레 등 뒤로 옮겨갔다.

곧 까칠한 감촉이 느껴졌다. 아비는 허리를 약간 숙이며 천을 움켜쥐고 빙글 제자리에서 회전을 했다.

촤촤촤촤!

놀랍게도 한 무더기의 암기가 날아갔다.

사실 아비가 등에 걸친 천은 단순한 피풍의 정도가 아니었다. 정확한 호칭은 '은형막(隱形幕)'이었다.

은형술을 펼치는 모태가 됨은 물론이고, 그가 사용하는 다양한 암기를 숨겨두는 병기고의 역할까지 겸하는 귀중한 물건인 셈이다.

수십 종의 암기가 자신을 노리고 달려들건만 구소치는 코웃음을 쳤다.

"어림없는 수작! 이미 네놈의 모습이 드러난 이상 어떤 암기도 더 이상은 위협이 되질 않는다!"

그는 달려드는 속도를 줄이지 않은 채 수중의 검을 풍차처럼 회전시켰다.

쨍! 째쟁!

과연 구소치의 말 그대로였다. 대다수의 암기는 검신에 부딪치며 퉁겨졌고, 남은 것들은 맹렬히 휘몰아치는 검풍의 소용돌이에 말려 날아갔다.

"죽어라, 이놈!"

그는 도약하며 수중의 검을 종횡으로 그어댔다.

'치이!'

아비의 얼굴이 일순 거세게 흔들렸다.

이미 상처를 입어 운신이 자유롭지 못한 데다 피까지 흘리는 와중이라 은형술은 완벽하게 깨진 상태였다. 결국 정면으로 부딪쳐야만 했다.

그는 양발의 간격을 넓힌 다음 우 하단세로 자세를 가다듬었다. 그리고는 도를 지면에서 위로 힘껏 쳐 올렸다.

촤악!

그물처럼 조여들던 검세가 반으로 갈라지더니 두 사람의 가슴 앞에서 병기가 맹렬히 충돌했다.

카앙!

한차례 불꽃이 일며 사위를 밝히는 순간, 아비의 신형은 맥없이 뒤로 튕겨졌다. 정면으로 승부를 가르기에는 내공의 차이가 현저했던 것이다.

"크윽!"

가까스로 피를 토하는 것은 참아냈지만 다리가 후들거리는 것만은 그도 어쩔 수가 없었다. 비틀거리던 그는 마침내 바닥에 주저앉았다.

절호의 호기를 맞은 구소치는 쾌재를 불렀다.

"놈, 일수에 머리통을 날려주마!"

쾌액!

검이 수평으로 휘둘러졌다. 초식이고 뭐고 없는 무지막지한 일격이었다.

아비의 동공이 급속도로 확대되었다.

'난 최선을 다했다!'

죽는 것은 두렵지 않았다. 어차피 한 번 죽었던 몸, 삶에 미련은 없었다. 그를 괴롭히는 것은 자신의 책무를 다하지 못한 것에 대한 아쉬움이었다. 이들을 막지 못한다 하더라도 최소한 '그'가 올 때까지는 버텨야만 했다.

이제 곧 목이 화끈 하면 모두 끝이리라. 그는 조용히 눈을 감았다.

그때였다.

"우우우우!"

우렁찬 장소성이 들려왔다. 죽림 전체를 떨어 울리는 엄청난 내공이 실린 소리였다.

'그다!'

아비의 입가로 흐릿하게 미소가 걸렸다.

그 촌각의 짧은 순간, 구소치의 검은 아비의 목을 가르고 지나갔다.

촤악!

핏물은 사람 키 높이만큼이나 치솟았다. 잘려진 머리가 세차게 바닥에 떨어지는 것과 동시에 장내에 한 사람이 내려섰다. 양태였다.

"이, 이게!"

어찌나 놀랐는지 크게 벌려진 그의 입은 좀처럼 다물어지지 않았다. 부릅떠진 두 눈은 바닥에 뒹구는 아비의 시신에서 떠날 줄 몰랐다.

그것은 구소치를 비롯한 다른 이들도 마찬가지였다. 양태가 이 자리에 나타난 것이 실로 의외라는 표정이었다.

양태의 착 가라앉은 목소리가 그들을 일깨웠다.

"구 대협, 이게 무슨 짓이오? 감히 본 방의 금지에 난입해 이런 짓을 벌이다니……."

대답은 엉뚱한 데서 들려왔다.

"그 대답은 내가 하는 것이 옳겠군!"

돌연 죽림 안에서 일단의 무리가 모습을 드러냈다.

그중의 한 사람의 신분을 알아본 양태는 눈을 의심해야 했다. 목소리의 임자가 '그'였던 것이다.

2

"아…… 아!"

여인은 한 마리 백사(白蛇)처럼 사내를 옭아맸다. 열여덟이나 아홉쯤 되었을까? 갸름하면서 통통한 얼굴이 청순해 보이는 미녀였다.

구릿빛 등과 탄탄한 둔부를 남김없이 드러낸 채 여체를 안고 있는 사내는 위대붕이었다.

여체를 탐하는 것은 그의 오랜 습관이었다.

한바탕 유희로 낮 동안의 피로를 물리치고 희멀건 여체에 몸을 묻고 잠이 드는 것이 유일한 낙이었다.

십오 년 전에 스물다섯 나이에 얻은 아내를 먼저 떠나보내고 대를 이어줄 자식 또한 없었기에 누구도 그의 이런 행위를 탓하지는 않았다.

여인의 이름은 특별히 기억나지 않았다. 무슨무슨 화(花)였던 걸로 기억하는데, 이름 따위는 상관없이 모두를 단지 '여자'로 생각하는 단순한 위대붕이니 하나도 어색할 일이 아니었다. 평소 여자를 자주 갈아대는 그의 편력도 한몫 거들었을 것이다.

아무튼 그건 신경 쓸 일이 아니었다. 중요한 것은 한 달이 넘게 그녀와 함께한다는 것이었고, 더욱 결정적인 것은 두 사람이 공통된 행위에 열중하고 있다는 사실이었다.

"음……!"

마침내 위대붕은 여체 위로 무너졌다. 아찔한 현기증에 이어 말할 수 없을 정도의 허탈감이 밀려오자 그는 여체를 안은 두 손에 더욱더 힘을 주었다.

여인은 손을 뻗어 그의 머리를 감싸 쥐었다.

문득 위대붕은 그녀에게서 오래전 떠나보낸 아내의 느낌을 떠올렸다.

아내의 몸, 아내의 체취, 아내의 모든 것이 품속의 여인과 동일시되었다. 이제 그녀는 이름 모를 여인이 아니라 그의 아내였다. 어쩌면 처음 그녀를 보았을 때부터 그런 느낌 때문에 그녀를 선택한 건지도 몰랐다. 그는 이십오 년 전으로 돌아가 그토록 사랑했던 아내와 함께하고 있었다.

그 순간 자유를 찾은 여인의 손은 침상 아래를 더듬고 있었다. 한쪽 손은 여전히 위대붕의 머리칼을 쓰다듬는 중이었다. 잠시 후 드러난 그녀의 손에는 섬뜩한 빛을 발하는 날카로운 비수가 들려 있었다.

"사랑해요."

감미로운 음성, 그리고 귓가를 맴도는 따스한 숨결……. 하지만 여인의 눈은 유리알처럼 반들거렸다. 그 눈을 보지 못한 것이 위대붕으로서는 천추의 한이 되었다.

'아아… 여보! 나도 사랑하오!'

위대붕은 아내를 힘주어 안았다.

그 순간 목덜미를 겨누던 비수가 결국 아래로 뚝 떨어졌다.

"크아악!"

위대붕의 몸은 번개라도 맞은 듯 펄쩍 튀어 오르더니 이내 바닥에
곤두박질쳤다.

이미 숨이 끊겼는지 미동조차 없는 그의 뒷목에는 비수가 자루만 남
긴 채로 깊숙이 박혀 있었다. 평생을 대풍방을 위해 헌신해 온 충복(忠
僕)의 말로치고는 너무도 초라한 모습이었다.

유화는 벌거벗은 채 침상에서 내려와서는 꼼꼼하게 위대붕의 죽음
을 확인했다. 그리곤 차분히 옷을 갖춰 입고 실내를 빠져나갔다.

잠시 후, 네 명의 사내들이 실내로 들어왔다.

그들은 위대붕의 시신을 떠메고 나타날 때와 마찬가지로 신속하게
사라졌다.

이환은 자신의 집무실에서 여전히 바쁜 시간을 보내는 중이었다.

여느 때처럼 서류 하나하나를 꼼꼼히 살피고 분류한 다음 일일이 다
른 장부에 옮겨 적는 일을 반복했다.

그것은 보기보다 만만한 일이 아니었다. 어떤 일이든 원래 단순하면
서 반복되는 일이 가장 피곤한 법이다. 그런 중노동을 내리 세 시진을
쉬지 않고 한다면 피곤함을 느끼는 것은 당연했다.

물론 남달리 체력이 강하다거나 상승의 무공을 익힌 자라면 예외가
되겠지만, 그렇다 해도 그들 역시 피할 수 없는 것이 존재하기 마련이

었다.

누구도 피할 수 없는 그것은 배고픔이었다.

꾸르륵!

느닷없이 뱃속에서 울리는 소리 덕에 이환은 자신이 저녁 식사를 건너뛰었다는 사실을 떠올렸다.

'칫! 그래도 어쩔 수 없다, 이놈아!'

이환은 배를 두드리며 떠오른 생각을 지워 버렸다. 한가하게 식사를 즐기기에는 주어진 일이 너무도 많았다. 혹시라도 포만감에 젖어 고삐를 늦추었다가는 자칫 이틀 연속으로 날을 새는 사태가 발생할 터였다.

그러나 허기를 느끼기 전이면 모르되 한번 떠오른 생각은 좀처럼 떨궈내기 어려웠다. 음식에 대한 열망은 줄기차게 그를 괴롭혔다.

결국 그는 채 일각이 지나기도 전에 백기를 들고 항복하고야 말았다.

"우리 뭐 좀 먹는 게 어떨까?"

기대했던 대꾸가 없었기에 그는 큰 소리로 부르며 고개를 돌려야 했다.

"이봐, 상흠!"

한데 저만치 구석 자리에서 끙끙대고 있어야 할 그의 모습이 감쪽같이 사라진 것이 아닌가. 기척도 없이 말이다. 귀신이 곡할 노릇이었다.

한참을 골똘히 생각하던 그는 이내 머리를 탁 쳤다. 그제야 자신이 뭔가 일을 시켰다는 사실이 떠오른 것이다.

이환은 멋쩍게 웃다 말고 갑자기 인상을 찡그렸다.

'가만, 한데 그게 언제 적인데 아직…….'

이층에 가서 필요한 목록을 가져오라고 전한 것이 이미 반 시진 전의 일이었던 것이다.

그가 무얼 하는지는 굳이 확인하지 않아도 뻔했다. 이층 어디 구석진 곳에 자리를 잡고 누워 코를 골아대고 있을 것이 분명했다.

'내 이놈을 그냥 두면 사람이 아니다!'

이환은 쿵쿵대며 계단을 뛰어올랐다.

끼익!

문이 열리며 향 냄새가 진동을 했다.

이곳에 보관한 것은 중요한 문서들이니만큼 벌레가 먹거나 상하는 것을 방비하기 위한 수단으로 하루에 두 차례씩 향을 피우기 때문이었다.

"상흠, 이리 나오지 못해!"

이환은 숨을 참으며 안으로 들어섰다.

안은 몹시 어두웠지만, 사실 그가 움직이는 데는 하등의 문제도 없었다. 하루에도 수십 차례 드나드는 곳이라 내부는 눈을 감고도 알 수 있었다.

폭은 일 척에 높이는 칠 척인 열 두 개의 진열대가 늘어선 통로를 지나 우측 끝으로 휴식을 취하거나 차를 마시게끔 작은 공간이 존재했다.

그리고 그가 찾는 상흠은 탁자에 두 발을 올려놓고 잠을 자고 있을 것이 분명했다.

이환은 재빨리 걸음을 옮겼다.

아나나 다를까, 상흠은 그곳에 있었다. 탁자에 두 발을 걸치고 길게 드러누운 폼이 그의 예상과 한 치의 어긋남이 없었다.

'이, 이놈을!'

막 발작하려던 이환은 흠칫 손을 멈췄다.

뭔가 이상했다. 시끄럽기로 유명한 코 고는 소리도 없었을 뿐더러 지독한 향 냄새에도 불구하고 풍기는 미약한 비린내는 분명 피 냄새였다.

"상흠!"

그는 외마디 비명을 지르며 상대를 안아 들었다.

툭! 하고 상흠의 머리가 맥없이 아래로 떨어졌다. 입가에 흐르는 가느다란 핏물. 그는 이미 숨이 끊긴 듯했다.

이환은 제정신이 아닌 사람처럼 중얼거렸다.

"이, 이게 대체……."

그때였다.

쾌액!

세 방향에서 그의 등을 노리고 다가드는 날카로운 검광! 놀랍게도 암습이었다.

그러나 이환의 움직임은 신속했다. 허리를 꽈배기처럼 비틀며 우수가 검병을 움켜쥐는가 싶더니 일시에 세 방향의 공세를 차단했다.

차창!

"네놈들은 누구, 크악!"

돌연 이환은 좌수를 움켜쥐고 비틀거렸다. 어느새 그의 좌수가 삭뚝 잘려져 피 분수를 뿌려대고 있었다.

"설마… 자네가……!"

뒤늦게 상대를 확인한 이환의 두 눈은 찢어질 듯 부릅떠졌다. 핏물이 흘러내리는 검을 움켜쥔 자는 뜻밖에도 그의 부관인 상흠이었던 것이다.

"흐흐, 놀랐나? 네놈이 무능력하다고 날 무시할 때마다 언젠가 이런 날을 꿈꾸며 이를 갈았다. 오늘에야 마침내 소원을 이루게 됐구나!"

득의에 찬 미소를 지으며 다가드는 상흠은 어눌하던 예전의 모습과는 전혀 달랐다. 살기를 내뿜는 두 눈에는 광기마저 일렁였다.

"죽여주마, 이환!"

그가 슬쩍 손짓을 하자 세 명의 인물들이 득달같이 달려들었다. 상흠 역시 공격에 가담했다.

하나 그들을 마중한 것은 텅 비어버린 싸늘한 공간뿐이었다. 사력을 다해 몸을 날린 이환은 어느새 창문을 향해 날아가고 있었다.

와장창!

창문이 산산이 부서졌다.

상흠이 황망히 창가로 달려갔을 때는 이환의 모습은 이미 어둠 속으로 자취를 감춘 후였다.

그는 잇몸이 드러나도록 씨익 웃었다.

"흐흐, 달아나도 소용없다, 이환. 오늘 밤 쫓기는 것은 너 하나뿐이 아니니까."

상흠은 곧장 창문 밖으로 신형을 날렸다. 남은 삼 인 역시 그의 뒤를 따라 모습을 감췄다.

비단 위기를 당한 이들은 그 둘만이 아니었다.

각 당의 당주와 대주들을 망라한 수뇌진의 거의 모든 인물에게 비슷한 상황이 벌어졌다. 그들 중의 태반은 영문도 모른 채 목숨을 잃어야 했고, 운 좋게 살아남은 이들은 중상을 입고 쫓겨야 했다.

자시 말엽부터 시작해 정확히 반 시진 동안 대풍방 전역에서 일제히 벌어진 일이었다.

그런 점에서 그 시각 소운평과 밀담을 나누려 몰래 청풍각을 비운 양태로서는 뜻하지 않은 행운을 잡았다고 볼 수밖에 없었다.

행운이 그리 길지는 않았지만 말이다.

*   *   *

'진무방!'

양태는 으스러지도록 주먹을 말아 쥐었다. 뼈마디와 힘줄이 터질 듯 부풀어 오른 것이 그가 얼마나 분노하고 있는지 잘 말해 주었다.

지난 이십여 년 간을 감쪽같이 속여온 자! 살 떨리는 배신감에 양태는 치를 떨었다.

그러나 입 밖으로 나오는 소리는 더없이 차분했다.

"모든 것이 거짓이었나?"

"처음부터 그럴 생각은 아니었지."

진무방은 천천히 뒷짐을 지었다. 마치 밤늦게 산책을 즐기러 나온 이처럼, 추악한 배신의 과정을 말하려는 사람치고는 너무도 편안한 모습이었다.

"내 나름대로 모든 것에 충실했다고 생각하네. 소속감이란 놈은 참 무섭더군. 처음 십여 년 간은 진심으로 본 방을 위해 노력해 왔으니 말이네. '강호를 떠돌던 내가 이 정도의 지위를 얻었다면 더 이상 뭐가 아쉽겠나?' 하는 생각뿐이었네. 한데 시간이 흐르니 점점 그 생각도 변해가더군. 슬그머니 욕심이 생긴 거라네. 혹시 자네도 한 번쯤 그런 마음이 들지 않았나?"

"전혀!"

양태는 단호하게 말했고, 진무방은 당연하다는 듯 고개를 끄덕였다.

"그럴 테지. 그래야 자네답고. 솔직히 말하자면 난 자네를 무척 존경하네. 아니, 부러워한다고 해야 하나? 그렇지 않았다면 이렇게 얘기를 나누는 일도 없었을 걸세. 사실 언제고 자네와 한 번쯤은 툭 터놓고 얘기를 나누고 싶었네. 자네와는 친구가 되고 싶었으니까."

"그래서 아직도 손을 쓰지 않은 건가?"

진무방은 피식 웃었다.

"말투가 상당히 거칠어졌군. 자네답지 않아. 갑자기 친구처럼 군다고 화가 난 건가?"

양태 쪽이 두 살이 많기는 했지만 두 사람은 비슷한 연배였다. 물론 궁극적인 목표는 상반되었다 하더라도 직책도 같았고 하는 일 역시 비슷했다.

그래서였을까, 최악의 상황에서 그들은 어떤 동질감이라도 느낀 것일까? 그간 '누구 총관'이니, '이랬소이나, 저랬소이나' 하던 말투가 자연스레 바뀐 상태였다.

이상한 것은 갑작스런 일임에도 불구하고 두 사람은 전혀 어색해하지 않는다는 사실이었다.

"이대로 물러난다면 자넨 무사히 이곳을 떠날 수 있게 해주겠네. 물론 두 번 다시 눈에 띄지 않는다는 조건을 수락해야겠지만. 어떤가?"

그러나 양태의 대꾸는 질문과 전혀 무관했다.

"아무래도 얘기가 많이 벗어난 것 같군!"

"그럴 줄 알았네. 사실 기대도 안 했으니까."

길게 한숨을 내쉬는 진무방의 얼굴에는 진심으로 아쉬워하는 기색이 가득했다. 그는 곧 정색을 하고는 차분히 말을 이어갔다.

"칠 년 전부터 계획을 세웠고, 본격적으로 일을 꾸민 것은 방주가 일선에서 물러난 오 년 전이네. 몇몇의 인물들을 포섭하는 것으로 일을 시작했지. 자네는 모르겠지만 의외로 불만이 있는 자들이 많더군. 여기 있는 이 친구도 그중의 한 사람이라네."

그는 옆에 서 있는 원후승의 어깨를 툭 건드렸다.

그러자 원후승은 화들짝 놀라며 뒤로 물러났다. 사실 그가 놀란 실질적인 이유는 자신에게 돌려진 양태의 시선 때문이었다.

이윽고 양태는 자신을 포위한 주변의 인물들에게 시선을 돌렸다.

"이자들도 마찬가지인가?"

"그렇지는 않네. 과거 종쾌와 나는 호형호제하는 막역한 사이였네. 일종의 응원군인 셈이지. 자네가 본 네 명은 그와 뜻을 함께하는 의형제들이라네."

"그럼 검문 운운한 것도 모두 거짓이었겠군."

여태 침묵을 지키던 구소치가 성큼 나섰다.

"푸하하핫, 멍청하기는! 그걸 이제야 알았단 말이냐? 하긴 내가 봐도 대형의 너스레가 일품이긴 했지만 말야. 넷째야, 안 그러냐?"

"맞습니다, 이형."

두 사람이 머리를 맞대고 낄낄거리는 것을 시작으로 여기저기서 왁자한 웃음이 터졌다.

"사실 아예 꾸며낸 얘기는 아니라네. 삼 일 전까지만 해도 칠성검문은 분명 존재했네. 다만 그들은 모두 사라지고 이들로 바뀌었을 뿐이네. 자네의 신중한 성격 탓에 애꿏은 목숨들이 사라져야 했지. 오늘 밤엔 더 많은 생명이 피를 뿌려야겠지만."

'서, 설마?!'

양태의 얼굴색이 짙어졌다.

"맞네. 자네가 생각하는 그대로일세. 이거 크게 실망해야겠는걸? 자네가 나를 이토록 허술하게 여기리라고는 생각조차 못했거늘."

양태의 얼굴이 아예 시커멓게 변했다.

굳이 확인해 볼 필요는 없었다. 다만 '혹시?' 하는 어리석은 마음에서 비롯된 헛된 바램일 뿐이었다.

'미안하오!'

모두를 위험에 빠뜨린 것은 바로 자신이라는 생각이 그를 괴롭혔다. 그럼에도 불구하고 이곳을 떠날 수 없다는 사실에 그는 또다시 절망해야 했다.

"이것으로 자네의 궁금증은 거의 해결된 셈이니 이제는 내 볼일을 볼 시간이로군. 미리 경고했듯 내게 인정을 기대하는 어리석은 사람이 아니길 바라겠네."

일순 진무방의 눈조리가 싸늘해졌다.

스윽.

그가 손을 들어 올리자 병기를 뽑는 소리에 이어 포위망이 점차 좁혀지기 시작했다.

"잠깐!"

느닷없는 외침에 진무방은 이맛살을 찌푸렸다.

"뭔가? 아직도 남은 것이 있었나?"

"이번 일이 얼마나 무모한 짓인 줄 알고 있나? 저들이 있다 해도 남은 인원만으로는 등소와 수로연맹을 감당할 수 없다는 사실을 잘 알 텐데."

"물론 그 사실은 나도 잘 알고 있지."

진무방은 덤덤히 말을 받고는 양태의 눈을 응시했다. 얼굴을 묘하게 일그러뜨리며 웃고 있는 그 두 눈은 마치 양태의 속마음을 낱낱이 들여다보는 듯했다.

"하지만 한 번쯤 뒤집어 생각해 보면 이유는 간단하지 않을까?"

양태는 미간을 잔뜩 찌푸렸다.

여유만만한 태도로 보아 필시 모종의 비책이 마련된 것이 분명했다. 현 상황을 미끼로 어떡하든 해결책을 마련해 보려는 양태의 생각은 수포로 돌아간 것이다.

"총관, 얼마나 더 기다려야 합니까? 이러다 잘못돼서 일이 꼬이기라도 하는 날엔!"

원후승이 못마땅한 듯 불만을 토로했지만 진무방의 눈길을 받고는 찔끔 자라목이 되었다.

"자네와 이 상황을 좀 더 즐기고 싶지만, 애석하게도 더 이상 기다릴 수 없다는 사람들 천지로군. 그럼 최선을 다하기를 바라겠네."

스윽!

진무방이 뒤로 물러나는 것과 동시에 원후승이 앞으로 나섰다.

"양 총관, 미안하오. 당신에게 개인적인 감정은 없소. 난 기회를 잡고 싶을 뿐이고, 당신은 줄을 잘못 섰기 때문이니 원망은 마시오!"

사사삭!

포위망은 더욱 좁혀졌다.

이 장! 한 번의 출수로 목숨을 뺏을 수 있는 충분한 거리였다.

양태는 주먹을 쥐고 내력을 끌어올렸다.

곧 단전이 터질 듯 부풀어 오르는 것과 동시에 전신의 혈맥으로 치달리는 노도와 같은 힘이 느껴졌다.

최초의 공격은 그의 측면에서 시작되었다. 유난히 짙은 살기를 보이던 도를 쥔 젊은 사내였다.

"죽어랏!"

눈부신 도광이 폭죽이 터지듯 일렁였다.

일보가규(一步可規)라, 첫 수를 보면 능히 상대방의 실력을 가늠할 수 있다고 했다.

'쉽지 않겠어!'

그렇다고 일방적으로 기세를 꺾일 수는 없었다. 상대는 다수였고 자신은 혼자였다. 게다가 그는 이미 한쪽 발목을 잡힌 상태였다.

이런저런 생각에 양태는 처음부터 대철마권(大鐵魔拳)의 절초를 펼치기로 마음먹었다.

우우웅!

기음(奇音)을 토하며 주먹이 뻗어졌다. 공기가 파도치듯 일렁이는가 싶더니 시커먼 권경이 쭉 뻗어 나갔다.

막 두 사람의 공세가 부딪칠 찰나였다.

번쩍!

어디선가 눈부신 빛줄기가 날아왔다. 광채는 도를 휘두르며 달려들던 사내를 휘감았다.

"크아악!"

끔찍한 비명이 장내를 울렸다. 두 동강난 사내의 몸통에서 핏물과 내장이 폭포수처럼 쏟아졌다.

'저, 저런 일이!'

기경할 사태에 사람들은 할 말을 잃었다.

좀처럼 변화가 없던 진무방의 안색도 크게 변했다.

장내의 인물들은 너나 할 것 없이 빛줄기가 날아온 곳을 찾아 고개를 돌렸다.

건물의 입구!

활짝 열린 방문 앞에 어느새 한 사람이 거목인 양 오연히 서 있었다.

3

저벅저벅!

위충량은 서서히 걸음을 옮겼다.

일정한 속도, 자로 잰 듯한 보폭! 그에 따라 지면을 울리는 발자국 소리는 중압감으로 돌변해 중인들의 가슴을 짓눌렀다.

그래서였을까, 미리 약속이라도 한 듯 포위망 한쪽이 쫘악 갈라지며 길을 만들었다. 그 사이로 그는 계속해서 걸었다. 양태마저 지나친 그가 걸음을 멈춘 곳엔 아비의 수급이 뒹굴고 있었다.

그는 허리를 숙여 조심스레 수급을 안아 들었다.

자신의 책무를 다하지 못했다는 원통함이 그렇게 만들었던가. 부릅 떠진 아비의 두 눈엔 핏발이 가득했다.

'미안하구나!'

부르르.

한순간 위충량의 전신이 떨림을 보였다. 그는 떨리는 손으로 눈을 감겨주고는 저만치 따로 떨어진 몸통을 찾아 머리를 맞춰주었다.

연후 시신을 향해 가볍게 예를 차린 그는 이윽고 조용히 진무방을 향해 걸어갔다.

"방주!"

급히 다가오려는 양태를 그는 손을 들어 제지했다. 그의 시선은 뿌리라도 내린 양 한곳을 향해 있었다.

두 사람은 삼 장을 격하고 마주 섰다.

먼저 입을 연 것은 진무방이었다. 어울리지 않게 그는 가볍게 허리까지 숙였다.

"방주, 오랜만에 뵙소!"

위충량도 덤덤하게 말을 받았다.

"오랜만이라…… 그러고 보니 꽤 됐군. 오 년 만인가? 자네는 그간 잘 지냈는지 모르겠군."

"덕분에! 한데 모습을 보아하니 많이 달라지신 것 같소이다만……."

말끝을 흐리며 그는 위충량의 전신을 살폈다.

머리 꼭대기부터 발끝까지, 전신을 뒤덮은 헐렁한 장포가 유난히 눈길을 끌었지만 그는 별 흥미 없이 지나쳤다. 중요한 건 그게 아니었으니 말이다.

"방주의 철검(鐵劍)은 여전히 위력적이군요. 그간 무슨 기연(奇緣)이라도 있으셨는지?"

"내게 무슨 일이 있다면 그건 다 진 총관 덕이겠지."

그 말뜻을 어찌 모를 수가 있겠는가! 나직이 고개를 끄덕이며 진무방은 하얗게 웃었다.

"한데 지금의 일검은 너무 무리하신 것이 아닌지 모르겠군요."

"그렇게 생각하나?"

하나 진무방은 대꾸하지 않았다. 투명한 눈으로 상대를 살핀 후 그가 내린 결론은 하나였다.

허장성세(虛張聲勢)!

"쓸데없이 심기(心氣)를 소모하지 마시오. 그래 봐야 변하는 것은 아무것도 없소이다. 괜한 오기를 부려 명을 재촉하지 마시오."

"후후, 그런가? 자네가 직접 시험해 보게."

스윽!

위충량의 손에 들린 철검이 부드럽게 반원을 그리고는 가슴 언저리에 모아졌다.

검극은 비스듬히 지면을 가리키고 왼손을 검신에 올려놓은 자세. 바로 철검십이식(鐵劍十二式)의 절초인 철검개화(鐵劍開花)를 펼치기 위한 기수식이었다. 곧 새파란 검기가 검신을 지배했다.

진무방은 잠시 혼란에 빠졌다. 눈앞에서 벌어지는 일을 도무지 이해할 수 없었다.

'혹 독에 문제가?'

절대 그럴 리는 없었다.

음양쌍관사(陰陽雙冠蛇)!

길이는 일 장에 달하고 자웅동체(雌雄同體)에 머리에 붉고 푸른 벼슬까지 달린 저주받은 괴물의 독을 피할 수 있는 자는 존재하지 않았다.

무려 만금을 주고 구입했고, 그것도 모자라 십여 명을 상대로 효과를 검증한 상태였다.

상대가 알아채지 못해야 했기에 오랫동안 공을 들인 일이었다. 정확한 시간까지 계산했다. 이미 자시가 지났으니 독은 발작했을 테고 상대는 피를 토하며 치명상을 입어야 정상이었다.

그가 약간의 혼란을 겪는 동안 위충량은 사력을 다해 양태에게 전음을 보내고 있었다.

'어서 이곳을 떠나게!'

'대체 무슨?'

'난 치명적인 독에 당했네. 내력으로 버티고는 있지만 오래가지 못하네. 진원지기를 끌어올린다 해도 이 각 이상을 버티기는 힘들 걸세. 그사이 청란과 함께 이곳을 벗어나게.'

'방주, 어찌 그런 말씀을!'

'시간이 없네. 그간 죽음의 늪에 한쪽 발을 디딘 상태로 살아온 것을 자네도 잘 알지 않나? 평생 뒷전으로 밀려나 외면당한 채 살아온 그 아이에게 내가 해줄 수 있는 건 이것밖에 없다네.'

'방주!'

'자네가 머뭇거리는 동안에 그 아이는 혼자서 고초를 당할 게 분명하네. 이건 방주의 명령이 아니라 한때 자네와 우정을 나누었던 형제로서의 부탁이네. 양제, 제발 어서 가게나. 내 죽음을 헛되게 만들지 말아주게.'

'방주……!'

양태는 가슴 한구석이 끊어지는 듯했다.

평생 아내와 자식을 위해 헌신해 온 주인이었다. 그 때문에 원치 않는 사도(邪道)의 길을 걸어야 했기에 늘 괴로워했던 그였다. 자식에게까지 외면당하며 살아오는 것도 모자라, 이제는 병마에 찌든 몸마저 자식을 위해 내던지려 하는 것이다.

'방주!'

양태의 눈가로 굵은 눈물이 흘러내렸다.

'고맙네. 그 아이를 부탁하네.'

짧은 전음을 끝으로 위충량은 득달같이 검을 떨쳐 냈다.

쫘악!

눈부신 검기가 허공을 수놓는 것과 동시에 양태는 반대쪽으로 몸을 날렸다.

"비켜랏!"

퍼엉!

멍청히 서 있던 자들이 권경에 맞아 쓰러지는 사이 양태의 신형은 그들을 넘어 죽림 안쪽을 날고 있었다.

원후승이 급히 다가왔다.

"놈을 쫓아야 하지 않겠습니까?"

"그럴 필요 없다. 어차피 놈이 갈 곳은 뻔하니까. 그리고 그쪽에는 종쾌가 있다. 머리를 제거하면 나머지는 자연히 따라오게 되겠지."

조용히 격전장을 응시하는 진무방의 눈에는 이제까지와는 달리 끔찍한 살기가 흘렀다.

"반드시 죽여야 한다!"

*　　　　*　　　　*

"마차를 준비해서 이곳에서 기다려라!"

난데없는 외침 덕분에 소운평은 정신없이 바빠졌다.

아무래도 분위기가 수상한 것이 썩 내키지 않는 일이기는 했지만,

이미 목숨이 저당 잡힌 그로서는 어쩔 수 없는 일이었다.

몇 년 만에 해보는 일이라 결코 쉽지만은 않았지만.

네 마리 말에 무거운 마구를 일일이 매달고 다시 마차에 연결하는 일련의 일들을 끝마친 그는 녹초가 될 정도로 지쳐 버렸다.

시간 또한 이 각 가까이 소비한 후였다.

소운평은 얼굴 가득 흐르는 땀을 옷소매로 닦아낸 다음 마차 안으로 들어갔다. 그리고는 둔부로 느껴지는 푹신한 감촉을 즐기며 숫자를 헤아리기 시작했다.

'하나, 둘, 셋……'

그렇게 채 서른까지 헤아리기도 전에 그는 코를 골며 잠들고야 말았다.

*　　　*　　　*

촤악!

세차게 튀어오른 핏물은 폭포수처럼 위충량의 전신으로 퍼부어졌다.

'마흔여덟, 아니, 아홉이었던가?'

얼마를 죽였는지, 또 자신은 얼마나 상처를 입었는지 이젠 기억조차 희미해져 버렸다.

살인에 대한 거부감은 이미 사라진 지 오래였다. 쓰러질 듯 휘청거리면서도 그저 베고, 찌르고, 한 조각 남은 본능에 의지해 검을 휘두를 뿐이었다.

"이런 괴물 같은 놈, 그만 죽어라!"

또다시 달려드는 몇 명의 사내 중에 하나가 비명처럼 내지른 소리였다.

'괴물이라…… 그렇게 보였는가?'

검을 마주쳐 가며 위충량은 실소를 흘렸다.

썩어 문드러진 육체!

그것을 빗대어 지껄이는 소리는 아닐진대 이토록 격동하는 것은 아직도 살아 있기 때문이던가!

땀과 핏물로 흥건히 젖은 육신, 가물거리는 시선, 손끝이 떨려오는 것이 이미 오래전이었다.

눕고 싶었다. 이대로 차가운 대지 위에 쓰러져 버린다면 고통과 좌절로 이어진 십오 년의 세월이 한낱 물거품처럼 사라져 버릴 것만 같았다.

스르르.

저도 모르게 검극이 바닥을 향했다.

'이제는 벗어날 수 있을까?'

위충량은 툴툴거리며 웃었다.

흐릿해져 가는 시선 속으로 상대의 검극이 비춰졌다.

은빛으로 빛나는 검신에 문득 투영되는 얼굴들!

수많은 사람들이 그곳에 있었다. 이미 모두에게 잊혀져 버린 아내와 아들을 비롯해 기억의 편린 속에 담겨진 모든 이들이 나타났다 이내 한줄기 연기로 화했다. 마지막을 장식한 것은 연민이 가득한 눈으로 자신을 바라보는 딸아이와 양태의 얼굴이었다.

아아, 그렇구나!

내겐 아직 할 일이 남았구나!

썩어버린 육신에 부여할 의미가 남아 있었구나!

츄릿!

검극이 꼿꼿이 치솟았다. 영롱한 광채가 어리는가 싶더니 철검은 이내 횡으로 공간을 갈랐다.

"크아아악!"

"케엑!"

살과 뼈가, 대지와 공간마저 일순간에 두 조각으로 갈라진 것 같았다. 핏물이 치솟고 잘려진 내장과 육신이 허공 가득 흩뿌려졌다.

그 놀라운 모습에 몸을 움츠리지 않을 자가 어디 있으랴. 포위망이 삽시간에 넓혀졌다.

위충량은 그 속에 오연히 서 있었다. 한 손을 등 뒤로 돌리고 철검을 가슴 어림에 갈무리한 모습으로 서 있는 그는 대지에 깊숙이 뿌리를 내린 거목 그 자체였다.

똑! 또옥!

흥건히 젖은 장포의 표면을 타고 한 방울씩 핏물이 떨어져 내리기 시작했다.

그렇게 한 움큼의 핏물이 고이는 순간!

'원한다면 한 번쯤 괴물이 되어보는 것도 좋겠지!'

마침내 위충량은 바닥을 차고 대붕처럼 날아올랐다. 공간이 일그러질 정도로 엄청난 살기가 뿌려졌다.

'어찌 저럴 수가……'

원후승은 입을 다물지 못했다.

일각여 전, 멋모르고 날뛰던 구소치가 일검에 양단되는 것을 시작으로 포위망을 갖춘 백이십의 인물 중 벌써 과반수가 바닥에 뒹구는 상황이라니!

방주의 무공이 어느 정도인지 그도 익히 알고 있었다. 또한 음양쌍관사의 독에 관해서도 역시 그랬다.

그렇기에 더욱 이해하기 어려웠다. 그 지독한 독에 당하고도 저토록 놀라운 신위를 보일 수 있다는 것은 그의 상식으론 불가능한 일이었다.

'설마 이대로 일이 틀어지는 건…….'

원후승은 슬그머니 옆에 서 있는 진무방을 살폈다.

그러나 그의 우려와는 달리 진무방은 전혀 동요가 없었다. 동요는커녕 여느 때보다도 더욱 평온한 신색으로 장내를 주시할 뿐이었다.

'드디어 불길이 사그라지는가?'

진무방은 느릿하게 우수를 매만졌다.

위충량의 손놀림은 눈에 띄게 둔해지고 있었다. 푸들푸들 떨리는 손끝, 거칠게 뿜어지는 숨결, 그 사이로 간혹 뿜어지는 흑혈(黑血). 그것이 의미하는 바가 무엇인지 그는 명확하게 알고 있었다.

이것이야말로 기다리던 순간!

독 기운이 전신을 남김없이 지배하고, 위충량이 마지막 남은 한 올의 진원지기마저 모두 소진해 버린 지금이 바로 자신이 나설 때였다.

우우웅!

진무방의 쌍수가 푸르게 물들어갔다.

삼십 년 이상을 수련하여 마침내 극성이라 불려도 좋을 만큼 완성한 청마수(靑魔手)였다. 최초로 펼치는 상대로 그는 부족함이 없었다.

'위 방주, 이제 그만 쉴 때요!'

진무방은 이내 위충량을 향해 몸을 날렸다.

그러자 놀란 원후승이 부르짖었다.

"총관!"

'헛!'

막 이연중을 몰아세우던 위충량은 흠칫 놀랐다.

이미 감각을 잃어가는 피부 조직이 저릿할 정도로 엄청난 위력을 지닌 기운이 등 뒤로 들이닥쳤다.

굳이 등을 돌려 확인할 필요는 없었다. 금속의 힘을 빌지 않고도 이 정도 위력을 보일 수 있는 자는 대풍방을 통틀어 단 두 명뿐이었으니까.

'배반자여, 드디어 직접 나섰구나!'

위충량의 전신이 가늘게 경련을 일으켰다.

몸이 정상이었다 해도 그를 제압하려면 백여 초를 겨뤄야만 가능했다. 하물며 지금 같은 처지에서야 잘 버틴다 한들 두세 초식이었다. 그 후는…….

'부디 무사하거라, 내 딸아!'

울컥 넘어오는 핏물을 삼킨 위충량은 맹렬히 철검을 휘두르며 청마수에 맞부딪쳐 갔다.

시선과 시선, 손과 검이 얽혀들었다.

따아앙!

비운을 예고라도 하듯 철검이 반으로 부러졌다.

위충량이 비틀거리며 연신 뒷걸음을 치는 반면 진무방은 지면을 박차며 무섭게 도약해들었다. 그의 손에는 부러진 철검의 반쪽이 들려 있었다.

'당신의 시대는 끝이오!'

하얗게 진무방의 이빨이 드러났다.

"커어… 억!"

위충량은 급기야 시커먼 피 화살을 토했다. 비틀대는 그의 심장엔 부러진 철검이 깊숙이 박혀 있었다.

진무방은 탄력을 이용해 한 바퀴 회전한 후 가볍게 그의 면전으로 날아 내렸다.

"커억!"

연달아 핏물을 토한 위충량은 결국 바닥에 무릎을 꿇었다. 그나마 손에 들린 철검의 반쪽이 없었다면 상반신 역시 흙먼지 속을 뒹굴고 있을 터였다.

움찔하며 위충량의 전신이 퉁겨졌다. 그것도 잠시, 간간이 떨림을 보이던 그의 고개가 이내 바닥으로 떨어졌다. 마침내 숨이 끊긴 것이다.

서른두 살 나이에 대풍방을 창설해 소주를 질타했던 철검(鐵劍) 위충량(偉衝梁)의 비참한 최후였다.

"경하드립니다, 방주!"

어느새 다가온 원후승이 예를 취했다.

그러나 진무방은 본 척도 않고 시선을 돌렸다.

눈치 빠른 원후승이 재빨리 다가가 위충량의 전신을 감싼 장포를 벗겨냈다.

드러난 위충량의 몰골은 실로 끔찍했다. 전신은 온통 썩어 문드러져 악취가 풍겼고, 신체의 말단 부위는 이미 형체도 없이 사라진 모습이었다.

"허억!"

원후승은 저도 모르게 물러났다.

시종일관 변화가 없던 진무방의 얼굴에도 일순 놀람의 기색이 떠올랐다.

제 12 장

위기는 계속되고

1

"이놈들, 물러나라!"

분노가 머리 꼭대기까지 치민 양태는 근 십여 년 만에 처음으로 살기를 드러냈다.

콰릉!

시커먼 강기(剛氣)가 줄기줄기 뻗어 나가며 거대한 소용돌이를 만들었다.

"크아악!"

소용돌이에 휘말린 자들은 피를 뿌리며 날아갔다. 삼 장을 날아가 바닥에 처박힌 그들은 이미 인간의 몰골이라고 보기는 어려울 정도로 일그러진 상태였다.

놀랍게도 단 일 수에 다섯이 으깨진 곤죽으로 변한 것이다. 이것이야말로 양태가 자랑하는 대철마권이 지닌 본연의 위용이었다.

턱!

바닥에 내려선 양태는 재빨리 위청란에게 다가갔다. 급한 마음에 그녀의 어깨를 잡고 부축했다.

"소방주, 괜찮으십니까?"

"별일 아니니 신경 쓰지 말아요."

그녀는 매몰차게 양태의 손을 뿌리치더니 기어이 스스로 몸을 일으켰다.

그러나 상처는 그녀의 말처럼 가벼운 것이 아니었다. 등과 허리의 상처는 그리 심하지 않았지만, 허벅지 근처의 상처는 근 세 치에 이를 정도였다. 쩍 갈라진 상처에선 쉴 새 없이 핏물이 흘러나왔다.

찌이익!

옷자락을 찢은 위청란은 상처 부근의 혈관을 눌러 지혈하고 옷자락으로 허벅지를 강하게 묶었다.

핏물의 양이 현저히 줄었지만 그치지는 않았다. 이동하는 데 큰 지장을 줄 것이 틀림없었다.

그녀는 여전히 무표정한 얼굴로 한쪽을 응시했다.

"저자의 정체는 뭐죠?"

그녀의 손끝이 가리키는 곳.

전신을 흑의로 감싼 채 십여 명의 인물들을 맞아 좌충우돌 도를 휘두르는, 신기에 가까운 몸놀림과 쾌검이 유난히 돋보이는 인물, 바로 아도(啞刀)였다. 그리고 그 옆으로 놀랍게도 이환의 모습도 보였다.

"그건……."

양태는 잠시 머뭇거리다가 이내 말을 바꿨다.

"그는 소방주님의 경호원입니다. 이전의 납치 사건 이후에 제가 임의대로 조처를 했지요."

"쓸데없는 짓을……."

그녀는 조그맣게 중얼거렸다. 귀를 기울여야 간신히 알아들을 수 있는 아주 작은 소리였다.

사실 아도의 도움이 없었다면 그녀는 목숨을 장담하기 어려웠을 터였다. 항상 당돌하다 싶을 정도로 당당하게 자신의 의사를 밝히던 그녀가 이런 모습을 보이는 것은 어쩌면 그런 이유일지도 몰랐다.

이윽고 상대를 남김없이 해치운 이환과 아도가 두 사람의 곁으로 다가왔다.

"소방주, 무사하십니까?"

그녀가 말없이 고개를 끄덕이자, 이환의 시선은 자연 양태에게로 향했다.

"좀 어떠십니까?"

"난 괜찮네. 그보다 자네 몸이 엉망이 아닌가?"

잘려 나간 왼팔과 수많은 상처를 바라보는 양태의 눈엔 연민이 가득했다.

"제 부관인 상흠을 아시지요? 엉뚱하게도 그 멍청한 놈과 몇 놈에게 당한 겁니다. 그나마 살아남은 것을 다행이라 여겨야지요."

생각할수록 어이가 없었는지 이환은 땅이 꺼져라 한숨을 내쉬었다.

"정신없이 쫓기다 놈들을 따돌리고 몸을 숨긴 채 생각했지요. 총관께서 무사하다면 반드시 소방주님을 찾으실 거라고 말입니다. 한데 총관께선 어떻게 된 일인지 아십니까? 전 도무지 영문을 모르겠군요."

"모두가 내 잘못에서 비롯된 일일세."

"그게 무슨 말씀이십니까?"

눈이 휘둥그레지는 그를 애써 외면하며 양태는 자신을 물어뜯고 싶은 충동을 느꼈다.

'그들을 내부로 들이는 게 아니었거늘……'

그가 자책감에 빠지는 것도 무리는 아니었다. 그가 조금만 신경을 더 썼더라면 사태가 이렇게 나빠지지 않았을 터였다. 경우에 따라서는 미연에 막을 수 있었을지도 모르는 일이었다.

"배신이네. 주모자는 진 총관이고. 얼마나 많은 인물이 가담했는지도 확실치 않은 데다 외부에서 조력자까지 가세한 상황이네."

"설마 그럴 리가 있겠습니까? 진 총관은 어느 누구보다 강직한 인물이었거늘."

"믿고 싶지 않겠지만 엄연한 사실일세."

그때였다. 위청란이 다가오더니 불쑥 물었다.

"그럼 방주님은 어찌 되셨죠? 그분을 뵐 수 있는 건 양 총관 혼자였으니 당연히 거취를 알고 있겠죠?"

'방주님이라…… 허허! 소방주, 당신만큼은 그분을 절대 그렇게 불러서는 안 되오!'

양태는 어금니를 깨물며 고개를 숙였다. 그렇게라도 하지 않으면 뿌옇게 습기가 들어찬 눈동자를 들킬 것 같았기 때문이다.

'물론 잘 알고 있소이다, 소방주. 하지만 내 어찌 사실대로 말할 수가 있겠소?'

잠시 후 양태는 고개를 들었다. 그의 입가에는 약간은 흐트러진 어색한 미소가 걸려 있었다.

"그분은 무사하십니다. 이미 이곳을 벗어나신 지 오래입니다. 속하를 보내 소방주를 안전하게 모셔 오라 분부하셨습니다."

"다행이군요!"

빤히 자신을 응시하는 그녀의 눈빛의 의미를 모를 양태가 아니었다.

'물론 방법은 있지요, 장담은 못하겠지만!'

양태는 떠오르는 불안감만큼이나 잔뜩 굳은 얼굴로 자신이 달려온 길을 가리켰다.

"이쪽입니다!"

*　　　*　　　*

끼익!

긴장한 채 마차 문을 열었던 이환은 어이가 없다는 듯 쓴웃음을 지었다.

"드르렁!"

귀청을 울리는 요란한 소리!

설마 목숨이 경각에 달린 이 긴박한 상황에서 바닥에 대자로 누워 코까지 고는 인물이 있을 줄이야⋯⋯. 실로 불가사의였다. 한데.

'엇, 이놈은 낮의 그놈이 아닌가?'

의외의 상황에 고개를 갸웃하던 이환은 너무도 태평스러운 그 모습이 얄미웠는지 냅다 머리통을 쥐어박았다.

빠악!

'애고, 머리야! 아파 죽겠다!'

소운평은 이마를 움켜쥐고 바닥을 뒹굴었다.

"무슨 일인가?"

양태가 다가오자 이환은 머쓱한 표정으로 물러났고, 인기척에 놀란 소운평은 화들짝 일어났다.

"어, 언제 오셨는지……."

양태는 축 늘어진 위청란을 안고 있었다. 피를 많이 흘린 탓인지 그녀의 안색은 푸르뎅뎅했고, 드러난 몸 구석구석엔 크고 작은 상처로 가득했다.

모두 그녀가 자초한 일이었다. 허벅지를 다쳐 운신이 불편한 데도 불구하고 부득불 도움을 거절했기에 두 번이나 종적을 들켰다.

그 덕에 위청란은 도합 삼 검을 맞았고, 이환과 아도는 물론이고 심지어 양태까지 몇 군데 상처를 입었다. 그나마 양태가 있었기에 벗어날 수 있었던 것이다.

"어서 소방주를 안으로 모시게."

"아, 예!"

양태로부터 그녀를 건네받은 소운평은 거의 안다시피 부축해서 안으로 들어갔다.

'거 더럽게 무겁네!'

마차 한쪽에다 조심스레 내려놓은 다음 그는 슬쩍 그녀를 살폈다. 파리한 안색에도 불구하고 그녀의 얼굴은 여전히 아름답게만 느껴졌다.

'쳇, 얼굴만 예쁘면 뭐 하나! 성질은 지랄 같은데!'

그러면서도 그는 위청란의 얼굴을 한차례 더 응시하고 곧장 마차 밖으로 걸어나왔다.

양태는 이환과 아도에게 무언가를 주문하고 있었다. 지시를 받은 두 사람은 각기 반대쪽으로 달려가더니 몸을 숨기고 주위를 경계하기 시작했다.

"이리 오게!"

양태는 그를 보고 손짓을 했고, 두 사람은 곧 마차를 떠나 마구간에 도착했다.

이윽고 양태가 안쪽을 손짓하며 말했다.

"이놈들을 날뛰게 하는 방법이 없겠나?"

"글쎄요, 그건 저도⋯⋯. 밤엔 이 녀석들도 잠을 자야 하기 때문에 여간해선 잘 움직이려 하지 않거든요. 보십시오, 조용하지 않습니까?"

고개를 주억거리던 소운평어 혼잣말하듯 중얼거렸다.

"혹시 꽁지에 불이라도 붙으면 모를까⋯⋯."

순간, 양태의 눈에 생기가 돌았다.

"혹시 이곳에 기름이 있나?"

"아뇨. 이런 곳에 그런 게 있을 리가 있나요. 갑자기 기름은 왜 찾으시는지?"

"이곳을 태울 생각이네."

"그럼 굳이 기름이 아니어도 되잖습니까? 마구를 손질할 때 쓰는 송유(松油)가 있거든요."

양태는 반색을 했다.

"잘됐군. 어서 가져오게."

"예, 그럼!"

소운평은 부리나케 창고로 달려갔다.

화르륵!

처마 밑에서 시작된 작은 불길은 삽시간에 건물 전체로 번져 갔다.

건물이 오래되어 워낙에 낡은 데다 안에는 말에게 먹일 건초가 겹겹이 쌓여 있었기 때문이다. 게다가 그 위로 송유를 두 말이나 끼얹었으니 오죽하겠는가.

마구간으로 사용하는 다섯 개의 건물과 두 개의 창고는 금세 화염에 휩싸였다.

주위가 대낮처럼 밝아졌다.

히히힝!

그사이 마구간을 뛰쳐나온 말들은 울타리에 갇혀 미친 듯이 울부짖었다. 군데군데 꼬리에 불붙은 건초 더미를 매달고 날뛰는 놈들이 있었으니 당연한 일이었다.

개중에 어떤 놈들은 울타리로 달려들어 몸으로 들이받거나 뒷발질을 해댔다. 그 기세가 얼마나 험악했던지 일 장 높이로 허벅지 두께의 통나무를 촘촘히 박아 연결한 울타리는 결국 맥없이 무너지고야 말았다.

우지끈!

통로가 생겨나자 말들은 물밀듯이 달려나왔다.

충천하는 화광(火光)과 대지를 울리는 말발굽 소리로 주위는 아수라장을 방불케 했다.

양태와 소운평은 멀리 떨어진 어둠 속에서 몸을 숨긴 채 상황을 살피는 중이었다.

한데 어쩐 일인지 소운평은 잔뜩 겁에 질린 얼굴로 바닥을 긁고 있는 것이 아닌가!

다름 아니라 양태가 상황에 대한 설명을 해주었기 때문이다. 물론 '수박 겉 핥기' 식으로 대강에 불과했지만, 그것만으로도 놀라기엔 충분했던 것이다.

'젠장, 일이 꼬여도 어떻게 이렇게 꼬이는 거야? 아무래도 점을 한 번 봐야겠어!'

소운평은 땅이 꺼져라 한숨을 불어냈다.

생각해 보면 지난 두 달여 간은 고난의 연속이었다. 죽도록 매질을 당한 것이 두 번에 죽을 고비를 몇 번이나 넘겨야 했다.

예전엔 끼니를 때울 걱정으로 하루를 지새야 했건만, 지금은 툭하면 목숨을 걱정해야 할 판이니 그가 한숨을 내쉬는 것도 무리는 아니었다.

스륵!

미풍이 일렁이는가 싶더니 어느새 소운평의 등 뒤로 아도가 모습을 드러냈다.

아도는 묵묵히 양태를 응시했고, 양태 역시 투명하게 반짝이는 그의 눈을 마주 응시했다.

"저기, 그럼 저는 마차에……."

본래 생각이 많은 자들은 눈치가 빠른 법이다. 아도의 등장에 바짝 긴장하고 있던 소운평은 머뭇거리더니 이내 구르듯 마차를 향해 달려갔다.

두 사람을 사이에 두고 어색한 침묵이 흘렀다. 한참을 이어지던 침묵을 깬 이는 아도였다.

쨍!

그가 돌연 허리춤에서 소도(小刀)를 뽑아 들었다.

그러나 양태를 공격하거나 하지는 않았다. 대신 허리를 굽히고 도극으로 바닥을 긁었다.

말해, 아비, 사실!

어린아이가 쓴 것처럼 서툰 데다 앞뒤마저 뒤바뀐 엉성한 글귀, 병어리인 아도가 자신의 의사를 표현하는 유일한 방법이었다.

'음……!'

양태는 신음했다.

흡사 지렁이가 기어가듯 엉망이긴 했어도 그 뜻을 모를 리 없었다. 쌍둥이라서일까, 그의 눈빛에서 어쩌면 동생의 운명을 알고 있다는 느낌을 받았다.

하지만 그가 묻는 것은 분명 동생의 안위가 아닌 다른 것일 터였다. 적어도 양태는 그렇게 생각했다.

"아마도……."

그는 차마 뒷말을 잇지 못하고 얼버무렸다.

이미 기정사실이라 해도 차마 자신의 입으로 말할 수는 없었다. 한편으론 사실이 아니라고 믿고 싶은 그의 바램이기도 했다.

무심하던 아도의 눈빛이 일순 거세게 흔들린다고 느낀 것은 양태의 착각이었을까!

아도는 이미 짐작하고 있었던 것이다.

그럼에도 불구하고 군이 확인하고자 했던 것은 그의 심정도 양태의 마음과 다르지 않아서였을 터였다. 그 역시 믿고 싶지 않았던 것이고, 양태가 사실이 아니라 부정해 주기를 바랬을 것이다.

슥!

아도는 등을 돌려 마차 쪽으로 걸어갔다. 칠 척에 달하는 훤칠한

키였음에도 불구하고 걸음을 옮기는 그의 등은 유난히 왜소해 보였다.

아도가 마차에 당도할 즈음해서 양태 역시 이동했다.

인기척이 들리자 마차 바퀴에 기대앉아 있던 이환은 서둘러 몸을 일으켰다.

"출발입니까?"

양태는 고개를 끄덕이고는 마차에 올랐다.

이환은 재빨리 어자석에 올라 고삐를 잡았고, 아도는 몸을 날려 지붕 위로 가볍게 내려섰다. 누가 시키지도 않았건만 자연스레 위치가 정해진 것이다.

한데 소운평이 실로 엉뚱한 소리를 늘어놓았다.

"저기 어르신, 전 이번 일과는 별로 상관이 없으니 그냥 따로 가면 안 될까요?"

"뭐야?"

이환이 대뜸 눈을 부라렸다.

"네놈이 없으면 혼절하신 소방주님은 누가 모신단 말이냐? 시간 없다. 잔말 말고 어서 안으로 들어가!"

"그렇게 하는 것이 좋겠구나."

양태까지 그를 옹호하고 나서자 소운평은 아예 똥 밟은 얼굴이 되었다.

"빨리 안 들어갈래!"

달랑 남은 이환의 우수가 검을 잡아가는 것을 목격한 소운평은 화들짝 놀라 마차로 뛰어들었다.

'에구, 앞날이 훤하구나!'

소운평은 이내 마차 바닥에 주저앉았다.

자고로 글쟁이와 친하면 먹물을 묻혀야 하고, 주정뱅이 옆에 서 있다간 괜히 물벼락을 뒤집어쓰기 십상이었다.

쫓기는 인물들과 함께 움직이다가는 무슨 벼락이 떨어질지 모르는 일이었다. 그런 사실을 뻔히 알면서 억지로 끌려가는 신세라니…….

'저 계집만 멀쩡했으면 잘됐을 것을…….'

소운평은 갈아먹을 듯이 위청란을 노려봤다.

그녀는 여전히 정신을 못 차린 상태였다. 소운평이 애초에 뉘어놓은 모습 그대로 누워 있었다. 남 속 타는 것도 모른 채 말이다.

갑자기 마차의 기둥이 유난히 눈을 자극했다.

'확 들이받고 나도 그냥 기절해 버려?'

덜컹!

돌연 마차가 크게 요동쳤다.

"어이쿠!"

중심을 잃고 비틀대던 소운평은 어이없게도 정확히 기둥 중앙에 이마를 찧고야 말았다.

그것을 시작으로 마차는 무섭게 요동 치기 시작했다.

우드드드……!

마침내 뼈대만 남았던 창고가 무너졌다.

잠시 후, 일견키에도 수십 명이 창고 주위로 모습을 드러냈다. 그들은 주위를 살피더니 이내 말들이 달려간 자취를 쫓아 몸을 날렸다.

그 시각, 어둠을 뚫고 치솟는 불길에 관심을 둔 사람은 그들이 전부가 아니었다.

　자죽원의 한쪽에서 놀란 표정을 짓던 진무방과 원후승도, 사방에서 병기를 휘두르던 다른 인물들에게도 불길은 똑똑히 눈에 들어왔다.

　곽연 역시 불길을 주목하기는 마찬가지였다.

2

"이런 개 같은……."

혁련이(赫蓮伊)는 일그러진 얼굴로 시선을 떨궜다.

가슴에 박힌 채 번쩍이는 검신, 더 정확하게 말하면 연검은 가슴을 뚫고 들어와 심장을 반으로 가른 다음 다시 등을 뚫은 상태였다. 그야 말로 꼬치에 꿰인 개구리 신세나 다름없었다.

"혀, 형님!"

그는 반쯤 생기를 잃은 눈으로 피투성이가 되어 누워 있는 혁련승 (赫蓮承)을 응시했다.

"내 말대로 하, 합공을 했다면 이, 이런 일은 절대 없었을…… 원 통… 큭!"

혁련이의 고개가 꺾여졌다.

이윽고 곽연이 힘주어 연검을 뽑아 들자 그의 시신은 맥없이 바닥으로 쓰러졌다.

휘청!

맥이 풀려 버린 곽연은 목책에 등을 기댔다.

아닌 게 아니라 그의 전신은 만신창이에 가까웠다. 가슴과 등에 각각 이 검씩을 허용했고, 팔뚝 역시 베였다. 가장 큰 상처는 좌측 어깨였는데, 뻥 뚫린 구멍에선 시냇물처럼 핏물이 흘러나왔다.

'역시 세월은 속일 수 없는 것인가?'

푸들푸들 자조 섞인 웃음이 새어 나왔다.

유언이 되어버린 혁련이의 마지막 말처럼 애초 혁련승이 승리를 호언장담하며 먼저 나서지 않았다면 바닥에 누워 있어야 할 사람은 분명 그였다. 그것뿐 아니라 요즘 들어 부쩍 체력이 떨어진 것을 실감하던 차였다.

그러나 세월의 흐름을 탓하고 있을 여유는 없었다. 싸움은 아직 끝나지 않은 것이다. 곽연은 상처 부근을 눌러 출혈을 막고 서둘러 움직였다.

멀리 불길이 치솟는 것을 발견한 것은 그때였다.

"핫!"

바닥을 차고 뛰어오른 곽연의 신형은 목책의 상단을 발판 삼아 연달아 공중제비를 그렸다.

상하가 뒤바뀐 채 연속적으로 지나가는 주변의 광경은 혼전의 연속이었다. 피아를 막론하고 공간이라 부를 수 있는 곳은 어디서나 병기를 휘두르는 자들로 가득했다.

그 와중에 홀로 다섯을 상대하는 연좌기의 뒷모습이 눈에 들어온 것은 스스로 생각해도 놀랄 만한 일이었다.

턱!

곽연은 목표했던 망루에 사뿐히 내려섰다.

"죽엇!"

다짜고짜 박도(朴刀)가 날아왔다.

'역시 이곳도……'

망루는 전반적인 상황을 살필 수 있는 요충지답게 이미 적에게 점령된 것이다. 곽연은 허리를 비틀어 박도를 흘려보내는 동시에 검을 찔러 넣었다.

"크아악!"

흑의인은 가슴을 부여잡고 쓰러졌다.

곽연은 재차 공격을 가하는 박도의 주인들을 차례로 베어 넘기고 황급히 불길이 이는 곳을 살폈다.

대략 칠십여 장의 거리, 어둠 속이라 정확한 위치를 알 수는 없었지만 외원(外垣) 어디쯤인 것은 분명했다. 내원(內垣)을 지척에 두고 화마(火魔)가 일었다는 사실은 절대 쉽게 생각할 문제가 아니었다.

'총관……!'

양태의 털북숭이 얼굴이 뇌리를 스치는 순간, 이미 그의 두 다리는 망루를 박차고 있었다.

휘르르르!

연검이 독사의 혓바닥처럼 날름거렸다.

"크아악!"

"케엑!"

세 명의 흑의인이 비명을 내질렀다.

잘려진 신체와 핏물이 허공 가득 흩어지는 가운데 곽연은 연좌기의 면전에 떨어져 내렸다.

"당주, 무사하셨군요!"

연좌기가 반색을 하며 다가왔다.

그러나 곽연은 그의 말이 귀에 들어올 리 없었다. 그의 이목은 여전히 불길이 이는 곳을 주시하고 있었다.

"가능한대로 인원을 모아주게!"

빠득!

이빨을 갈아대는 소리가 섬뜩했다.

　　　　　*　　　　　*　　　　　*

꾸르르릉…… 콰앙!

천공을 가르는 새파란 섬광(閃光), 그리고 귀청을 찢는 듯한 굉음!

내내 찌푸렸던 하늘이 빗방울을 떨구기 시작했다. 하나 둘씩 떨어지던 빗방울은 곧 폭우로 돌변했다.

쏴아아아……!

사위는 지면을 때리는 요란한 빗소리에 놀라 침묵을 지켰고, 끈끈했던 밤 공기는 대풍방 전역을 지배한 살기만큼이나 싸늘히 식어갔다.

두두두두……!

마차는 빗방울을 맞으며 무섭게 질주했다. 비가 오는 데도 불구하고 흩날리는 흙먼지와 금세 부서질 듯 삐걱거리는 바큇살이 얼마나 빠른 속도인지를 말해 주었다.

하나 이환은 고삐를 늦추기는커녕 더욱 박차를 가했다.

"하아, 하!"

마차는 외원과 내원을 구분 짓는 높은 담에 인접한 길을 따라 달려가는 중이었다.

즉, 방의 주요 기관이 있는 중심부를 통과하지 않고 밖으로 나갈 수 있는 유일한 방법이었다. 반원을 그리듯 빙 돌아가는 셈인지라 정상적일 때보다 두 배 이상 시간이 걸리는 일이었다.

그러나 양태가 그렇게 주문했을 때 이환은 아무런 이의를 달지 않았다. 그 덕에 이곳까지 오는 동안 한차례의 공격도 받지 않았던 것이다.

연이은 계획이 주효했다기보다는 천운(天運)이 따랐다고 여기는 것이 보다 사실에 근접할 터였다.

이제 잠시 후면 중문(中門)이 나타날 것이다. 중문을 통과해 곧게 뻗은 대로를 대략 삼십여 장을 달려가면 정문에 도착하게 될 터였다.

'오늘따라 더럽게 멀게 느껴지는군!'

이환은 목이 바짝바짝 타 들어가는 것을 느꼈다.

지금까지의 일을 한판의 도박에 비유한다면 자신은 연달아 최고의 끗발을 잡은 셈이었다.

그러나 항상 운이 따르라는 법은 없다.

그것은 도박을 할 줄 아는 사람이면 누구나 아는 아주 기초적인 사실이었다. 도박이야 운이 다하면 손을 털고 일어나면 그만이겠지만, 어찌 지금의 상황에 비하랴.

운이 다한다는 것은 곧 죽음을 의미했다. 그러기 전에 반드시 이곳을 빠져나가야 했다.

쫙, 쫘악!

이환의 다급한 마음을 대변이라도 하듯 채찍이 연달아 허공을 갈랐다. 채찍 세례를 견디지 못한 말잔등이 핏물을 튀겼지만, 그 따위가 눈에 들어올 리 만무했다.

'드디어……!'

저만치 고대하던 중문이 눈에 들어왔다. 천만다행으로 문은 활짝 열려 있었다.

하지만 무섭도록 빠르게 질주하는 마차가 거의 직각에 가까운 길을 그대로 통과할 수는 없는 노릇이었다.

"조심하게!"

양태의 경고가 아니었어도 그는 충분히 조심스럽게 행동했다. 회전하려는 방향의 반대쪽으로 마차를 바짝 붙인 다음 서서히 고삐를 당기며 속도를 줄였다.

끼기기긱!

쇠가 긁히는 요란한 소리와 함께 마차가 급격히 우측으로 기울어 졌다. 속도를 감당하지 못한 한쪽 바퀴가 결국 지면을 벗어난 것이다.

기우뚱.

넘어갈 듯 위태로웠던 마차는 좌우로 심하게 흔들리다가 제 위치로 돌아왔다.

한차례 소동을 겪느라 누구도 의식하지 못한 것이 있었다. 그들이 지나올 때만 해도 열려 있던 중문이 어느새 굳게 잠겨졌다는 사실을 말이다. 우중(雨中)이라 빗소리에 주의가 흐트러진 것이 화근이었다.

아무튼 마차는 계속해서 질주했다.

두두두……!

이제 남은 거리는 십여 장에 불과했다. 어림잡아 일각 정도면 완전히 벗어날 수 있는 것이다.

허공을 날카로운 파공음이 울린 것은 마차가 관상용으로 심겨진 키

작은 나무들 사이를 지나는 순간이었다.

슈슈슉!

어둠을 가르고 암기가 쏘아졌다.

전신이 묵청색(墨靑色)으로 번들거리는 이십여 개의 철련자(鐵連子)였다. 그것들이 목표로 삼은 것은 마차를 끄는 네 마리의 말이었다.

"어림없다!"

양태는 노성(怒聲)을 지르며 몸을 날렸다. 그는 허공에 뜬 상태로 번개처럼 두 주먹을 교차시켰다.

콰우우!

와선참마(渦旋斬魔)의 거대한 소용돌이가 철련자를 깡그리 쓸어버린 것은 일순간이었다.

그러나 암기는 그것뿐만이 아니었다. 암중에 두 개의 회선표(回旋鏢)가 날아왔던 것이다. 마차를 모는 것에 온 정신을 쏟고 있던 이환이 기척을 알아챘을 때는 이미 그의 코앞에 이른 후였다.

'허억!'

이환은 저도 모르게 헛바람을 삼켰다.

피하기에는 너무 늦은 상태였다. 공교롭게도 회선표가 날아온 방향이 왼쪽이었기에 좌수가 잘린 그로서는 도무지 막아낼 방도가 없었다.

이환의 얼굴이 절망으로 물드는 순간.

깡! 까강!

돌연 그의 눈앞에서 요란하게 불통이 튀는가 싶더니 회선표가 감쪽같이 자취를 감춘 것이 아닌가!

이어 울리는 찢어지는 듯한 비명!

"크아악!"

의문은 금세 풀렸다. 사방에서 모습을 드러내는 암습자들과 그들을 향해 온갖 종류의 암기를 뿌려대는 아도, 아마도 좀 전에 자신을 구해준 것도 그였으리라.

'실로 대단하구나!'

목숨이 경각에 달렸던 좀 전의 처지를 망각한 채 이환은 탄성을 발했다.

흔들리는 마차 위에서 원하는 목표물을 정확히 맞추기란 절대 쉬운 일이 아니었다. 게다가 그 목표란 것이 한 뼘 정도의 길이에 손가락 두 개를 합한 두께였다면 어렵기는 두말할 필요도 없었다.

자칫하면 아군을 상하게 할 수 있는 일을 무턱대고 벌이지는 않았을 테고, 결과적으로도 오이 꼭지 따듯 별로 힘들이지 않고 이루어낸 것이다.

상황이 그러니만큼 이환이 경탄하는 것도 무리는 아닌 셈이었다.

그는 급히 주위를 살폈다.

애초 공격을 가했던 삼십여 명에서 이미 십여 명 이상이 시야에서 사라진 상태였다. 그나마 남은 인물들은 양태와 아도의 가공할 위용에 눌려 접근하지 못하고 마차를 따라붙으며 암기만 날려댈 뿐이었다.

불안감이 현실이 되어 나타나긴 했지만, 탈출하는 데 지장을 초래할 정도의 실력을 지닌 자들이 아니라는 사실이 그를 안도하게 만들었다.

정문은 이제 십여 장 안쪽으로 가까워졌다.

그때였다. 갑자기 마차의 속도가 뚝 떨어지는 듯하더니 돌연 선두에서 달리던 흑마가 앞발을 들고 구슬피 울부짖는 것이 아닌가!

히히힝!

뒤를 따르던 두 마리의 백마도 그 자리에 굳어졌고, 자연 마차는 육

중한 소리를 내며 정지했다.

'이, 이놈들이……!'

"이랴! 이랴!"

대경한 이환이 계속해서 등을 내려쳐도 말들은 꼼짝도 하지 않았다. 구슬픈 울음을 토하며 제자리걸음만 반복할 뿐이었다.

"소용없는 일이네."

양태가 한곳을 가리켰다.

그의 손끝이 가리킨 바닥엔 일 장 간격으로 수백 개의 물건이 깔려 있었다. 주먹만한 크기에 날카로운 가시가 가득한 물체, 그것은 차릉의 일종으로 흔히 '귀신이빨' 이라 불리는 물건이었다.

직접적인 살상력은 거의 없다고 봐도 좋았다. 독이 발리지 않았다면 기껏해야 발바닥에 약간의 상처를 입히는 것에 불과했다. 그래도 무시할 수 없는 묘용이 있었고, 한 가지 방면에선 탁월한 효능을 발휘했다. 바로 지금처럼 이동 수단을 멈추게 할 때 말이다.

그리고 그 뒤쪽으로 희미하게 보이는 정문 앞에는 거대한 거마창(拒馬槍)이 세워져 있었다.

탕! 탕!

문득 마차를 두드리는 소리에 뒤를 돌아보던 이환은 숨이 턱 막히는 것을 느껴야 했다.

"저, 저런!"

뒤쪽의 상황도 별반 다르지 않았던 것이다. 뒤를 추격하던 자들이 어느새 귀신이빨 야차아를 뿌려 퇴로마저 차단된 후였다. 어이없게도 마차의 진로는 앞뒤로 완벽하게 차단된 것이었다.

'어떻게 이런 일이!'

이환의 얼굴이 보기 흉하게 일그러졌다.

결국 이제까지 자신의 생각과는 달리 그의 손에 쥐어진 패는 최악의 패였던 셈이었다.

우우우우!

갑자기 긴 장소성이 사방을 쩌렁하게 울렸다.

그것이 신호인 양 대로를 따라 길게 뻗은 담장 위로 엄청난 숫자의 인물들이 나타났다.

어림잡아도 족히 백여 명은 될 듯싶었다. 그들의 손에는 하나같이 장궁(長弓)이 들려 있었는데, 자리를 잡는 것과 동시에 화살을 먹여 일행을 겨눴다.

잠시 후.

화라락!

옷자락이 펄럭이는 소리와 함께 일단의 무리가 허공을 날아 장내로 사뿐히 내려섰다.

그들은 서서히 마차를 향해 다가왔다. 선두의 인물은 종쾌와 악무비였다. 이윽고 오 장의 거리를 격하고 그들은 조용히 멈춰 섰다.

"이놈 악가야, 네놈이 감히!"

차앙!

치미는 분노를 이기지 못한 이환이 검을 뽑아 들었다. 악무비를 노려보는 그의 눈에서는 도무지 인간의 것이라고 볼 수 없는 시퍼런 불길이 치솟았다.

가만히 그의 어깨를 잡는 손길이 있었다. 양태였다.

"감정을 다스리게나. 절대 섣불리 나서면 안 되네. 무슨 일이 있어도 소방수를 안전하게 모셔야 한다는 사실을 가슴 깊이 새기게."

"그렇지만……."

뭐라 반박하려던 이환은 애써 분기를 삭였다. 양태의 말이 전적으로 옳았기 때문이었다.

"이곳을 부탁하네!"

양태는 떨리는 이환의 어깨를 한차례 두드려 주고는 이내 뒤쪽의 아도를 응시했다.

말없이 두 사람의 시선이 허공에서 부딪쳤다.

문득 아도의 고개가 아래로 숙여졌다. 아마도 최선을 다하겠다는 의지의 표현인 것 같았다.

양태는 바닥으로 내려서는 마차 문을 열었다. 화들짝 놀라 몸을 움츠리는 소운평을 향해 그는 한 자 한 자씩 또박또박 끊어 말했다.

"밖에서 무슨 일이 벌어진다 해도 넌 이곳을 나와서는 안 된다! 무슨 말인지 알겠지?"

"예, 알겠습니다, 어르신!"

소운평은 정신없이 고개를 끄덕였다.

조심스레 문을 닫은 양태는 이윽고 신형을 돌려 악무비에게로 걸어갔다. 걸음을 옮기는 그의 얼굴은 철갑을 씌운 듯 무표정했다.

3

투두둑, 투둑!

얼굴을 때리는 서늘한 감촉을 느끼며 양태는 성큼 상대에게 다가섰다.

"설마 악 당주까지 한패일 줄은 몰랐소."

혼잣말하듯 조용한 목소리였다. 약간의 놀람과 진한 허탈감이 가득 묻어났다.

악무비가 느물거리며 비웃음을 토했다.

"흐흐, 꽤나 놀란 눈치구려. 정말 그런 거요?"

대꾸를 강요하듯 집요하게 자신을 쫓는 시선을 어떤 일에선지 양태는 외면했다.

사실 그의 말처럼 오늘 밤 내내 놀라움의 연속이었다. 사람의 감정을 수치로 환산한다는 것은 우스운 짓이지만, 굳이 따진다면 평생 살아

온 날들의 그것을 모두 합한 것보다 수십 수백 배 이상 놀라는 셈이었다. 앞으로 살아갈 날들 중에도 이 정도로 놀라는 날은 없을 거라는 생각이 불쑥 뇌리를 스쳤다.

"대체 이번 일에 얼마나 많은 인물이 가담했나?"

"당주 둘!"

대답은 의외로 간단명료했다.

하지만 그것이 시사하는 바는 엄청났다. 방의 세력은 사신당을 주축으로 크게 네 곳으로 나뉜 바, 당주 둘이 가담했다는 말은 결국 절반의 세력이 반란에 동조했다는 말이나 마찬가지였다.

'그래도 다행이군!'

남은 두 사람의 얼굴을 떠올리며 양태는 안도의 한숨을 내쉬었다. 만약 그들이 살아 있다면 어떤 방법으로든 도움을 주리라는 기대감에서였다.

그러나 그의 생각은 곧 산산이 부서졌다.

"보아하니 곽가와 위가에게 기대를 거는 모양인 것 같은데 일찌감치 포기하는 게 좋을 거요."

한차례 웃은 뒤, 악무비는 선심이나 쓴다는 투로 말을 이어갔다.

"위가 놈은 이미 죽은 지 오래요. 오늘 밤 죽은 자 중에 아마 그가 가장 먼저 명부를 찾았지만, 평소 계집을 밝히던 자가 복상사(腹上死)를 했으니 죽어서도 원망은 안 했을 것이오. 미인박명(美人薄命)이라 그곳엔 젊은 여인이 많을 테니 어쩌면 이 시간에도 계집을 탐하고 있을지 모르는 일 아니겠소? 그리고 곽가는……."

그는 잠시 말을 중단하고 뜸을 들였다. 잔뜩 일그러진 양태의 표정을 즐기는 눈치였다.

"흐흐, 아마 곽가 놈도 별반 다르지 않을 거요. 늙어 제법 고기가 질기다 해도 칼날이 예리하다면 잘리지 않는 고기는 없으니 말이오."

말아 쥔 양태의 주먹이 부르르 파동쳤다.

살 떨리도록 끔찍한 살기를 접하고도 악무비는 상당히 여유가 있는 모습이었다.

"아, 아! 날 죽이고 싶어하는 마음은 알겠는데, 이거 참, 미안해서 어쩌지? 당신을 상대할 사람은 따로 있으니 말이오. 덕분에 좋은 구경을 하게 생겼소."

과연 믿는 구석이 있었던 것이다. 그는 슬쩍 뒤로 물러나서는 종쾌를 향해 가볍게 포권을 했다.

"종 형, 그럼 부탁드리겠소!"

"하하핫! 여부가 있겠소. 마음 푹 놓고 구경이나 잘하시구려."

종쾌는 호쾌하게 가슴을 두드렸다. 그가 호언장담하는 것만큼의 실력을 갖췄는지는 곧 드러날 테지만, 자신감에서만은 양태를 압도했다.

그는 서서히 다가왔고, 이내 삼 장의 거리만을 남기고 조용히 멈췄다.

"멍청하긴. 멀쩡한 곳에다 불을 지르면 죄다 우르르 몰려갈 줄 알았나?"

챙!

종쾌는 번갯불이 일 듯 검을 뽑아 들었다.

"흐흐, 네놈만 죽여 없애면 난 적검문의 주인이 된다. 생애 최고의 전리품을 안겨주는 셈이니 특별히 자비를 베풀어주지. 고통없이 죽여주마! 나 혈전검 종쾌의 손에 죽는 것을 영광으로 알아라."

흉광(凶光)을 뿜는 그의 모습에서 낮에 보여주었던 온화하고 청수한 모습을 떠올리기란 도무지 불가능했다. 너무도 상반된 모습, 마치 모양새가 같은 또 다른 종쾌가 나타난 듯한 착각을 불러일으켰다.

스윽!

종쾌의 두 손이 가슴 어림에 모아졌다. 때를 같이해 그의 검에서 눈부신 혈광(血光)이 치솟기 시작했다.

치이익!

주위로 떨어지는 빗방울이 수증기로 변해 김을 피워 올렸다.

적을 둔 단체가 없었기에 알려진 바가 적을 뿐이지 실상 종쾌의 실력은 일류 고수에 속한다 할 수 있었다.

그는 흑도의 중견급 인물로 강호의 시비에 끼어 실속을 챙기는 한 마리 승냥이 같은 자였다. 그와 관련되어 멸문당한 문파가 부지기수라는 얘기가 항간에 떠돈 적도 있지만 확인되지 않은 소문에 불과했다.

그러나 과거 그가 주무대로 활동했던 복건(福建), 강서(江西) 일대에선 '혈전검' 하면 웬만한 중소문파는 한 수 양보할 정도로 위력이 대단했다. 그런 전력에 비춰본다면 전혀 허무맹랑한 소문은 아니었을 것이다.

'강적!'

일순, 양태의 눈빛이 세차게 흔들렸다. 상대가 만만치 않은 실력의 소유자임을 단번에 알아본 것이다.

강호 경험이 일천한 그로서는 종쾌의 진면목을 알 수 없는 노릇이긴 했어도 뼈마디가 찌릿한 살기는 그를 긴장 속으로 몰아넣기에 충분했다.

양태는 서서히 내력을 일으켰다.

우우웅!

미세한 공기의 떨림.

한 겹 안개가 머무는 듯 그의 손끝이 뿌옇게 흐려지기 시작했다. 극도의 내력이 응집된 증거였다.

"죽어랏!"

종쾌는 득달같이 도합 삼 검을 뿌려댔다.

쫘자자작!

마치 무쇠 종이 갈라지는 듯한 날카로운 소리가 연달아 울렸다. 그리고 뒤를 이어 구름처럼 피어 오르는 선홍색 검기의 물결!

혈전검이라는 그의 별호답게 무척이나 빠르고 사나운 공격이었다.

그러나 양태는 서두르지 않았다. 공세가 다가오기를 차분히 기다렸다. 인내심이 강해서가 아니었다.

사실 그는 보법이나 신법에 서툴렀다. 여타 병기를 사용하는 무예에도 마찬가지였다. 그래서 검을 사용했던 부친과는 달리 우직한 맨손 무예를 익히게 된 것이다.

공세가 코앞에 이르렀을 때 그는 쌍수를 밀어냈다.

쫘과광!

검기와 권경이 마주치며 광음이 터져 나왔다. 그와 함께 사방으로 엄청난 강풍이 휘몰아쳤다.

"크윽!"

소용돌이 속에서 답답한 신음이 터져 나오더니 두 사람은 약속이나 한 듯 비틀대며 한 걸음씩 물러났다.

"대단하구나!"

종쾌는 저도 모르게 탄성을 내질렀다.

그러나 곧 싸늘히 안색을 고쳤다. 그의 눈에선 살을 에이는 듯한 푸르스름한 안광이 뻗어 나왔다. 눈빛만으로 상대를 죽일 수 있다면 아마도 양태의 전신은 갈가리 찢기고도 모자랐으리라.

압도적인 우위를 자신했건만 동수를 이뤘다는 사실에 전에 없이 살심이 도진 것이다.

"그래도 네놈과 저 떨거지들이 죽는다는 사실은 절대 변하지 않을 것이다!"

종쾌는 씹어뱉듯 말하고 좌수를 들어 올렸다.

그러자 담장 위에서 마차를 겨누고 있던 화살이 일제히 쏘아지는 것이 아닌가!

슈슈슈슉!

백여 발의 화살이 일제히 빗속을 갈랐다. 동시에 화살을 날린 자들의 일부가 마차를 향해 달려들었다.

"안 돼!"

양태의 얼굴이 참혹하게 일그러졌다. 그는 앞뒤 가리지 않고 몸을 날렸다.

일행의 안위를 걱정하는—특히 그중의 한 사람에 대한—그의 마음은 이해가 가고도 남았지만, 이것은 실로 어리석기 그지없는 행동이었다.

일정한 수준에 오른 고수들의 대결에서는 아무리 사소한 일이라 해도 치명적인 위험을 초래하게 된다. 자신의 배후를 남김없이 드러낸 이런 행동은 반쯤은 목숨을 도외시한 것이라 봐도 무방했다.

그 결과는 몇 호흡도 되지 않아 금세 드러났다.

'호호, 바보 같은 놈!'

종쾌는 차갑게 웃었다.

어차피 모두 죽여야 할 상대였기에 미끼를 던졌건만 상대방의 반응은 실로 놀랍지 않은가!

정당한 대결?

그런 건 애초부터 안중에도 없었다. 세상의 모든 굴욕, 비난도 살아남은 자의 몫이었다. 명분이나 대의를 따지는 것은 어리석은 자들의 대표적인 발상이었다.

칼을 맞댄 이상 수단과 방법을 가리지 않는다!

그는 평소 자신의 생각에 충실한 것이다. 그것이 그가 여태 살아 있는 이유이기도 했다.

"하야압!"

그는 지면을 박차고 빗속으로 신형을 날렸다. 순식간에 양태를 따라잡은 그는 미친 듯이 검을 휘둘렀다.

쇄쇄쇄쇄!

예리한 칼바람 소리가 연신 터지며 수십 가닥의 광채가 양태의 등판을 노리고 쏘아졌다.

이것이야말로 종쾌가 자랑하는 전륜난비(轉輪亂泌)의 초식이었다. 말 그대로 수십 줄기의 검기가 상대를 옭아매고 난도질하는 무서운 수법인 것이다.

'허억!'

양태는 등줄기로 서늘한 기운을 느끼며 퍼뜩 정신을 차렸다. 내심 자신의 경솔함을 책망했지만 이미 그릇은 깨지고 물은 엎질러진 후였다.

그는 이를 악물고 우수를 등 뒤로 뻗어냈다.

콰우!

먹물 같은 권경이 일어나 검기를 막아갔다. 십여 년 만에 펼치는 전력을 다한 일격이었다.

그러나 사력을 다한 일격으로도 그물처럼 에워싼 검기의 폭풍을 완벽하게 막아내지는 못했다.

빠바방!

응축되었던 공기가 사방으로 터져 나가는 순간, 양태는 허리 어림에 화끈한 통증을 느꼈다.

'크윽!'

그는 애써 신음을 삼켰다. 달궈진 부젓가락으로 허리를 쑤시는 느낌이 이럴까. 빗줄기를 타고 자욱하게 번지는 핏물과 함께 그는 아래로 뚝 떨어졌다.

종쾌가 이런 호기를 놓칠 리 만무했다.

"차앗!"

종쾌의 입에서 날카로운 호통이 일었다. 동시에 그의 검에서 한줄기 혈선(血線)이 뻗어 나왔다.

쾌액!

번득인다 싶었는데 혈선은 어느새 양태의 목덜미에 이르고 있었다. 이미 적지 않은 상처를 입은 양태로서는 감당하기 어려운 놀라운 속도였다.

'흐흐, 이제 끝장이다!'

시커멓게 물든 양태의 얼굴에 종쾌는 득의에 찬 미소를 지었다. 그는 양태의 목을 뚫을 수 있음을 자신했다.

절체절명의 순간!

쿠아앙!

돌연 너비가 삼 장에 달하는 거대한 정문이 폭발하듯 산산이 부서지는 것이 아닌가!

허공으로 날리는 자욱한 파편 조각들을 헤치며 이십여 명의 인물들이 안쪽으로 뛰어들더니 마차로 다가드는 흑의인들을 공격하기 시작했다.

흠칫.

의외의 사태에 놀란 종쾌의 손이 약간 멈칫했다.

양태에게는 천재일우(千載一遇)의 기회였다. 그는 사력을 다해 몸을 비틀었다. 검은 간발의 차이로 귀밑을 긁고 지나갔고, 흙탕물 속을 서너 바퀴 구른 양태는 어렵지 않게 사정권에서 몸을 빼낼 수 있었다.

"왔구려!"

양태의 입에서 신음 소리가 흘러나왔다.

봉두난발에 전신은 상처와 핏자국으로 가득했지만, 그는 분명 곽연이었다.

양태는 혼신의 힘을 다해 마차로 신형을 날렸다.

"크아악!"

피를 뿌리며 쓰러지는 흑의인을 뛰어넘은 양태는 다급하게 외쳤다.

"길을 열 테니 탈출하게!"

너무도 당연한 말이었지만, 힐끗 양태의 눈을 응시한 이환은 무언가 심상치 않은 기운을 느꼈다.

어린아이의 그것처럼 맑고 투명한 두 눈!

일체의 감정도 내비치지 않는 잔잔한 그 눈은 노무지 위기에 처한 사람의 것이라고 볼 수가 없었다.

'서, 설마?!'

불안했던 마음은 곧 현실로 드러났다.

"가야 할 곳은 마차 안의 젊은이가 알고 있네. 그곳에 도착하면 자네가 궁금하게 여겼던 모든 것을 비로소 알 수 있을 걸세. 그간 고마웠네."

"형님!"

통한에 찬 외마디 외침을 뒤로하고 양태는 몸을 날렸다. 허공에 뜬 채 그의 두 주먹이 불을 뿜었다.

꽈릉!

무시무시한 강기의 폭풍이 몰아치며 바닥에 깔린 야차아를 쓸어 올렸다.

바닥에 내려선 양태의 앞을 가로막은 또 다른 물건은 이 장 길이에 두 겹이되 하나로 연결된 거마창이었다.

보통의 거마창은 나무로 짠 틀에 창이나 다른 뾰족한 물건을 꽂은 것이 보통인데 반해, 눈앞의 것은 전체가 강철로 이루어진 데다 네 귀퉁이에 고리가 붙어 있어 쇠말뚝으로 완벽하게 고정된 상태였다.

길을 트려면 뽑아서 옮기는 수밖에 없었다.

적마대의 침입을 막기 위해 특별히 제작한 물건이 목줄을 조이다니…… 실로 어이없는 일이었다.

양태는 힐끔 뒤를 응시했다.

이환과 아도는 이미 전신이 피투성이였다. 새로이 합세한 인물들도 곽연과 연좌기를 빼고는 거의 몰살당하기 직전이었다. 두 사람의 분투에 힘입어 견뎌내고는 있다지만 조만간 한계에 다다를 것이 분명했다.

상황은 벼랑 끝으로 치닫고 그에게 선택을 강요했다.

양태는 말뚝의 고리를 힘주어 당겼다.

그런데도 고리는 뿌득거리는 소리만 내지를 뿐 좀처럼 뽑히지 않았다. 무려 이천 근의 무게가 땅속 깊이 박혔으니 어찌 보면 당연한 일이었다.

"이야압!"

양태는 남은 진력을 남김없이 모았다.

좌악!

무리하게 내력을 운용하자 상처를 통해 핏물이 역류했지만, 그것도 양태의 의지를 꺾지는 못했다.

드드드득!

서서히 쇠말뚝이 모습을 드러내기 시작했다.

그 순간, 의외의 사태에 넋을 빼앗겼던 종쾌는 퍼뜩 정신이 들었다.

다 된 밥에 재를 끼얹은 셈이었다. 실상 협공에 능한 혁련 형제를 곽연에게 보낸 사람은 그였다.

그러나 곽연은 왔고 그들은 오지 않았다. 바보가 아닌 이상 무슨 일이 벌어졌는지 모를 수 있을까.

'죽일 놈!'

종쾌는 악독한 시선으로 곽연을 노려보았다.

그러나 곽연에 우선하는 것은 양태였다. 놈은 탈출로를 열려는 것이다. 무슨 일이 있어도 그것만은 막아야 했다.

"쏴라!"

날카로운 한소리와 함께 그는 몸을 날렸다.

번갯불이 무색할 정도의 속도였지만 그의 신형보다 최소한 두 배는 빠른 것이 쏘아진 화살이었다.

슈슈슉!

'화살인가?'

바람을 가르는 예리한 파공성을 통해 양태는 이미 그 존재를 감지한 후였다.

제법 빠르게 가까워지고 있지만 지금이라도 몸을 움직인다면 어렵지 않게 피할 수 있는 거리였다.

그러나 그렇게 되면 손을 놓아야 하고 애써 만든 활로가 무용지물 (無用之物)이 돼버리는 것이다. 게다가 뒤에는 끔찍한 살기를 동반한 채 종쾌가 다가오고 있었다. 그와 일전을 벌이게 된다면 두 번 다시 기회가 오지 않을 것은 불을 보듯 뻔했다.

누군들 죽음에 초연할 수 있으랴. 처음부터 각오했던 일이라 해도 한편으로 두려워하고 망설이게 되는 것은 인간의 본능에 속하는 영역이었다.

그런 점에서 양태는 비범하다고 말할 수 있었다. 추호의 망설임도 없었으니 말이다.

"흐으으…… 압!"

악다문 이빨 사이로 괴성이 흘러나왔다.

그에 맞춰 조금씩 말뚝이 뽑혀졌다. 마침내 쇠말뚝이 온전하게 모습을 드러내는 것과 동시에 양태의 등에 화살이 박혀들었다. 모두 다섯 대였다.

퍼버버벅!

상반신이 차례로 튕겨질 정도로 충격이 막강했다.

'크흡!'

하마터면 양태는 손을 놓칠 뻔했다.

그러나 그는 신음을 삼키고 걸음을 옮겼다. 한 걸음, 두 걸음, 결국 이천 근에 달하는 쇳덩이를 한쪽으로 내던지고서야 비틀거리며 물러났다.

"이런 괴물 같은 놈!"

뒤늦게 도착한 종쾌는 눈을 홱 까뒤집었다.

분명 피하리라 여겼건만 설마 목숨마저 도외시한 채 일을 벌일 줄은 꿈에도 몰랐다. 한편으론 거듭 자신의 예상을 뛰어넘는 상대가 놀랍기도 했다.

놀라움은 곧 거대한 분노로 이어졌고, 분노는 참을 수 없는 살기로 돌변했다. 이글거리는 두 눈엔 필살(必殺)의 의지가 가득했다.

"이놈, 죽어랏!"

종쾌의 검이 양태의 등판을 종횡으로 갈랐다.

스거걱!

근육과 뼈가 갈라지는 섬뜩한 음향!

마지막 순간에 몸을 틀어 피하긴 했어도 양태의 옆구리는 갈비뼈가 훤히 드러날 정도로 갈라졌다.

"크어억!"

양태는 한 사발이나 되는 피를 토했다. 거듭된 충격으로 그의 내부는 엉망이 된 상태였다. 금세라도 쓰러질 듯 비틀거리며 그는 목이 터져라 부르짖었다.

"이환, 어서 가라… 앗!"

피 맺힌 절규는 빗소리와 요란한 병장기 소리를 뚫고 이환에게 전달

되었다. 멀리서도 그의 눈이 커지는 것을 똑똑히 확인할 수 있었다.

꾸르릉!

마차가 움직이기 시작했다.

수십 명의 흑의인들이 달려들어 공격을 가했지만 그들 사 인의 의지
를 꺾지는 못했다.

두두두두…….

가속도가 붙은 마차는 바람처럼 빗속을 달려갔다.

"멍청한 놈들! 그것하나 막지 못하다니!"

종쾌의 눈에 불똥이 튀었다.

"이놈, 어딜 가려느냐!"

막 신형을 날리려는 그를 향해 양태가 득달같이 달려들었다. 선혈을
꾸역꾸역 토하고 전신은 이미 만신창이가 된 그였지만 눈빛만은 여느
때보다 더욱 살아 있었다.

꺼지기 전의 촛불이 더욱 빛을 발하는 것처럼 그의 주먹에는 미증유
(未曾有)의 거력(巨力)이라도 담긴 듯했다.

또다시 발목을 잡힌 종쾌는 살심이 끓어올랐다.

쭈아악!

검신에서 눈이 멀 정도로 지독한 혈광이 치솟았다. 혈광은 그의 전
신을 감싸고 이내 양태마저 삼켜 버렸다.

번쩍!

그리고 벽에 부딪친 듯 퉁겨지는 두 사람!

양태는 보기 흉하게 바닥에 처박혔다. 반면 종쾌는 입가로 핏물을
흘려대며 비틀거렸다. 특별한 외상이 없는 대신 꽤 심한 내상을 입은
것이다.

"쿨럭쿨럭!"

종쾌는 연신 핏덩이를 토하면서도 득의에 찬 미소를 지었다.

한데 당연히 숨이 끊겼으리라 여겨졌던 양태의 몸이 꿈틀거리며 움직임을 보이는 것이 아닌가!

바르르.

핏물이 치솟는 한 팔이 경련을 일으키며 흙탕물 속을 헤집었다. 무릎이 곧추세워졌고 활처럼 굽은 등이 펴지는가 싶더니 양태는 힘겹게 몸을 일으켰다.

이미 그는 생자(生者)의 모습과는 거리가 멀었다. 잘려진 한 팔, 갈비뼈를 드러낸 채 움푹 꺼진 가슴, 그 사이로 드러난 날카로운 화살촉, 그 모습으로 여태 숨이 끊기지 않은 것이 신기한 일이었다.

그럼에도 불구하고 양태는 움직이고 있었다.

철벅철벅!

빗속을 뚫고 울려 퍼지는 다리를 끄는 소리에 사람들의 저마다 전율을 금치 못했다.

거북이 걸음처럼 느리게 움직여 간 양태는 기어이 외팔을 벌리며 종쾌를 막아섰다.

'지, 지독한 놈!'

놀라움을 넘어서 스멀스멀 피어 오르는 것은 두려움이었다. 두려움을 떨치기라도 하려는지 종쾌는 수중의 검을 힘껏 내던졌다.

퍼억!

검은 양태의 가슴에 깊숙이 박혀들었다. 마치 시간이 정지라도 된 듯 그는 그렇게 서 있었다.

'보셨소, 위 형님? 난 해냈소!'

양태의 입매가 희미하게 실룩였다. 그것도 잠시, 곧 균형을 잃은 그의 신형은 서서히 뒤로 넘어갔다.

첨벙!

흙물이 거세게 튀었다.

부릅뜬 양태의 두 눈에는 핏발이 가득했지만, 흙탕물 속으로 잠겨드는 그의 얼굴은 더없이 평온하게 느껴졌다.

"뭣 하고 있는 거냐, 이놈들아! 어서 놈들을 추격하란 말이다!!"

종쾌가 발작적으로 소리쳤다.

고래고래 소리치며 추격을 독려하는 그의 등 뒤로 희미한 그림자가 떨어져 내렸다.

〈3권으로 이어집니다〉